七五調 平家物語

清盛殿と16人 上巻

中村博

JDC

墨絵　はねおかじろう

はじめに

「これパクリとちゃうか?」
「何のこと?」
「そやけど、ＮＨＫでやってる大河ドラマの」
「何やそれ。知らんで、そんなん」
「うそ言え、知らんことあるかい」
「いや、知らん。日本放送協会の日曜日の番組なんか」
「ほら、知ってるやないか。鎌倉殿の13人」
「知らん、知らん、うちテレビないもん」

とまあ、こんな次第だが「知らないものは知らない」。

監督が黒澤明、主演が三船敏郎と志村喬の「七人の侍」で、アメリカでリメイクされた西部劇の『荒野の七人』がある。

また、都筑省吾 著で、河出書房新社の「万葉集十三人」もある。これから採ったと言われれば、否定はしないが。

平家物語を訳した。念願の現代語訳である。何と言っても「祇園精舎の鐘の声　諸行無常の響きあり」である。『七五調』こそ日本語の心情伝達の最たるものであり、日本人の魂を揺さぶる語調である。

歴史は古い。平安時代の『古今集』『新古今集』はもとより、奈良時代の『万葉集』しかりである。いや、記紀歌謡ににも遡ることができる。

これを考えるに、わざわざ作られた形式でなく、自ずと人が感情を述べる時、使われていたと思われる。

文字で書かれる以前の産物である。口ずさまれたものを残すために文字にしたにすぎないのである。

文字のない時代に、人々は心情をどう伝えたのか。そう、謡うのである。万葉集に集められている歌の数々も、元は謡われたものである。
　そして「平家物語」。これこそ謡い物そのものである。
兼好法師の徒然草によると、
（以下は拙著『七七調大阪弁徒然草』による）

〔第二二六段〕
　平家物語《かたり》を　作りた人は
後鳥羽院が　お座した時代
信濃の前司　行長これは
学問の誉が　高かったのに
漢詩論議の　役受けた折
『七徳舞』の　二つを忘れ
『五徳の冠者』と　綽名が付いて
それを悔やんで　学問を捨て
世捨て人とて　遁世をした

慈鎮和尚は　奇特の人で
一芸秀でる　人やと見たら
身分低くても　これ召し抱え
その面倒を　見て居ったんで
信濃入道の　世話したのんや

この行長の　入道こそが
平家物語を　作った人で
『生仏』とて云う　盲目法師
これに教えて　語らしたんや

　というように、盲目の法師が琵琶を弾きながら謡い聞かせて、広げたのである。
　平家物語が『平曲』と呼ばれる所以である。

これに準え、「七五調の平家物語」を編んだのが本著である。

我が編みし「平曲」、如何なるものか、篤と味わい下され。

先例に倣って「完訳」を試みた。

「万葉集」「源氏物語」「枕草子」「百人一首」「古事記」「徒然草・方丈記」みな完訳である。

訳を進めるうち、ふたつの事に気が付いた。

「仏教語」が多く、七五調に馴染まない部分があることが一つ。

また、中国の古典や日本の過去に関する逸話が述べられ、それを追いかければそこに迷い込み、本筋が見えなくなること。これら二つを避けるべく、簡略化した。

「完訳」ができないことを悔やみつつも、読みやすくなったと考えている。研究者のための訳ではなく、素人でも読めるものとしては、上出来だと自負している。

また巻立てを、平家の盛衰になぞらえ、上巻は、隆興の巻、栄華の巻、驕慢の巻、翳りの巻とした。

はてさて、ここまではいかなるものかとここ落ち着かぬ御人には、ご安心いただきたい。下巻には、漂流の巻、決戦の巻、衰微の巻、決戦の巻（二）、滅亡の巻、祈りの巻と続く。これらは、新機軸である。

さらに、次々に登場する、人物に焦点を当て、その人物の章としたのも、新しい試みである。

この章立てに登場するのが17人、すなわち清盛殿と16人なのだ。

どうぞ、上下巻、楽しくお読みください。

【もくじ】

七五調　平家物語　清盛殿と16人

上巻

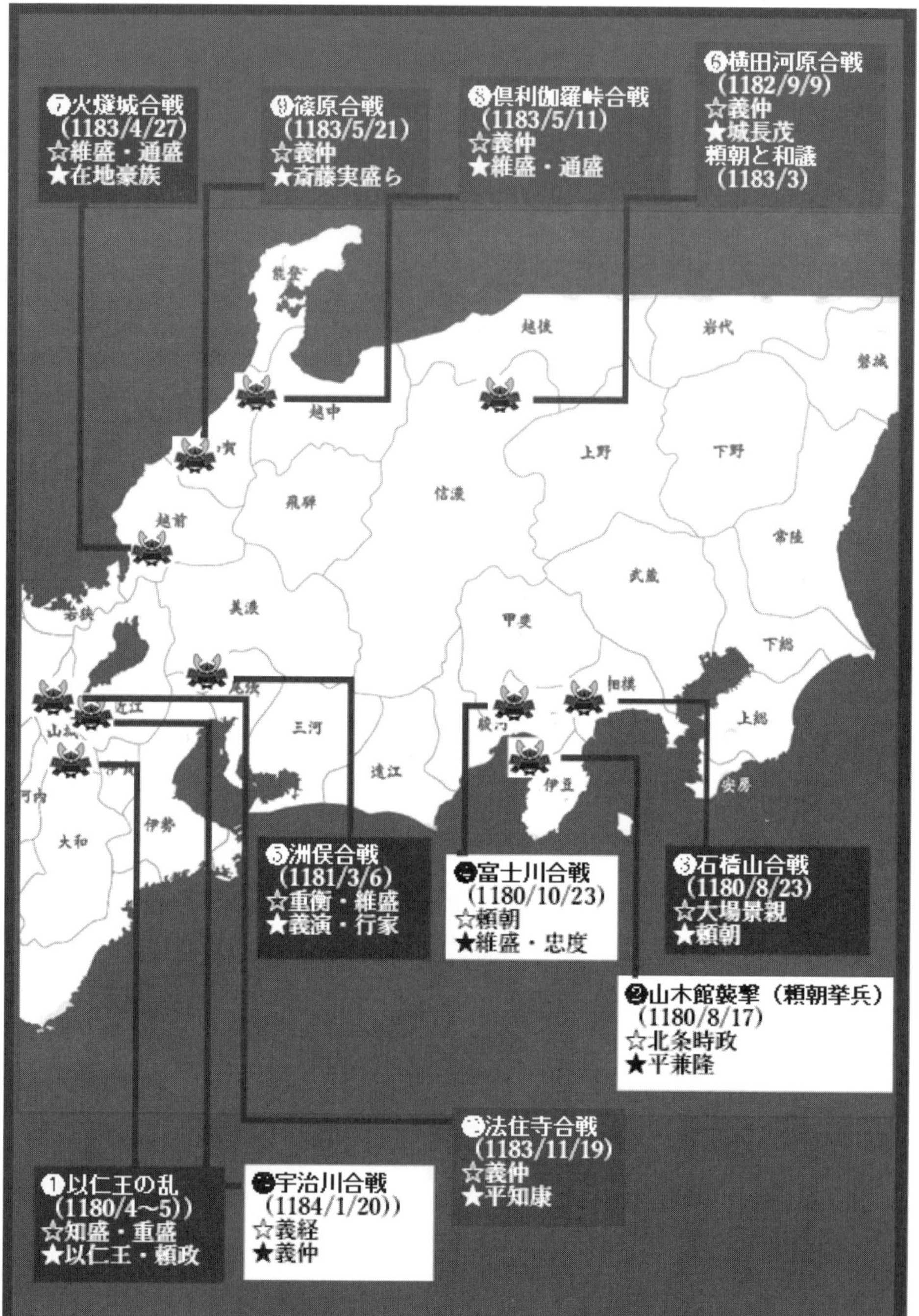

❼火燧城合戦
（1183/4/27）
☆維盛・通盛
★在地豪族
⑨篠原合戦
（1183/5/21）
☆義仲
★斎藤実盛ら
⑧倶利伽羅峠合戦
（1183/5/11）
☆義仲
★維盛・通盛
⑥横田河原合戦
（1182/9/9）
☆義仲
★城長茂
頼朝と和議
（1183/3）
能登
越後
岩代
磐城
越中
加賀
上野
下野
飛騨
信濃
越前
常陸
武蔵
美濃
若狭
甲斐
下総
相模
近江
尾張
山城
駿河
上総
三河
伊賀
遠江
伊豆
安房
河内
伊勢
大和
⑤洲俣合戦
（1181/3/6）
☆重衡・維盛
★義演・行家
❹富士川合戦
（1180/10/23）
☆頼朝
★維盛・忠度
③石橋山合戦
（1180/8/23）
☆大場景親
★頼朝
❷山木館襲撃（頼朝挙兵）
（1180/8/17）
☆北条時政
★平兼隆
⑩法住寺合戦
（1183/11/19）
☆義仲
★平知康
❶以仁王の乱
（1180/4～5））
☆知盛・重盛
★以仁王・頼政
⓫宇治川合戦
（1184/1/20））
☆義経
★義仲

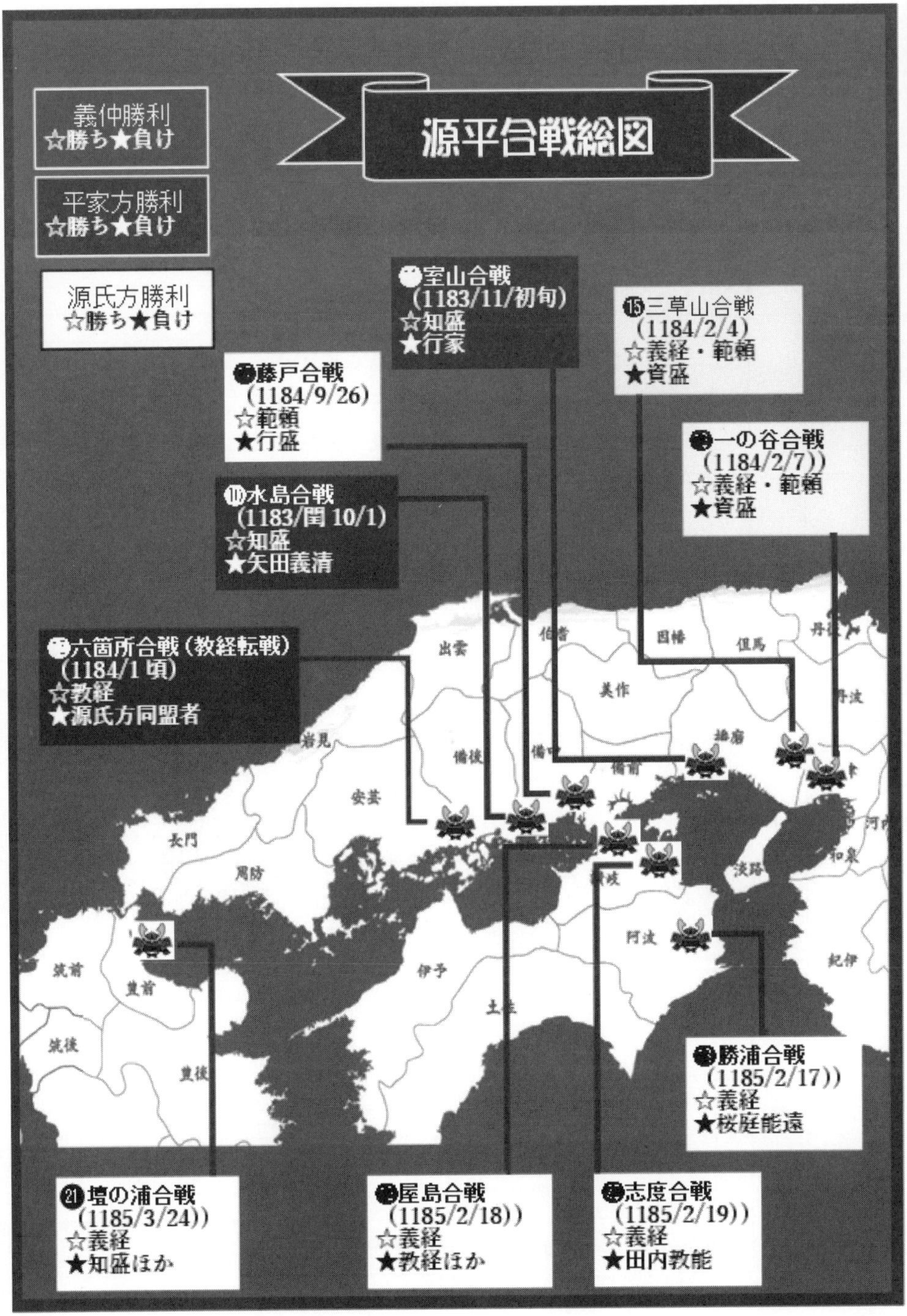
源平合戦総図
義仲勝利
☆勝ち★負け
平家方勝利
☆勝ち★負け
源氏方勝利
☆勝ち★負け
室山合戦
(1183/11/初旬)
☆知盛
★行家
⑮三草山合戦
(1184/2/4)
☆義経・範頼
★資盛
藤戸合戦
(1184/9/26)
☆範頼
★行盛
一の谷合戦
(1184/2/7))
☆義経・範頼
★資盛
⑩水島合戦
(1183/閏 10/1)
☆知盛
★矢田義清
六箇所合戦(教経転戦)
(1184/1 頃)
☆教経
★源氏方同盟者
出雲
伯耆
因幡
但馬
美作
丹波
播磨
石見
備後
備前
安芸
長門
周防
讃岐
淡路
河内
和泉
阿波
紀伊
伊予
筑前
豊前
筑後
豊後
勝浦合戦
(1185/2/17))
☆義経
★桜庭能遠
㉑壇の浦合戦
(1185/3/24))
☆義経
★知盛ほか
屋島合戦
(1185/2/18))
☆義経
★教経ほか
志度合戦
(1185/2/19))
☆義経
★田内教能

西暦	年号	年	月日	天皇	院政	出来事
1182年	寿永	元	9/9	安徳	後白河	義仲、横田河原合戦で城長茂軍を破る
1183年		2	3月			頼朝、義仲、不和に
			4/17			維盛以下十万騎、義仲討伐へ
			5/11			平氏、倶梨迦羅谷で義仲に敗れる
			7/22			義仲上洛の報に、平家は騒ぐ
			7/24			宗盛、天皇、女院を奉じて西海へ
			7/25			後白河法皇、鞍馬、比叡山に行幸
			7/25			維盛ら平家一門都落ち
			7/28			後白河還御、義仲守護する
			8/10			義仲、「朝日将軍」の院宣を受ける
			8/17			平家一門大宰府に着く
			8/20	安徳・後鳥羽		後鳥羽天皇、即位
			10/14			源頼朝、鎌倉にて征夷大将軍の院宣
			閏10/1			平家、備中水島にて義仲の軍を破る
			11/19			義仲、法住寺を襲い、法皇を押し込む
1184年		3	1/20			宇治にて義経、範義ら、義仲を破る
			1/21			義仲、近江の粟津で戦死
			2/4			範頼、義経平氏討伐のため京都を出発
			2/5			三草山の戦い
			2/7			鵯越の坂落しで平家大敗
			2月			重衡捕えられる、他の一門は屋島へ退く
			3/15			維盛、滝口入道に導かれ出家
			3/28			那智の沖で維盛入水（27歳）
	元暦	元	9/12			範頼軍、平氏を屋島へ退かせる
1185年		2	2/18			那須与市、屋島で扇の的を射る
			2/21			平家、讃岐国志度の浦へ退く
			3/24			壇の浦海上で源平合戦し、平家敗れる
						安徳天皇入水、建礼門院は助け出される
			4/26	後鳥羽		宗盛、時忠ら、生捕りの人々、都大路渡し
			5/1			建礼門院、長楽寺で出家
			6/5			義経、頼朝に追い返され、腰越で書状
			6/21			宗盛父子、鎌倉へ下った帰りに斬られる
	文治	元	9/23			時忠らは諸国へ流される
			9月末			建礼門院、大原寂光院に入る
			11月			義経追討の院宣下る、義経は都を出る
			12/16			維盛嫡子六代、文覚が命乞い
1186年		2	4月			後白河法皇、大原の建礼門院を訪問
1189年		5	閏4/30			義経平泉で戦死
1190年	建久	元	11/11			頼朝、上洛し、正二位大納言、右大将
1191年		2	2月			建礼門院、崩御
1192年		3	3/13			後白河法皇、崩御（66歳）
			7/12			頼朝、征夷大将軍に
1199年		10	1/13	土御門	後鳥羽	頼朝、死去（53歳）
			2/5			六代、ついに斬られ、平家の子孫は絶滅

■平家物語年表

西暦	年号	年	月日	天皇	院政	出来事
1118年	永久	6	1/18	鳥羽	白河	平清盛誕生
1132年	天承	2	3/13	崇徳	鳥羽	三十三間堂の落慶供養、忠盛昇殿許可
	長承	元	12/23			忠盛殿上で闇討ち
1146年	久安	2	2/2	近衛		清盛安芸守
1153年	仁平	3	1/15			忠盛死去(58歳)
1156年	保元	元	7月	後白河		保元の乱
1159年	平治	元	12月	二条	後白河	平治の乱
1160年	永暦	元	3/20			源頼朝伊豆配流
1161年		2	9/3			平滋子高倉天皇産む
1165年	永万	元	7/29			比叡山の僧兵により清水寺焼かれる
1167年	仁安	2	2/11	六条		清盛太政大臣従一位
1168年		3	11/11	高倉		清盛病の為出家
1169年	嘉応	元	4/12			平滋子、建春門院の宣下
1170年		2	10/21			資盛、摂政鉢合わせ侮辱へに報復狼藉
1171年	承安	元	6月			俊寛ら鹿谷で平家打倒謀議
			12/14			平徳子、入内
1172年		2	2/10			徳子、高倉天皇の中宮に
1173年		3	—			この頃祇王平清盛に寵愛
1176年	安元	2	—			この頃仏御前現れ、祇王ら嵯峨野に隠棲
			7/8			建春門院崩御
1177年		3	5/29			鹿の谷平家打倒謀議発覚、西光斬られる
			6月			俊寛ら鬼界ケ島配流
	治承	元	8/19			藤原成親流罪のち殺害
1178年		2	7月			中宮安産祈願大赦で俊寛以外赦免
			11/12			安徳天皇生まれる(母・平徳子)
			—			この頃小督、高倉天皇と間に姫宮を産む
1179年		3	3/2			俊寛鬼界ケ島で死去
			11/16			清盛、関白以下43人の官職を解く
			11/20			清盛、法皇を鳥羽殿に幽閉
			—			小督、清盛に尼にさせられる
1180年		4	2/21	安徳	後白河・高倉	高倉天皇降ろされ、安徳天皇3歳で即位
			5/10			以仁王、平家追討の令旨を出す
			5/23			宇治川戦い(以仁王討死、源頼政自害)
			5/27			平重衡、忠度、三井寺を焼く
			6/2			清盛、安徳天皇を奉じ、福原へ遷都
			8/17			源頼朝、伊豆で挙兵
			9/18			維盛、忠度ら、頼朝追討の為福原出発
			10/23			平氏、富士川にて水鳥の羽音に驚き敗走
			11/13			福原の内裏造営成り天皇還幸
			12/2			にわかに都を京に戻す
			12/28			重衡、通盛ら、東大寺、興福寺を焼く
1181年		5	1/14			高倉上皇崩御(21歳)清閑寺に葬られる
			1月		後白河	この頃、木曽義仲、挙兵
			2/27			宗盛、清盛発病の為源氏追討中止
			閏2/24			清盛熱病の為死去(64歳)
	養和	元	11/24			中宮徳子、建礼門院と称す

■登場人物年表

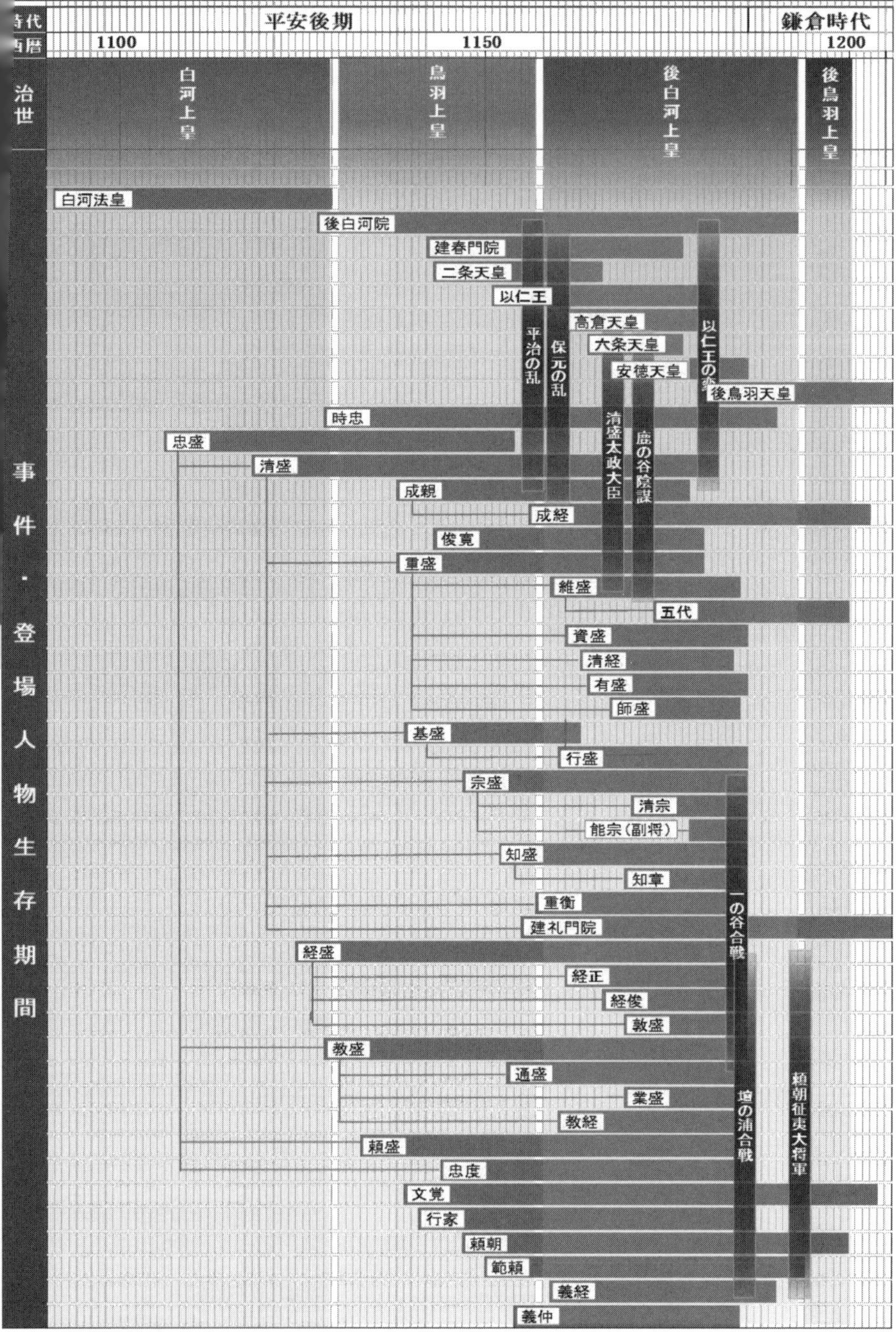
時代
平安後期
鎌倉時代
西暦
1100
1150
1200
治世
白河上皇
鳥羽上皇
後白河上皇
後鳥羽上皇
事件・登場人物生存期間
白河法皇
後白河院
建春門院
二条天皇
以仁王
高倉天皇
大条天皇
安徳天皇
後鳥羽天皇
平治の乱
保元の乱
以仁王の変
清盛太政大臣
鹿の谷陰謀
時忠
忠盛
清盛
成親
成経
俊寛
重盛
維盛
五代
資盛
清経
有盛
師盛
基盛
行盛
宗盛
清宗
能宗(副将)
知盛
知章
重衡
建礼門院
一の谷合戦
経盛
経正
経俊
敦盛
教盛
通盛
業盛
教経
頼盛
忠度
文覚
行家
頼朝
範頼
義経
義仲
壇の浦合戦
頼朝征夷大将軍

系図

天皇関係系図

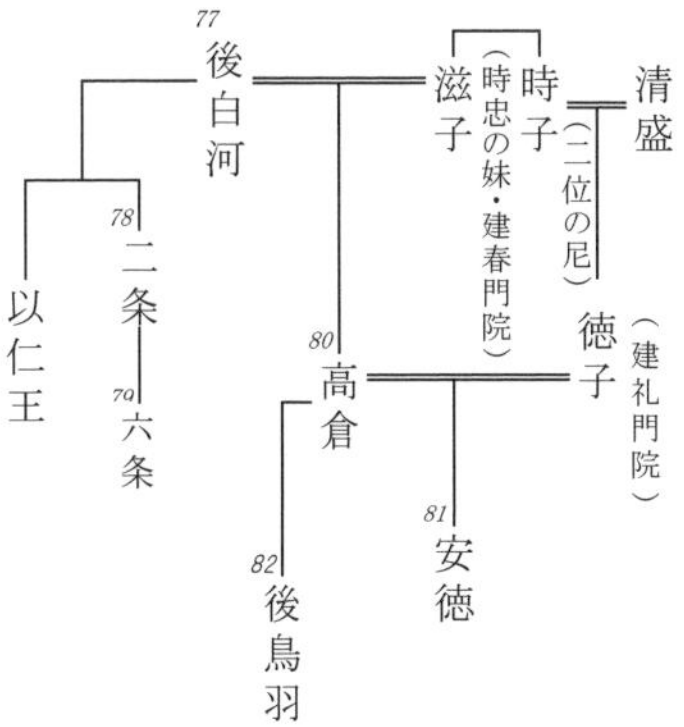

平家関係系図

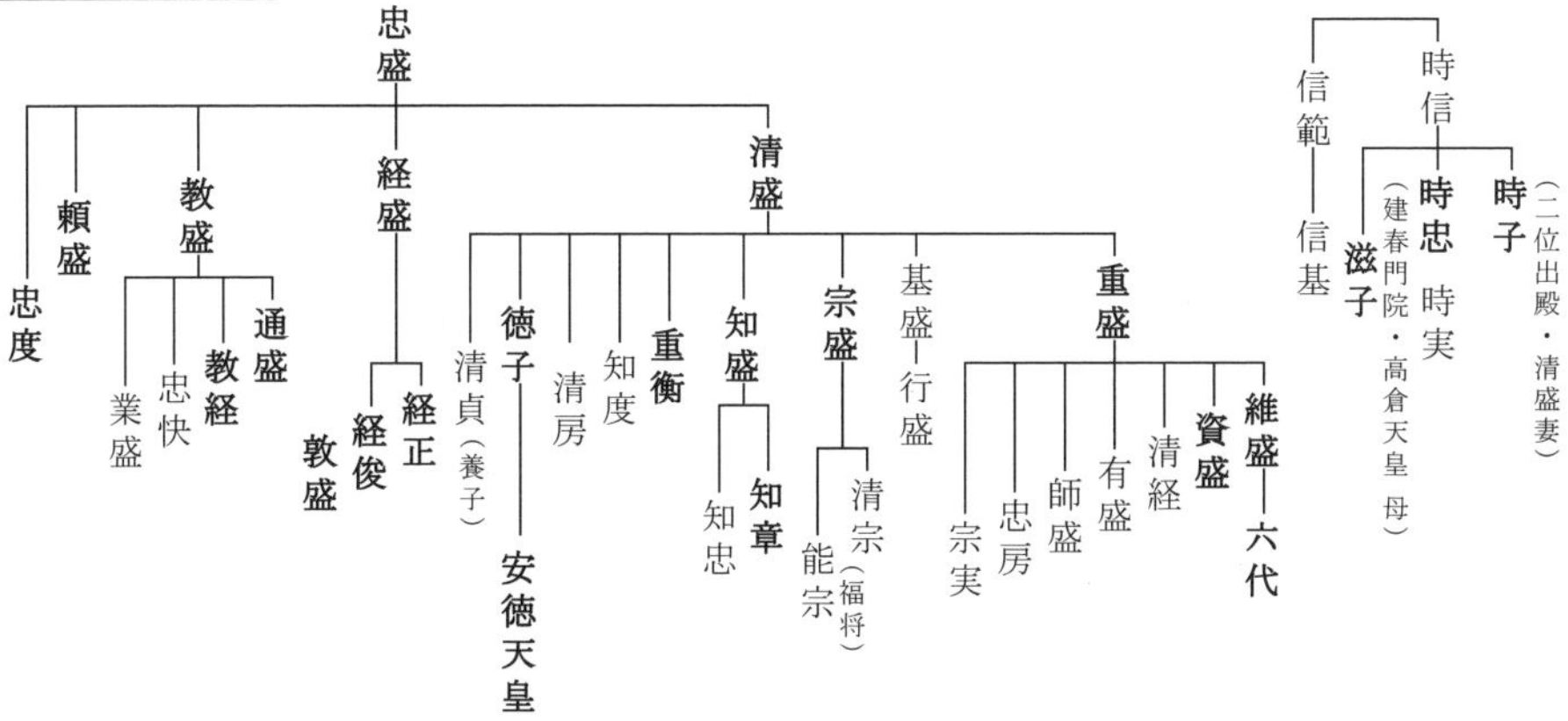

源氏関係系図

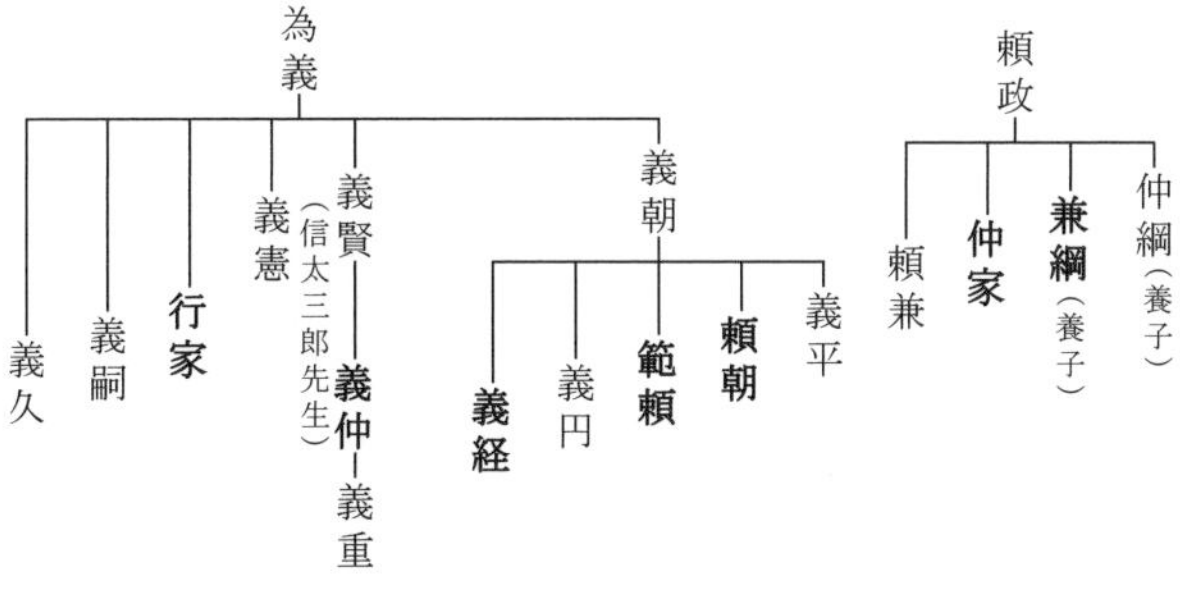

大鎧等武具

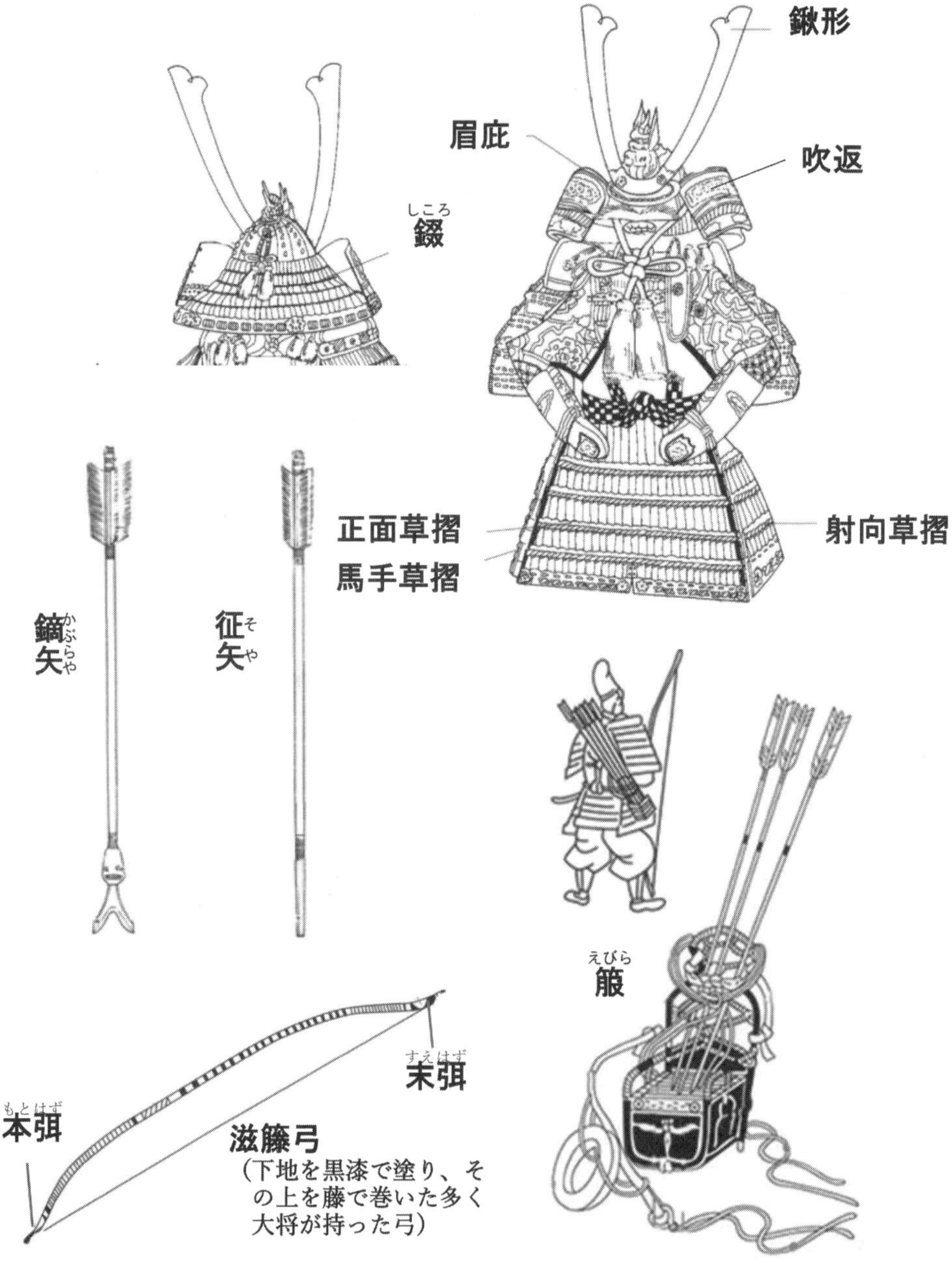
鍬形
眉庇
吹返
錣《しころ》
正面草摺
馬手草摺
射向草摺
鏑矢《かぶらや》
征矢《そや》
箙《えびら》
末弭《すえはず》
本弭《もとはず》
滋籐弓
（下地を黒漆で塗り、その上を藤で巻いた多く大将が持った弓）

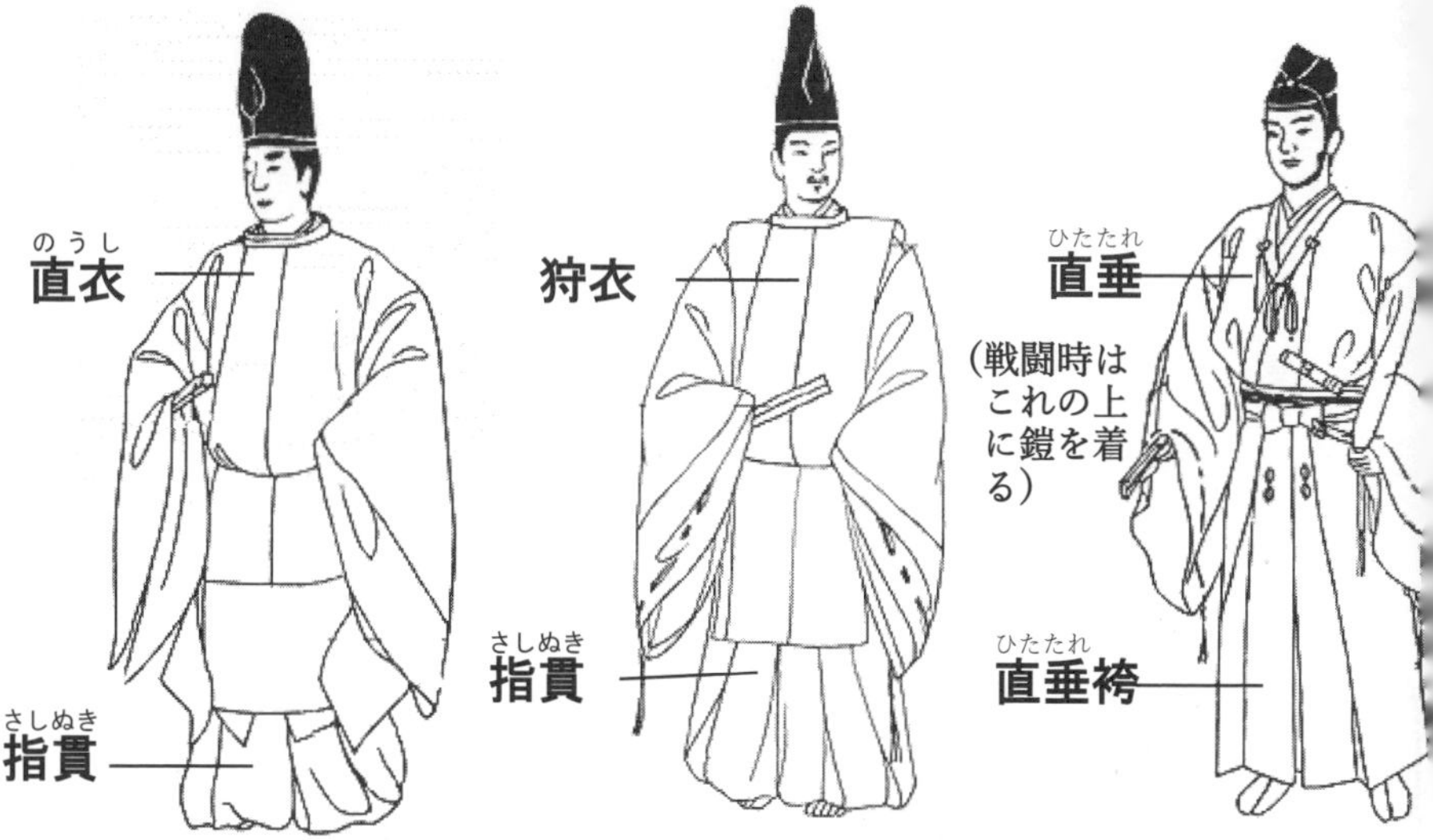

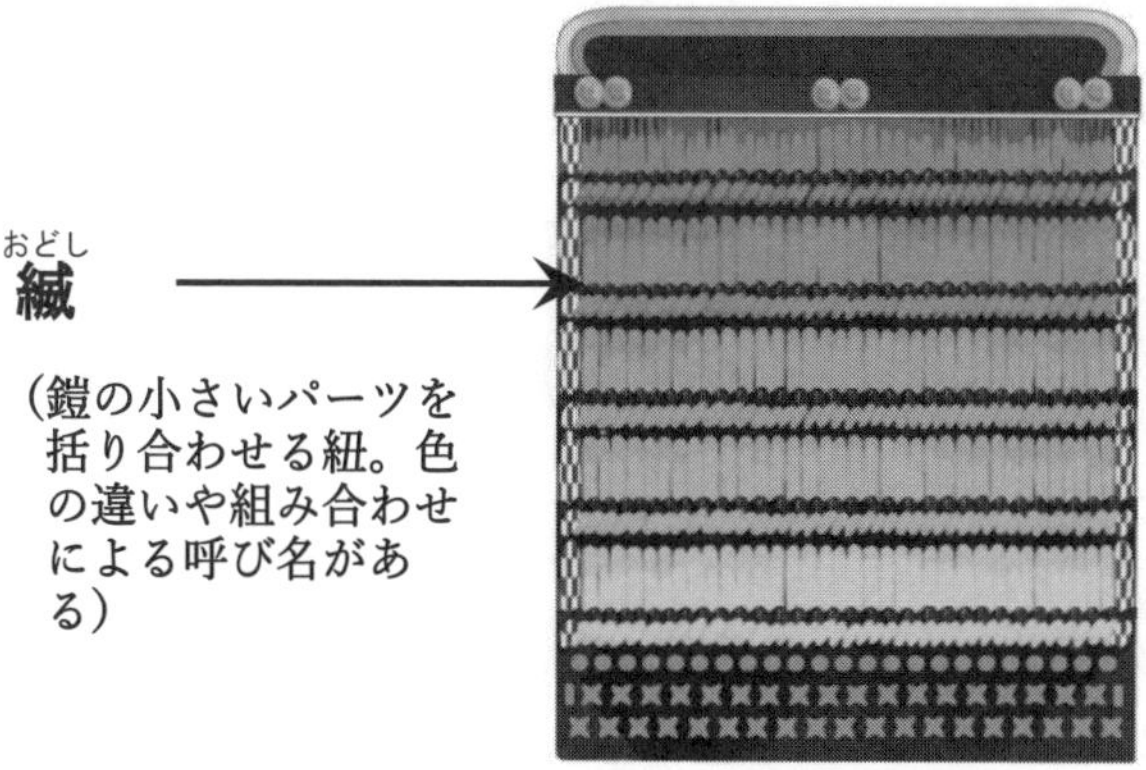

連銭葦毛《れんぜんあしげ》

（葦毛に灰色の丸い銭のような斑紋のある馬）

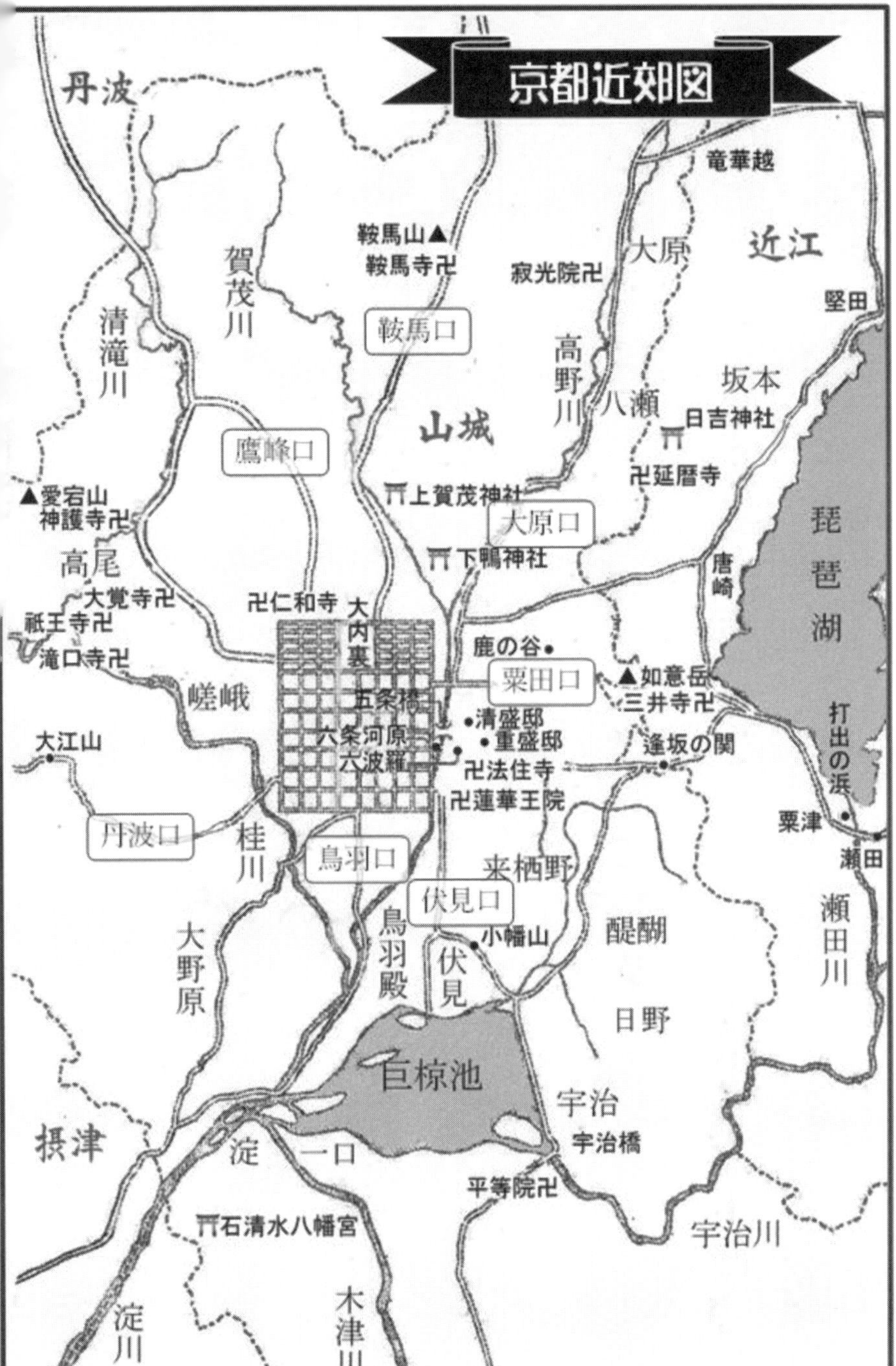
京都近郊図
丹波
近江
山城
摂津
竜華越
鞍馬山
鞍馬寺
寂光院
大原
堅田
賀茂川
清滝川
鞍馬口
高野川
八瀬
坂本
日吉神社
延暦寺
鷹峰口
愛宕山
神護寺
上賀茂神社
大原口
高尾
下鴨神社
唐崎
琵琶湖
大覚寺
仁和寺
大内裏
祇王寺
滝口寺
鹿の谷
粟田口
如意岳
三井寺
嵯峨
五条橋
清盛邸
六条河原
重盛邸
六波羅
逢坂の関
打出の浜
大江山
法住寺
蓮華王院
粟津
瀬田
丹波口
桂川
鳥羽口
来栖野
伏見口
瀬田川
醍醐
小幡山
大野原
鳥羽殿
伏見
日野
巨椋池
宇治
宇治橋
淀
一口
平等院
石清水八幡宮
宇治川
淀川
木津川

隆興《おこり》の巻

忠盛の章

祇園精舎《ぎおんしょうじゃ》（釈迦と弟子らの僧房）の　鐘の音は
諸行無常《みなみなむなし》と　聞こえくる
沙羅双樹《さらそうじゅ》　その花色が
釈迦入滅《しゃかにゅうめつ》時　色褪《あ》すは
盛者必衰《さかるはおとろう》　表せり

驕《おご》れる者も　久し無く
ただ春の夜の　夢の如
猛《たけ》きの者も　末滅び
風に吹かるる　塵の如

遠く異朝を　考察《たずぬる》に
秦の趙高《ちょうこう》　漢王莽《おうもう》
唐の禄山《ろくさん》　梁《りょう》の朱异《しゅい》
これら者は　それぞれに
旧主　先皇《せんの》の　治世《よ》に背き
豪奢《ごうしゃ》極めて　諫《いさ》め無視
天下乱るを　悟らずて
民の苦しみ　思わずて
長くと持たず　滅びたり

近く我が国　窺《うかが》うに
承平《じょうへい》の世の　将門《まさかど》に
天慶《てんぎょう》年間　純友《すみとも》や
康和《こうわ》に於ける　義親《よしちか》に
平治《へいじ》の折の　信頼《のぶより》ら
猛き心や　驕《おご》れるは
皆それぞれに　異なれど

さして傲慢《ひどき》は　無かりける

間近な例を　挙げたれば
六波羅《ろくはら》入道　呼ばれてし
前《さき》の　太政大臣《だじょうだいじん》の
平《たいら》の朝臣《あそみ》　清盛と
申せし人の　行状は
伝え聞きたる　事全て
語るに忌々《ゆゆ》しき　所業なり

平家の出自

清盛《これ》の先祖を　考察《たずぬる》に
桓武《かんむ》天皇　第五皇子《みこ》
一品式部卿《いっぽんしきぶきょ》　葛原《かずらわら》
親王これの　九代《くだい》後の
正盛《まさもり》孫の　忠盛の
嫡男これが　清盛ぞ

葛原親王《かずらわらしんのう》　その御子の
高視王《たかみのおう》は　無官無位
その子　高望王《たかもちおう》の時
初めて平《たいら》　賜わりて
皇籍離れ　人臣に

その子の良望《よしもち》　国香《くにか》にと
名変えそれより　正盛《まさもり》に
至る六代
殿上参内《のぼる》を　受領《ずりょう》（実の地方長官）にて　許されじ

桓武天皇―葛原親王―高視王┐
┌高望王―国香―（四代）――正盛┘
┌忠盛―清盛┘

殿上闇討

忠盛　備前守《びぜんかみ》の折
鳥羽上皇の　勅願の
得長寿院《とくちょうじゅいん》　建て奉り
三十三間　御堂《みどう》建て
一千一体　仏像を

「これが手柄の　恩賞に
国司不在の（名だけの地方長官）　国をば」と
鳥羽上皇《じょうこう》仰せ　但馬国《たじまくに》
これ忠盛へ　賜りし

感激鳥羽上皇《じょうこう》　その上に
内裏《だいり》昇殿　許されし
忠盛年齢《よわい》　三十六歳《みそとろく》

初めて昇殿　叶いたり
忠盛昇殿　許さるを
殿上人《てんじょう》(官僚)妬《そね》み　怒りてに
五節《ごせち》行事の　最終日
豊明《とよのあかり》の　節会《せちえ》(宴会)の夜
忠盛闇討　企てを

【五節】
・五節は十一月の丑・寅・卯・辰の四日に亘って行われる舞い行事
・丑の日に舞姫を宮中に召し帳台の試み
・寅の日に殿上で酒宴、その夜御前の試み
・卯の日に童女《わらわ》御覧
・辰の日に豊明節会《とよあかりのせちえ》の宴があり正式に五節の舞いが演じられる

これを忠盛　伝え知り
(我れ文官の　身にあらず
武門の家に　生まれせば
不慮《おもいがけな》き　恥辱《はじ》受くは
一門　我が身　恥ならし
ここに至れば　止むを得じ
『我が身を尽くし　君主《きみ》仕う』
との言葉あり)　と思いてに
闇討対す　準備《そなえ》をば
参内《さんだい》際し　忠盛は
大き鞘巻(鞘なし短刀)　ポイと差し
灯の仄《ほの》暗向かい　刀抜き
鬢《もみあげ》　辺り　引き当つに
冷たき氷の　如く見え
見たる諸人《もろびと》　驚きぬ

策謀これを　知りたるの
郎等家貞《ろうとういえさだ》　狩衣(武家の正装)に
萌黄縅《もえぎおどし》(萌黄色の綴り紐—緒通し)　腹巻着《き》
太刀これ脇に　挟みてに
殿上の間の　前小庭
そこ畏《かしこ》まり　控え居し
蔵人頭《くろうどのとう》(警備係の長官)　始めとし
皆々これを　怪しみて
「雨樋《あまどい》これの　内側に
布衣《ほい》(布製の狩衣)着る者は　何者ぞ
不埒《ふらち》であるぞ　疾《と》く失《う》せ」と
六位官吏に　言わせるも
畏《かしこ》まりてに　言いたるは
「我れが主人《あるじ》の　備前守

今宵に闇討ち　せらる聞き
成行如何《なりゆきいかん》と　控うるに
如何《いか》で立ち去り　出来ようぞ」
とて畏《かしこ》まり　居続けし

これ見て殿上《てんじょう》人　不可能《むり》と知り
その夜の闇討　取り止めに

またに忠盛　召されてに
舞を舞いたを　殿上《てんじょう》人は
合わせ囃《はや》すの　言葉《こと》に変え
「伊勢の瓶子《へいし》は　素瓶なり」
とて盛んにと　囃したり

平氏は桓武天皇《かんむて》　子孫やも
都暮らしも　縁遠く
地下《じげ》の身分に　成り下がり

伊勢国《いせ》にと長く　住み居たに
そこの器《うつわ》に　言寄せて
伊勢の平氏と　囃されし

加え忠盛　斜視《すがめ》故
斯くと囃さる　所以《ゆえん》なり

如何《いかん》し難《がた》く　忠盛は
節会《うたげ》も未《いま》だ　終わらぬに
紫宸殿《ししんでん》をば　抜け出《い》でて
殿上人が　居る前で
主殿司《とのもづかさ》（資材係）に　腰刀
外《はず》しこれにと　預けたり

待ち受け居たる　家貞が
「さても成行《しだい》は　如何かや」
とて尋ぬるに　（斯く斯く）と

言わば直ぐにと　殿上へ
斬り昇るとの　顔見てに
「何事もなし」と　答えたり

危惧《おそれ》た如く　五節《ごせち》終え
殿上人が　皆揃い
鳥羽上皇《じょうこう》に訴え　言いたるは

「太刀を携え　公宴《うたげ》参列《いで》
随身《ずいじん》（護衛の従者）伴う　宮中《みや》出入り
帝《みかど》の許可が　ありてこそ

しかるに忠盛　無作法《ふとどき》に
郎等《ろうとう》小庭　控えさせ
腰の刀を　横差しに
節会《せちえ》の座にと　連なれり

これら二つの　どれとても
前代未聞《いまだきかざる》　不埒《ふらち》なり
これら合わせて　罪二重《ふたえ》
最早罪科《つみとが》　免れぬ

殿上名札　すぐ外し
官職解任　為《な》すべきぞ」

とにと皆して　訴うに
上皇大層《ひどく》　驚かれ
忠盛召して　尋問《おたずね》に

そこで忠盛　弁じしは
「先ず郎等《ろうとう》が　控えしは
この身全く　覚え無し
不穏な企み　耳にして
主人《あるじ》に恥を　掻かせじと
我れに知らせず　密かにと
参内為《な》した　経緯《しだい》にて
我れの力で　止め得ざり

次に帯びたる　刀これ
主殿司《とのもづかさ》に　預けせば
召し出し真偽　お確かめ」

と言いたれば　「尤《もっと》も」と
刀召し出し　ご覧ずに
外は鞘巻　黒塗るも
中身木刀《ぼくとう》　銀箔《ぎんぱく》を
押し貼付けし　刀なり

「その場の恥辱　逃《のが》るため
刀帯ぶると　見せ付くも
後日の訴え　予期してに
木刀帯びし　抜かりなさ
実に神妙　あっ晴れぞ

武人としての　計略《はかりごと》
常時《つねに》こうとて　あるべきぞ

またに郎等《ろうとう》　控えしは
武士郎等《さむらいろうとう》　慣習《ならい》にて
忠盛にては　咎《とが》あらず」

とにと替わりて　お褒め受け
何ら罪科《つみとが》　問われざり

西暦	年号	年	月日	天皇	院政	出来事
1118年	永久	6	1/18	鳥羽	白河	平清盛誕生
1132年	天承	2	3/13	崇徳	鳥羽	三十三間堂の落慶供養、忠盛昇殿許可
	長承	元	12/23			忠盛殿上で闇討ち
1146年	久安	2	2/2	近衛		清盛安芸守
1153年	仁平	3	1/15			忠盛死去(58歳)

清盛の章（一）

清盛の出自

忠盛仁平《にんぺい》　三年の
正月　十五日《じゅうとごにち》の日
五十八《ごじゅうはち》歳にて　亡くなりて
嫡男清盛　跡継ぎし

古老の人が　申されるに
乱暴者やも　清盛は
慈恵《じえ》僧正の　再誕と
（延暦寺の中興の祖・良源）
慈心房尊恵《じしんぼうそんえ》　云う僧が
写経の途中　眠りたに

夢に老人　現れて
「閻魔庁から　お誘いに
近く法華経《ほけきょ》の　転読の
供養なすにて　参加をば」
言われて尊恵《そんえ》　目を覚ます
後日に夢中《ゆめなか》　使者《つかい》来て
「疾く」と参加を　促せり
（閻魔の宣旨　断れば
恐ろしことが　起こるかと
迷うも袈裟も　鉢も無し）
思うもそこに　袈裟下り来《き》
尊恵《そんえ》の肩に　掛かりてに
空から金色　鉢下る

尊恵《そんえ》喜び　牛車《くるま》乗り
空駆け　閻魔庁にへと
法会終わりし　その後で
閻魔大王　前にして
「解脱の法を」と　尋ぬるに
閻魔大王　偈《げ》をば読む
妻子王位財眷属
（妻子・王位に　財・眷属）
死去無一来相親
（死すれば誰も　付いて来じ）
常隋業鬼繫縛我
（ただ生前の罪の鬼　これ纏いつき身を縛り）
受苦叫喚無邊際
（苦しみ無限に叫ぶのみ）
尊恵《そんえ》喜び　清盛を
話題に出すに　大王は
「これは単なる　人ならず
慈恵《じえ》僧正の　再誕ぞ

天台仏法　護持のため
この日本《ひのもと》に　生まれ来し
これ礼賛の　偈《げ》を授く」

言いて下せし　その偈《げ》これ

敬禮慈慧大僧正
（敬白　慈恵大僧正）
天台仏法擁護者
（汝は仏法守護者にて）
示現最初将軍身
（最初は将軍姿とて）
悪行衆生同利益
（悪行反面教師とて　衆生に利益もたらせり）

その後に尊恵　都行き
この夢告ぐるに　清盛は
喜び尊恵を　律師にと
（僧正・僧都の次）
またある人が　申せしは
清盛忠盛　子ではなく

白河院の　皇子なると

永久年間　その頃に
祇園女御と　呼ばる居て
院の寵愛　受けおりし

ある五月雨の　降る晩に
白河院《いん》が忍びで　出向きせば
お堂の脇から　異形《いぎょう》出し

頭はきらきら　右手には
槌持ち左に　光るもの

皆慄《おのの》くに　白河院
忠盛呼びて　「討ち取れ」と

（鬼ではなくて　狐狸類《たぐい》
斬れば後にて　悔いるか）と
思い忠盛　生け捕りに

捕らえてみるに　雑用僧

片手の手瓶に　油入れ
片手の土器に　火を入れて
雨を防ぐと　藁被り
土器の火これが　反射して
雨濡れ藁が　光りてに
異形《いぎょう》のものに　見えたりし

「斬れしば哀れ」と　白河院
忠盛振る舞い　感じてに
褒美に　祇園の女御をば

「女子《おみな》生まれば　朕《ちん》の子に

男子《おのこ》生まれば　其方《そち》の子」に
言うにそのうち　男生む

夜泣き酷きの　この赤子
それを聞きたる　白河院
「夜泣きすと　ただもりたてよ
末の世に
清く盛うる　こともこそあれ」
という和歌《うた》を　送りたに
名を「清盛」と　付けたりし

出世清盛

保元元年　七月に
宇治左大臣　藤原頼長《よりなが》が
保元の乱を　起こせしに
安芸守《あきのかみ》なる　清盛が
参じ勲功　ありたれば
その褒美とて　播磨守《はりまかみ》
任ぜられてに　同三年
太宰大弐《だざいのだいに》（大宰府の次官）　昇りたり

次に　平治元年の
十二月《しわす》にありた　藤原信頼《のぶより》と
源義朝《よしとも》起こせし　謀反《むほん》をば
官《かん》軍の味方し　賊《ぞく》軍討つに
「少なからずの　勲功ぞ
重き恩賞　値す」と

翌年任ずは　正三位《しょうさんみ》
続き宰相《さいしょう》　衛府督《えふのかみ》
検非違使《けびいし》（警察庁長官）別当　中納言《なごん》から
大納言へと　昇格《のぼり》てに
その上更に　大臣へ

大臣たるも　左右越し
内大臣《うちおとど》から　その上の
太政大臣　従一位《じゅいちい》に

近衛大将《たいしょ》に　あらねども
軍事権限　賜りて
随身《ずいじん》（警護役人）連れるを　許されし
そもそも平家の　繁栄は
熊野権現《ごんげん》　ご利益《りやく》ぞ

斯くと言わるる　その理由《わけ》は
清盛未《いま》だ　安芸守《あきのかみ》
その折　伊勢《いせ》国の安濃津《あのつ》より
船出し熊野　参詣と
向かうに大っき　鱸《すずき》これ
船飛び入るを　先達《せんだつ》（先導する）の
修験者申すに　「瑞祥《ずいしょう》ぞ
　急ぎ食すが　良かるかと」

聞きたる清盛　熊野へと
参るに守りし　十戒の
精進潔斎《しょうじんけっさい》　中断《やめ》たりて
「昔に周の　武王乗る
　船に白魚　躍り入る
　これ瑞祥の　証拠《あかし》なり」
と言い調理し　己《おのれ》食い
家子《いえのこ》　郎等《ろうとう》　にも食わす

そのご利益《りやく》の　顕《あらわ》れか
平家に吉事　続きたり
太政大臣《だじょうだいじん》　まで昇進《のぼ》り
子孫官位の　昇進様子《のぼるさま》
竜が雲得て　昇る如

九代前の　先祖越え
これの出世は　目出度かり

平家が安芸の　厳島
信じ始めた　経緯《いきさつ》は
清盛いまだ　安芸守
高野山での　多宝塔
これの修理を　命ぜられ
六年かけて　修理終う

修理終わりて　清盛が
奥の院へと　来たところ
霜置き眉が　白く垂れ
額に波と　皺たたみ
先二股の　鹿杖《かせづえ》（握り手付きの杖）に
すがり老僧　出て来てに

「昔も今も　この山は
　密教支え　衰微せぬ
　天下無双の　山なりし

　大塔すでに　修理終ゆ

然れども安芸の　厳島
越前国気比宮《えちぜんけひみや》　共々に
大日如来の　化身やも
気比宮こちら　栄えしが

厳島これ　荒れ果てし
ぜひとも帝《みかど》に　奏上し
修理されたく　お願いを

然すれば官位　昇進は
肩を並ぶる　なきまでも」
と言い老僧　立ち去りし

その後都に　のぼりてに
院の御所（天皇以外の居場所にも使う）にと　参上し
鳥羽上皇に　奏すれば
上皇甚《いた》く　感ぜられ
安芸守《あきかみ》任期　延長《のばし》てに
厳島をば　修理にと
修理終わりて　清盛は

厳島にと　参られて
夜通し参籠　した夢に
宝殿内から　角髪《みずら》（少年の髪型）をば
結いし天童　現れ出《で》
「われ大明神《みょうじん》の　使者《つかい》なり
汝《なれ》はこの剣　以ってして
一天四海を　鎮めてに
朝廷これの　守りなせ」
と言い銀の　蛭巻《ひるまき》（柄を細い金属などで螺旋に巻いた）の
小長刀《こなぎなた》をば　賜るの
夢見て覚めて　見てみると
枕の上に　小長刀《こなぎなた》
何と不思議や　掛けてある
「大明神の　託宣ぞ

汝《なんじ》覚うか　忘れしか
ある聖《ひじり》以て　言わせしを
ただし悪行　これあらば
子孫までには　叶わじや」
言いて大明神《みょうじん》　お去りにと
何と目出度き　ことならし

西暦	年号	年	月日	天皇	院政	出来事
1156年	保元	元	7月	後白河	鳥羽	保元の乱
1159年	平治	元	12月	二条	後白河	平治の乱
1160年	永暦	元	3/20			源頼朝伊豆配流
1161年		2	9/3			平滋子高倉天皇産む
1165年	永万	元	7/29			比叡山の僧兵により清水寺焼かれる
1167年	仁安	2	2/11	六条		清盛太政大臣従一位

禿髪《かぶろ》

斯かる栄華の　清盛が
五十一歳　その年に
病に冒され　延命と
直ちに出家し　入道に
法名《ほうみょう》これを　浄海《じょうかい》と

人が清盛　従うは
吹く風草木を　靡かす様《よ》
世間皆々　崇《あが》むるは
降る雨国土を　潤す様《よ》
六波羅《ろくはら》住まう　一族の
公達《きんだち》なると　言いたれば

華族　英雄　なるとても
肩を並ぶや　顔合せ
できる者など　居らざりし

清盛妻の　二位殿の
弟である　時忠《ときただ》は
「この一門に　属さぬは
人では無し」と　嘯《うそぶ》きし

清盛＝時子（二位殿）
時忠
滋子（建春門院）＝後白河

故に誰もが　一門と
縁故結ぶに　意を用う

斯くまで人の　恐れしは
清盛入道　策凝らし
十四、五、六《ろく》歳の　童をば
三百人ほど　選びてに
髪を禿髪《かぶろ》に（おかっぱ髪）　切り揃え
赤き直垂《ひたたれ》　着させてに
京の街中　溢れさせ
あちこち往来　させし故

たまたま平家の　悪口を
言う者あらば　童《その》一人
聞くにすぐさま　仲間にと
吹聴《ふれ》てその家　乱入し
資材家財を　没収し
言いた其奴《そやつ》を　捕らまえて
六波羅《ろくはら》にへと　連行す

六波羅殿の　禿髪《かぶろ》とて
言わば道行く　馬車さえも
これをば避けて　通るにて
京の役人　それすらも
恐れて目をば　合わす無し

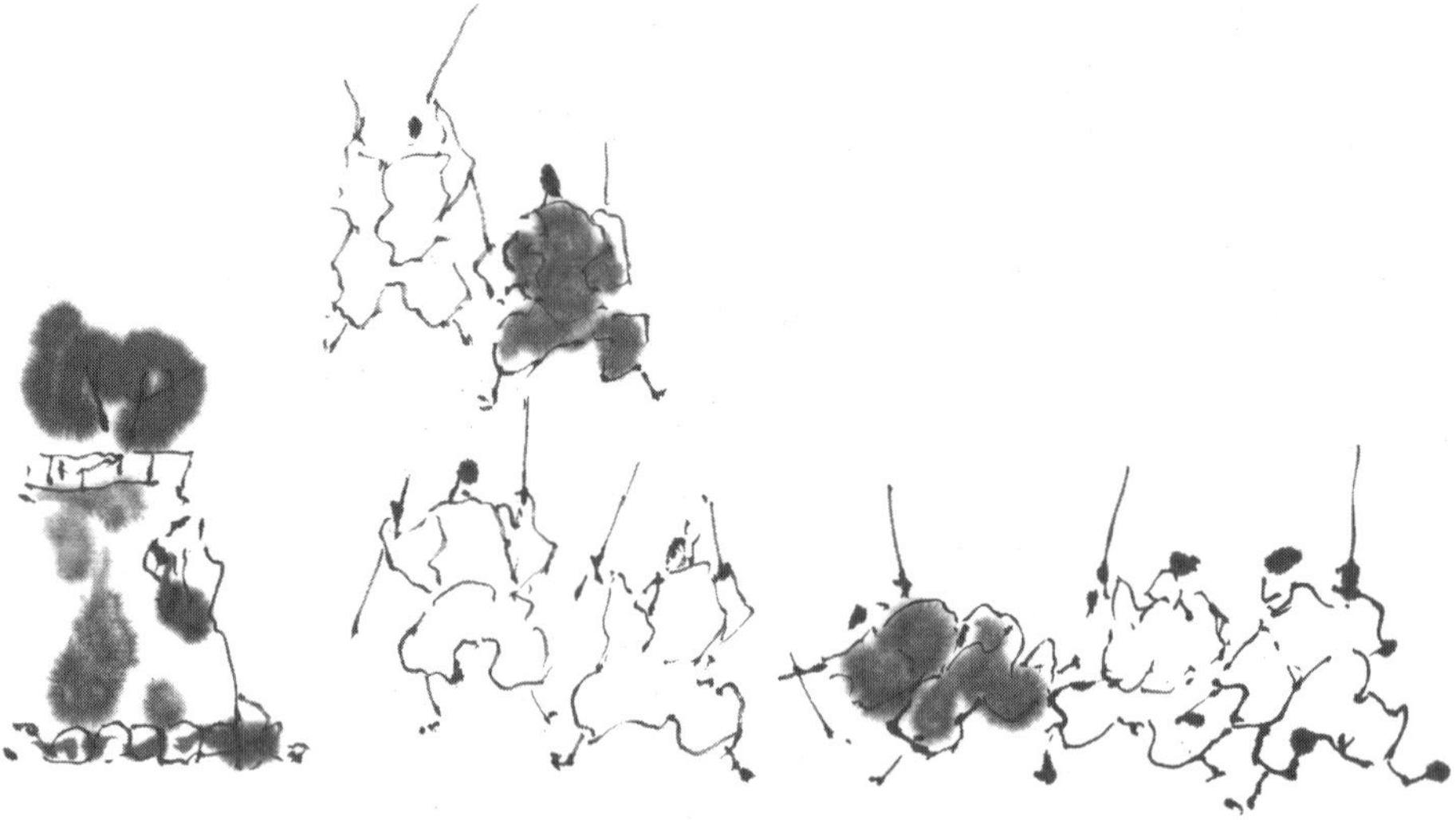

栄華《さかえ》の巻

清盛の章（二）

一族栄華

我が身栄華を　極む上
一門こぞりて　繁栄し
嫡子の重盛《しげもり》　左大将
三男宗盛《むねもり》　右大将
四男知盛《とももり》　中将で
嫡孫維盛《これもり》　四位少将《しいしょうしょ》
一門公卿（国務大臣）　十六人
殿上《てんじょう》人　三十余人にて
諸国の受領《ずりょう》（地方長官）　衛府《えふ》（護衛官）や諸司《しょし》（役人）
合わせ六十　余人なり

そのほか娘　八人が
皆それぞれに　良縁《よきえん》に
それの一人は　徳子にて
高倉天皇《みかど》の　后《きさき》にと
二十二歳で　産みし皇子《みこ》
皇太子《たいし》となられ　帝位着き
安徳天皇　なりし故
院号賜り　その名をば
建礼門院《けんれいもんいん》　申されし
日本全国　占める国
六十六に　ありたるも
平家支配は　三十余《さんじゅうよ》国
既に半数　越えたりし

ほかに持ちたる　荘園や
田畑数も　知れずなり

清盛
├ 重盛 ─ 維盛
├ 宗盛
├ 知盛
└ 徳子

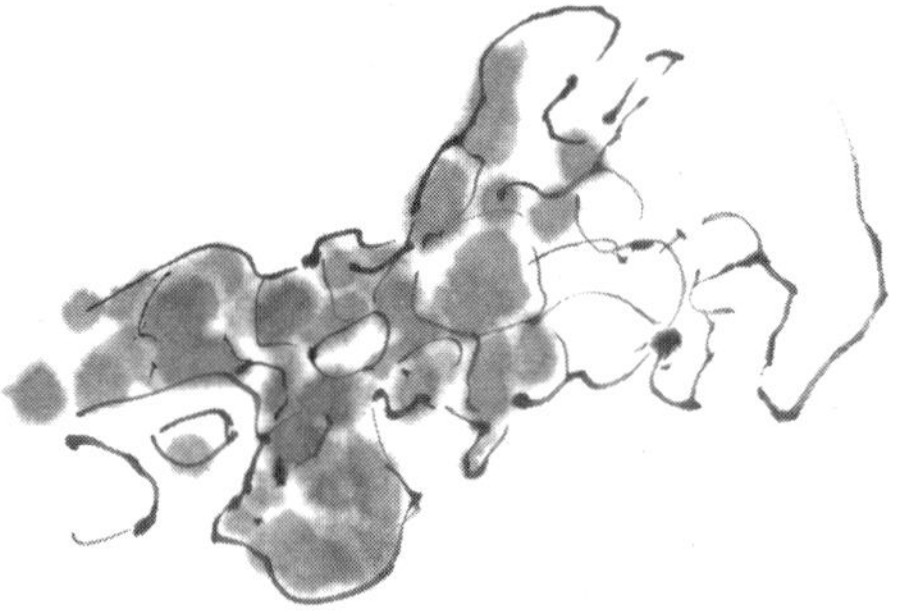

妓王

相国《しょうこく》(太政大臣)入道　清盛は
天下をその手に　収めせば
世での謗《そし》りも　憚らず
人の嘲《あざけ》り　ものとせず
非常識《おかし》な事を　多く為《せ》り

その一例は　斯かること
当時《そのころ》都で　評判の
祇王《ぎおう》と祇女《ぎじょ》の　姉妹居て
白拍子《しらびょし》(歌舞を演じる遊び女)刀自《とじ》の　娘なり

清盛入道　祇王《ぎおう》をば
こよなく寵愛　せし故に
妹　祇女《ぎじょ》も　共々に

都の評判　際立ちし

清盛　更と　母刀自《とじ》へ
立派な邸《やしき》　与えてに
米百石と　銭百貫
毎月与え　暮らさすに
一家は富みて　栄えたり

白拍子その　始まりは
水干《すいかん》を着て　立烏帽子《たてえぼし》
白鞘巻《さやまき》を　差し舞うを
男舞とて　申したり

その後烏帽子《えぼし》と　刀をば
外し白色　水干《すいかん》を
着て舞うにてに　白拍子《しらびょし》と

京中《きょうなか》に居る　白拍子
祇王《ぎおう》の運良さ　聞き及び
羨む者や　妬《ねた》むをも

斯かる経緯《しだい》で　三年《みとせ》経《た》ち
またも都に　白拍子
一人の上手　現れし

加賀《かが》国の者にて　名は「仏《ほとけ》」
年齢《とし》は若くて　十六歳《じゅうろく》ぞ

京の人皆　これ見てに
「昔この方　白拍子
多く見たるが　斯く如き
舞の上手を　いまだ見じ」
とて仏をば　褒めちぎる

仏御前《ほとけごぜん》が　思いしは
「我れの評判　世間《よ》に満つが
今に栄華を　極めらる
清盛公の　邸《やしき》から
お召しの無きが　口惜《くちお》しき
遊女《あそびめ》ならば　押し掛くも
何の憚る　これあるや
我れが自ら　参上」と
西八条《にしはちじょう》殿へ　出で向きし
来たる仏御前《ほとけ》を　待たせてに
奥へと入り　取次者《が》
「今に評判《うわさ》の　仏御前《ほとけごぜ》
門前にてに　参りし」と
申すに　清盛入道は
「何をぬかすか　遊女《あそびめ》は

こちら呼びてに　来る者ぞ
無闇押しかく　不埒《ふらち》なり
ましてここには　祇王《ぎおう》居る
神やら仏　無用なり
さっさ失《う》せよ」と　宣《のたま》いし
すげなく言われ　仏御前《ほとけごぜ》
仕方無しとて　去ろとすも
清盛向かい　祇王御前《ぎおうごぜ》
「遊女《あそびめ》これが　押し掛くは
よくあることぞ　また更に
年齢《とし》も未《いま》だに　幼くば
ふと思い立ち　参りしに
冷淡《つめた》く追うは　不憫《ふびん》なり
さぞや恥ずかし　辛《つら》かるや

我れも遊女《あそびめ》　同じにて
他人事とも　思えねば
舞見ず　歌を聞かずとも
呼び戻されて　会われせば」
とて言いたるに　清盛入道《にゅうどう》は
「祇王《そなた》がそこまで　言うなれば
会うだけ会いて　帰そうぞ」
言いて使いに　戻させし
すぐに清盛　これに対面《あい》
「今日の対面　望まぬも
祇王《ぎおう》躍起と　勧む故
気の進まぬも　対面す
会いたる上は　声聞かせ

今様なんぞ　一つをば」
とて宣《のたま》えば　仏御前《ほとけごぜ》
「かしこまりて」と　今様を
一つすぐさま　歌いたり

「始めてお目に　懸かりてに
この我れ生くや　千年《ちとせ》まで
お庭の池の　亀島に
鶴が群れ居て　遊びおる」

とを繰り返し　三度《みたび》をば

見聞きた人の　皆々が
耳や目までも　驚きし
聴きし入道　感《かん》動覚え

「そなた今様　上手《うま》きなり
この分なれば　さぞ舞も
それ見たきやに　鼓《つづみ》をば」

鼓を打たせ　仏御前《ほとけごぜ》
舞を一舞　舞い始む

仏御前の　舞姿
髪の形を　始めとし
容貌《かお》も姿も　美しく
声良く巧妙《うま》き　節回し
舞い損ぬるは　あらざりし

実に見事な　舞見すに
清盛入道　褒めちぎり
仏御前《これ》に心を　奪われて
仏御前を　留め置きに

戸惑いたりて　仏御前《ほとけごぜ》
「これは一体　如何なるや
元々我れは　押し掛け者《で》
追い返さるる　はずなるに
祇王《ぎおう》御前の　取りなしで
呼び返されし　身でありし

斯様にこの場　留《と》めらるは
恥じ入るばかりの　気がするに
疾《と》くとお暇を　賜りて
帰し下され」　とて言うも

聞きた入道　耳貸さず
「その儀一切　許さざり
祇王《ぎおう》居るとて　憚るか
ならば祇王《ぎおう》に　暇出さん」

と宣《のたま》うに　仏御前《ほとけごぜ》
「なんと言うこと　仰せかや
共にここにて　置かるるさえ
心苦しと　思いしに
祇王《ぎおう》御前の　心《むね》の中《うち》
如何なりやと　恥じ入りぬ

召され給わば　参るにて
今日の所は　お暇《いとま》を」

言うも入道　聞きいれず
「それはならぬぞ　許さざり
祇王《ぎおう》に早々　暇与う」
とて祇王をば　用なしに

常日頃から　この祇王

斯かるが何《いず》れ　来たるやと
覚悟しおれど　昨日今日
起こるなどとは　思わざり

急ぎ出《い》でよと　言わるるに
部屋掃除させ　塵拾い
出《い》で行《く》に心　決めたりし

一つ木陰に　憩うやも
同じ流れの　水飲むも
その別れさえ　悲しきに
まして三年《みとせ》も　住みたれば
名残りも惜しく　悲しくて
甲斐無き涙　流れくる

やがて牛車《くるま》で　家戻り
部屋内籠り　倒れ臥し

ひたすら泣くの　他はなし
母や妹　これを見て
「如何に如何に」と　問い掛くも
「こう」とて祇王　返《へん》事もせじ

やがて毎月　届きたの
百石　百貫　さえ止まり
変わり仏《ほとけ》御前の　縁者にと
幸運移り　富み栄ゆ

斯くてその年　暮れたりし
翌年《あけて》春ごろ　入道《にょうど》から
祇王が許に　使者《つかい》来て

「如何や祇王　その後《あと》は

最近《ちかごろ》仏御前《ほとけ》が　滅入りせば
そなた参りて　今様を
歌い　舞いにて　慰めよ」
とて伝えしが　これ聞くも
祇王何らの　返《へん》事ならず
涙を抑え　臥しおりし

返事来なきに　入道は
「何故《なにゆえ》祇王　返事せぬ
来なき魂胆《つもり》か　理由《わけ》申せ
我れにも考え　あるからに」
とて高飛車に　伝え来《こ》し
これ聞き母刀自《とじ》　悲しくて
泣く泣く祇王に　諭《さと》ししは
「なぜにそなたは　返事せぬ

斯かるお叱り　賜うより
何らの返《へん》事を　申すべし」
これ聞き祇王　涙をば
堪《こら》え抑えて　申すには
「参る道理が　あるならば
すぐに参ると　返《へん》事為すも
参る道理が　無き故に
何とも返事　為し得ざり
今度《こたび》の召しに　応《こた》えずば
『考えある』と　申せしに
都の外に　出されるか
然なくば命　召さるべし
これの二つの　他無かる

一度疎《うと》まし　思わるに
二度と会う気は　さらと無し」
とに言いなおも　返《へん》事せずを
母刀自《とじ》重ねて　諭《さと》すとて
「何を申すや　これ祇王
生きてこの世に　住むからは
如何なる理由《わけ》が　ありたとて
入道《にゅうどう》の仰せに　背《そむ》き得じ
男女の繋がり　その運命《さだめ》
昔この方　変わらずて
千、万年と　約《やく》束すとも
すぐと別るる　仲ありて
仮初めなりと　思いても
生涯添いて　遂ぐるあり

この世の中で　変わらずと
続くの無きは　男女仲

ましてや祇王《そなた》　この三年《みとせ》
寵愛受けて　来たりしは
滅多と無きの　お情けぞ

今のお召に　参らずも
まさか命を　取らるまい

例え都を　追わるとも
そなたら未《いま》だ　若き故
如何な辺地の　岩木にも
住まんとなれば　暮らさるる
されどこの我れ　年齢《とし》老ゆに

都の外へ　出《い》でたれば
慣れぬ田舎の　暮らしなど
思うことだに　悲しかる」

とに切々と　願いせば
気が進ま無き　祇王やも
親の言葉に　背《そむ》かじと
泣く泣く出《い》で向く　心中《うち》
さぞや辛かろ　痛ましや

着きし祇王の　通さるは
元に召されし　場所で無く
はるか下級の　座敷なり

「これまた何たる　仕打ちかや
何ら過《あやま》ち　無きままに
うち捨てられし　この身やに

下級座敷に　通さるは
さても悲しや　如何せん」
と思うだに　見られじと
押さゆる袖の　隙間から
溢るる涙　零《こぼ》れたり

間もなく入道　対面《あい》たるも
祇王の心も　斟酌《はか》らずと
「さてもその後は　変わらずや
何や仏御《ほとけ》前が　滅入る故
舞も見たきが　それ後に
今様をば」と　宣《のたま》いし

(ここ来たからは　入道の
仰せ背くは　ならじ)とて
落つる涙を　押さえつつ
今様一つ　歌いたり

「仏も元は　普通《なみ》の人
普通人《なみひと》末《すえ》は　仏にと
共に仏と　なる身やに
差別さるるは　悲しけれ」

泣く泣く二度を　歌いせば
入道さすがに　素晴らしと
「即興なるも　巧妙《うま》かりし
さてさて舞も　見たきやも
今日は用事《よう》あり　見て居れぬ
後は召さずも　常時《つね》と来て
今様歌い　舞舞いて
仏御前《ほとけ》を篤《とく》と　慰めよ」
とてそっけなく　宣《のたま》いし
何の返答《いらえ》も　為《な》し得ぬて

涙押さえて　祇王出《い》づ
「母の言葉に　背かじと
嫌ながらにも　参向《ゆき》たれど
またの辛き目　悔しかり
斯くてこのまま　生き居れば
更なる辛き　見ることに
それを思えば　身を投げて
死ぬより外に　道はなし」
とにと言うをば　妓女が聞き
「姉上身投げ　なさるなら
我れも共々　身投げをば」
言うをば聞きて　母刀自《とじ》は

悲して泣くも　諭《さと》すとて
「然こそあるとは　知らずして
諭《さと》し行かせし　愚かさよ
祇王恨むも　無理からぬ
されど祇王が　身投げせば
祇女が共にと　死ぬと言う
娘二人に　死なるれば
年齢《とし》老い衰う　この母は
長らえたとて　何になろ
我れも共にと　思うやも
いまだ死ぬ時期　来ぬ親に
身投げさするは　五逆罪《ごぎゃくざい》（五種の重罪―その一つが母殺し）
この世は仮の　宿なりて

恥じて生くるは　厭《いと》わぬも
苦しみ生くは　堪え難《がた》し

今生《こんじょう》ならば　仕方無し
後世《ごせ》まで地獄で　苦しむは
何と悲しき　ことならし」

とてさめざめと　口説きせば
涙を抑え　祇王御前《ごぜ》

「一度は辛き　恥掻きて
悔しさからに　身投げんと
思いしなれど　それ為せば
五逆の罪は　免れじ
故に自害を　諦むも
斯くて都に　留まれば

またの辛き目　遭うことに
　致し方無し　もう今は
　都から外　出《い》でん」とて
祇王二十一《にじゅういち》歳　尼となり
嵯峨の奥なる　山里に
柴の庵を　結びてに
念仏唱え　過ごしたり

妹　祇女も　これ聞きて
十九歳にて　尼となり
姉と共にと　庵住み
後世《ごせ》を願うは　哀れなり

これ見て更と　母刀自《とじ》は
「若き娘ら　出家して
尼にとなるの　世なりせば

年老い衰う　この母も
白髪で過ごす　甲斐も無し」
とて四十五《しじゅうご》歳で　髪を剃り
二人娘と　もろともに
ひたすら念仏　唱えつつ
偏《ひとえ》に後世《ごせ》を　願いたり

斯くの経緯《しだい》で　春も過ぎ
夏も盛りが　過ぎ行けり

秋の初風　吹きたれば
七夕《たなばた》の空　眺めつつ
天の川行く　梶の葉に
願い事書く　その季節《ころ》か

夕日の影が　西山の
端に隠るる　それを見て

（日の入《はい》り行く　あの方角《ほう》に
西方浄土　あると聞く

いつか我らも　そこ生まれ
何も思わず　暮らすかや）

と思い過ごす　日々なれど
往時《むかし》の辛き　あれこれを
思い続くに　またぞろに
尽きぬは流る　涙なり

黄昏時《たそがれ》も　過ぎたにて
竹の編み戸を　閉じ塞ぎ
灯火《あかり》微かに　掻き立てて
親子三人　念仏を
唱え居りせば　竹編み戸
とんとん叩く　者居りし

聞くに尼らは　肝冷やし
「これまた何と　したことか
修行未熟な　この我ら
念仏為すを　妨《さまた》ぐと
魔物が来たに　違いなし

昼さえ誰も　訪ね来ぬ
この山里の　柴庵
夜更けて誰が　訪ね来《く》や

粗末な竹の　編み戸故
開けずも押して　破らるは
非常《いと》た易《やす》かり　それならば
こちらから開け　入れるべし
それでも情け　容赦なく
命奪うの　ものなれば

日頃頼みし　弥陀様の
救済《すくい》の願い　信じてに
南無阿弥陀仏を　途切る無く
唱え続けて　祈るべし

声に応えて　来るという
菩薩ら迎え　来たりせば
きっと導き　下さるに
心し念仏　怠らじ」

とてお互いに　祈りつつ
竹の編み戸を　開けたれば
魔物なんぞに　あらざりて
そこに居たるは　仏御前《ほとけごぜ》
「何とこれまあ　来られしは
仏御前ぞ　夢かや」と

祇王言いせば　仏御前

涙堪えて　言いたるは
「元々我れは　押し掛けて
参向したる　者なれば
追い出されるるも　詮方《せん》なしに
祇王御前《ごぜ》にて　戻さるるも
女が故の　不甲斐なさ
思いに任す　能《あた》わずて
留め置かれしは　情けなし

祇王《そなた》がお暇　出されしを
見るにいつかは　我が身とて
思うに嬉しく　なかりたり

その後祇王《そなた》が　行きたるは
何処《いずこ》なるやも　分からずも

尼となられ　共々に
念仏修行　なさる知り
羨ましくに　思いせば
常時《つづき》お暇を　乞いたれど
一向入道　許さざり

よくよく思案　廻らすに
この世の栄華　夢の夢
楽しみ栄えて　何になろ

この世生まるは　難《かた》かりて
仏法出会うも　稀なりし

一度《ひとたび》地獄　堕ちたれば
如何な長期間《ながき》を　費やすも
地獄《そこ》を脱する　能《あた》わざり

老人《としより》早く　死にたりて
若人《わかき》残ると　限らざる

一時の栄華　楽しみて
後世を思わぬ　悲しさで
今朝抜け出して　斯く如き
姿となりて　参りたる」

とて被りしの　衣《きぬ》脱ぐに
何と頭は　尼なりし

「斯くと姿を　変えたにて
これまでの罪　お許しを

ただに『許す』と　仰せなば
共に念仏　修行為し
同じ極楽　参りたし

それでもお許し　願えずば
何処《いずこ》なりとも　迷い行き
何処《どこ》とも知れぬ　苔筵
松の根元に　倒れ伏し
命の限り　念仏し
往生願い　為し遂げん」
とに袖顔に　押し当てて
さめざめ泣きて　願いせば

祇王も涙　堪えつに
「そなたが斯ほど　思うとは
夢にも知らず　この我れは
辛き浮世の　その所為《せい》で
わが身不運と　悔ゆべきを
そなた憎しの　気が起こり
これでは極楽　往生も
とても叶わじ　思いてし

それ故現世も　来世をも
生き損ずると　思いしが
出家なされし　その姿
見るに日頃の　恨みなど
露塵ほども　消え失《う》せて
今は往生　違いなし

今見たそなたの　尼姿
何より嬉しく　思わるる

この世を厭《いと》い　身を恨み
尼にとなるは　道理やに
そなた恨みや　嘆きなく
いまだ若きの　十七《じゅうなな》歳で
斯ほど穢《きたな》き　世を厭《いと》い
浄土を深く　願うなは
求道心　そのものぞ

なんと嬉しや　その心
さあさ共にと　往生を」
言いて四人で　そこ籠り
朝夕花や香《こ》　仏前に
供え一心　念じてに
早き遅きの　差はあれど
それぞれ往生　遂げたりし

それ故　後白河《ごしらか》　法皇の
建立されし　長講堂
それの過去帳　その中に
祇王と妓女と　仏　刀自《とじ》
これら四人の　尊霊が
一か所纏め　書かれおる

あぁありがたや　ありがたや

驕慢《おごり》の巻

後白河法皇の章

二代の后《きさき》

昔より今　至るまで
源氏と平家　この両氏
共に朝廷　仕えてに
帝《みかど》に背き　朝廷を
軽んず者への　制裁を
それぞれ加え　おりし故
世乱れこれは　なかりしに
保元《ほげん》の乱に源為義《ためよし》　斬られてに
平治《へいじ》の乱に源義朝《よしとも》　殺されて
その末裔の　源氏らは
流罪にさるや　殺されて
今や平家の　一門が
繁栄極め　その他は
台頭するは　誰もなし
しかし鳥羽院　崩御後は
世の中何やら　騒がしく
永暦　応保の　頃からに
帝《みかど》と院とに　隔たりが
二条天皇　後白河上皇《じょうこう》の
言い付け事々　背きしが
ある時仰天　事件これ

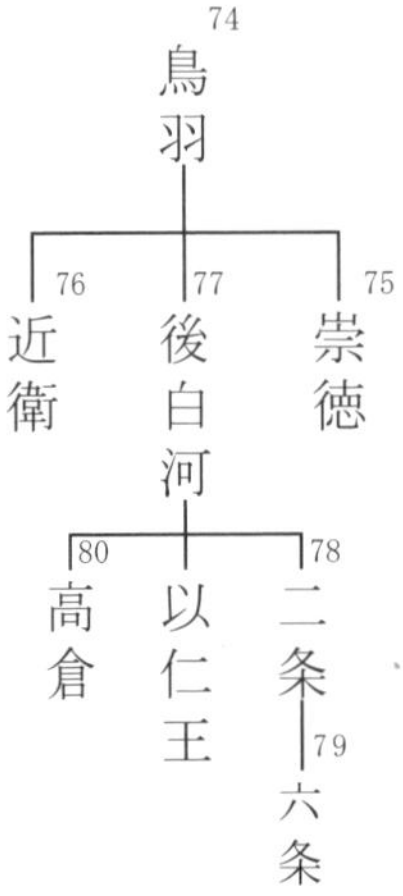

先々代の(近衛天皇)　天皇の
后の多子《たし》は　美人にて
近衛天皇　崩御後は
近衛河原の　その御所で
ひっそり暮らし　おられしに
二条天皇《てんのう》多子《たし》に　艶書をば
無視されたるに　二条天皇《てんのう》は
「多子を后《きさき》に」　との宣旨
公卿集まり　詮議して
「二代の后《きさき》　例なし」と
決し後白河上皇《じょうこう》も　同じくに
説得これに　務めしが
これに対して　天皇は

「もとより天子に　父母はなし
朕《われ》十善の　功徳積み
天皇の地位　保ちおる
斯かる女の　ことなどは
我が叡慮にと　任すべし」
と申されて　入内日を
決めて宣下を　なされたで
誰も説得　能《あた》わざり

亡き帝思い　この多子は
涙にくるるも　詮《せん》方ぞなし

やむなく入内　したるやも
近衛院《いん》の生前　面影が
いまだ宮中　残る見て
我が運命を　悲しみし

清水寺炎上

永万元年　その春に
二条天皇　病なり
六月　二十五日の日
一宮（六条天皇）二歳に　譲位せり
七月　二十七日に
二条上皇　崩御され
御年　二十三歳で
蕾までの　花散る様《よ》

帝が崩御に　なった後
御陵に移る　作法とて
奈良と京都の　寺院の僧
墓の周囲《まわり》に　我が寺の
額を掛けるが　慣例《れい》なりし

まず東大寺　この寺は
聖武天皇　勅願で
他に勝るの　寺て無く
これが最初に　額掛くる

次ぎ興福寺　この寺は
藤原不比等の　願い寺
故に二番目　額掛くる

興福寺にと　対抗し
生まれた寺の　延暦寺
これの額をば　次掛くる

天武天皇《てんの》の　許し得て
教待和尚《きょうだいおしょう》と　智証《ちしょ》大師
創建なした　寺である

園城寺（三井寺）の額　その次に
これの順序が　慣習《ならい》やに
何思いしか　延暦寺
そこの僧団　これ無視し
まず東大寺　並ぶあと
興福寺これ　追い越して
己《おの》が額をば　立てたれば
南都僧団　腹立てて
延暦《えんりゃく》寺の額　切り落とし
これを散々　打ち割りし

延暦寺その　僧団は
この狼藉に　対抗し
反撃すべき　はずやにも
他に狙うが　ありしかや
一言たりも　言い出さず

二十九日の　昼頃に
延暦寺での　僧団が
大勢寄りて　都へと
押し掛くるとを　聞き込みて
武士や検非違使（警察官）　防がんと
西坂本へと　向かいしも
ものともせずに　僧らは
突破し僧団　京中《なか》へ
誰言い出したか　そのうちに
「後白河上皇《じょうこう》これが　仰せられ
　延暦寺その　僧団に
　平家追討　命じし」と
とにの噂が　広がりて
軍兵内裏に　参じ込み

四方の陣頭　警護する
平氏一門　悉《ことごと》く
六波羅にへと　馳せつくる
後白河上皇《じょうこう》これも　驚きて
（その懐に　入りせば
　猟師もこれを　打たず）とて
六波羅にへと　急ぎ来る
その時清盛　大納言
延暦《えんりゃく》寺恐れ　大騒ぎ
嫡子重盛　これ聞きて
「なにを理由に　斯かること
　あるとて思い　騒ぐかや」
とて鎮め様《よ》と　したなれど

兵は激しく　騒ぐのみ
延暦《えんりゃく》寺僧団　六波羅へ
向かわず関係　これなしの
清水寺に　押し寄せて
仏閣僧房　全部《すべて》をば
火つけて焼きて　灰燼に

これにて先日《さき》の　葬送で
受けた屈辱　晴らしたと
これの噂も　また頻り

清水寺これ　興福《こうふく》寺の
末寺であるの　謂《いわれ》れなり

僧団比叡山《えいざん》　戻りたに
後白河上皇《じょうこう》急ぎ　ご帰還に

供は重盛　ばかりにて
父清盛が　行かざるは
まだに疑念が　果てぬかと

重盛これより　戻りたに
父清盛が　言うことに
「後白河上皇《じょうこう》来られ　恐縮も
思い以前《まえ》より　口にして
平家を疎《うと》んじ　されし故
斯かる噂が　立ちたにて
心許すは　あるまじき」

とにと言うたに　重盛は
「ゆめゆめその事　顔に出し
口に出すをも　お控えを

人がこの事　気付きせば
必ず大事に　なるからに

よくよく叡慮に　背《そむ》かずて
人に情けを　掛けたれば
神明三宝《しんめいさんぼう》　その加護が
あるに相違は　無かる上
身の不安すら　無しとなる」
と申されて　立ちたれば
「大人物やな　重盛は」
とにと清盛　宣《のたま》いし

後白河上皇《じょうこう》戻られ　その後で
親しき近習　大勢が
集まり来たる　その時に

「何と不可解《おかし》な　噂よな

平家追討　などとには
思し召さぬや　露ほども」
と言うた時　来た中で
切れ者評判《うわさ》　その人の
西光法師　これが居し

西光法師《これ》が前にと　進み出て
「『天に口なし　その意をば
人口《ひとくち》使い　言わせよ』と
平家の振る舞い　度過ぎたり
天の戒め　これなるや」

とに言うたにて　人々は
「滅多なことを　言うでない
壁に耳あり　申すやに
あぁ恐ろしや　恐ろしや」
と皆々が　言い合いし

高倉天皇即位

建春門院　この方は
後白河上皇《じょうこう》これの　妃にて
上皇《それ》との間　生まれし子
皇太子にとの　話あり
十二月《しわす》の　二十七日に
親王宣下　賜りて
明けて改元　仁安の
十月八日　東宮(皇太子)に

東宮これ伯父　六歳で
六条天皇《てんのう》崩で　三歳ぞ
父子長幼の　順ならず

仁安三年　その年の
三月二十日　東宮は
大極殿で　新帝に

この帝　高倉天皇が
帝位着かれた　そのことで
平家の栄華　万全に

帝の母にて　国母での
建春門院　この方は
清盛入道の　奥方の
八条二位《にい》殿の　妹ぞ

平大納言　時忠は
女院の兄で　ある故に
宮中にては　外戚で
当時の叙位や　任官は
この時忠の　思うまま

世乱れの始め

嘉応元年　七月の
十六日に　後白河上皇《じょうこう》が
髪下ろされて　出家にと

出家の後も　政務執り
帝と院との　区別なし

院の傍にと　仕えおる
公卿　殿上《てんじょう》人　またさらに
上下の北面　至るまで
官位俸禄　群を抜く
後白河法皇《ほうおう》内々　申さるは
「昔このかた　代々の
朝敵平ぐ　多けれど
斯ほどのことは　なかりける
平貞盛《さだもり》　藤原秀郷《ひでさと》・平将門《まさかど》を
源頼義《よりよし》　安倍貞任《さだとう》・宗任《むねとう》を
源義家《よしいえ》　藤原武衡《たけひら》・家衡《いえひら》を
討ちや滅ぼし　攻めし折
給いし恩賞　受領《ずりょう》のみ

されど斯くまで　清盛が
気まま振る舞う　論の外

これも末世の　世になりて
王法失《う》せし　所為《せい》なるや」
と仰すやも　制止得ず
その機会なく　懲戒も

一方平家も　特別に
朝廷恨む　なかりしが
世乱れ始む　その原因《もとい》
嘉応二年の　十月の
十六日に　起こりたり

重盛次男で　ありたるの
新三位中将《さんみちゅうじょう》　資盛《すけもり》が
雪がまだらに　降りおるの
枯野の景色　面白て
若侍を　三十《さんじゅう》騎余
引き連れ　蓮台《れんだい》野　紫野
右近《うこん》馬場にと　出掛け行き
鷹を何羽も　使わせて
鶉《うずら》や雲雀　追い立てて
一日狩りを　楽しみて
薄暮《くれ》に六波羅　帰りにと

摂政　藤原基房が
東洞院　邸《やしき》から
内裏郁芳門《ゆほもん》　入るべく
東洞院　その南
大炊《おおい》御門を　西へ出し

その折丁度　資盛《すけもり》が
大炊《おおい》御門の　猪熊で
ふいにばったり　出くわせり

摂政お供の　人々が
「無礼なるやに　何者ぞ
　お出ましなるぞ　直ぐ降りろ」
と促すも　資盛《すけもり》は
十三歳で　世間なめ
連れいた侍　これは皆
二十歳《はたち》に満たぬ　若造で
礼儀作法を　弁《わきま》うる
者は一人も　おらざりし

摂政お出まし　これ無視し
下馬の礼儀も　取らずして
駆破《けやぶ》り通ろと　したからに
暗さは暗く　夢にもや
清盛《きよもり》入道孫と　さて知らず
知りて居りしも　そ知らずと
資盛はじめ　供の者
馬より引き摺り　落とすやの
屈辱をさんざん　与えたり

ほうほう体で　資盛は
六波羅帰り　このことを
祖父清盛《きよもり》入道に　訴うに
清盛《きよもり》入道甚《いた》く　怒りたて
「たとえ摂政　なるとても
我れの周囲の　者にへは
配慮すべきが　普通やに
幼者《おさな》を斯くも　辱《はずかし》む
ええ憎らしや　憎らしや
落とし前をば　着けなくば
腹の虫これ　治まらぬ
基房向かい　この恨み
晴らすべしやが　如何かや」
問われ重盛　申せしは
「この事取り上ぐ　べくもなし
我が重盛の　子なるやに
基房殿の　お出ましに

会うも乗物　下りざるが
よほど不作法　これなり」と
その時これに　加わりし
侍皆を　召し寄せて
「今後は汝ら　心得よ
基房殿へ　出向きてに
無礼のお詫び　申さねば」
とてその場から　帰られし
されど清盛入道《にゅうどう》　その後で
重盛にへは　知らせずと
清盛入道《にゅうどう》のみを　恐るるの
侍　六十余人呼び
「来たるの　二十一日に

陛下元服　打合せ
それ来る基房　待ち受けて
前駆《さきがけ》　随身《ずいじん》　どもの髻《まげ》
切り資盛《すけもり》の　恥雪《すす》げ」
と言いたれば　兵どもは
畏れて受けて　出で立ちぬ
やがてにその日　来たるにて
夢にも知らぬ　基房は
暫く泊まる　用意とて
身形《みなり》整え　参上へ
待賢門より　入るべく
中御門《なかのみかど》を　西にへと
猪熊　堀河　その辺り
武装六波羅　兵どもが

三百余騎で　待ちうけて
基房周囲　取り囲み
前後でどっと　鬨《とき》の声
前駆《さきがけ》　随身　晴れの日と
着飾りおりし　その者を
あちら追い詰め　こちらにと
馬引き下ろし　さんざんに
暴行加え　踏みにじり
皆の　髻《もとどり》　切り落とす
藤原隆教《たかのり》の髻《まげ》　切る時に
「お前の髻《まげ》と　思わずて
主《あるじ》の髻《まげ》と　思うべし」
と言い含め　切りた云う
その後牛車《ぎっしゃ》　中にへも

弓の弭《はず》をば　差し入れて
簾《す》をむしり取り　牽《ひ》く牛の
鞦《しりがい》　胸当　切り放ち
さんざん狼藉　働きて
勝鬨《かちどき》挙げて　六波羅へ

清盛入道　出迎えて
「出かしたぞよ」と　宣《のたま》いし

基房これの　牛車《くるま》従者
うまく牛車《くるま》を　操りて
中御門《なかのごもん》の　邸宅へ
お連れ申して　ご帰還に

束帯の袖　涙にて
抑えながらの　ご帰還は
さても惨めで　酷かりし

これこそ平家　悪行の
始めなりしと　云われおる

重盛甚《いた》く　驚きて
その時行きた　侍を
集め皆をば　罰したり

またまた資盛《すけもり》　向かいてに
「例え入道《ちちうえ》　命出すも
我に一言　言わぬかや

十二、三《さん》歳にも　なる云うに
礼儀知らずを　振る舞うや
斯かる不始末　しでかして
入道《ちち》の悪名　立てるとは
これぞ不孝の　至りなり

お前一人の　責任ぞ」
言いて暫く　資盛《すけもり》を
伊勢の国へと　追放に

この処置なした　重盛を
君主も家臣も　皆々が
感心したとの　声頻り

西暦	年号	年	月日	天皇	院政	出来事
1168年	仁安	3	11/11	高倉	後白河	清盛病の為出家
1169年	仁安	元	4/12			平滋子、建春門院の宣下
1170年	嘉応	2	10/21			資盛、摂政鉢合わせ侮辱へに報復狼藉

鹿《しし》の谷密謀

そしてその年　暮れ行きて
嘉応三年　迎えたり

清盛入道《にゅうどう》の娘　その徳子
女御となりて　入内にと
この時年齢《とし》は　十五歳

清盛入道《にゅうどう》の嫡男　重盛は
右大将これが　左大将に
三男宗盛　中納言《なごん》やも
目上飛び越し　右大将に

新大納言《なごん》成親《なりちか》　言うことに
「他に越えらるは　仕方なし

されど平家の　三男に
追い越さるこそ　遺恨なり
是非に平家を　滅ぼして
本望遂げん」と　恐ろしき
ことを思いて　悔しがる

平治の乱の　その時に
成親 藤原信頼《のぶより》　味方して
敗れ処罰を　受くべきを
妹夫の　重盛が
種々取りなして　その首が
飛ぶを　免れたりしあり

然《しか》るにその恩　忘れてに
斯かる思いを　抱くとは

東山での　その麓

鹿《しし》の谷とて　云う場所は
後ろは三井寺　続き居て
堅固城郭　なりたりし

そこは俊寛《しゅんかん》僧都　山荘で
ここに常々　寄り合いて
平家滅ぼす　謀略を

ある夜後白河法皇《ほうおう》　そこ来たる

故少納言　入道信西《しんぜい》の
五男浄憲《じょうけん》法印　お供にと

酒宴で謀議　始まるに
浄憲《じょうけん》法印　驚きて
「なんと無謀を　図りおる
これが外部に　洩れたれば
　天下の大事に　なり兼ねぬ」
言うたに対し　成親《なりちか》が
顔色変えて　立ちた時
前ある瓶子を　倒したり

これを後白河法皇《ほうおう》　ご覧なり
「何を意味する」　申せせば
成親《なりちか》元に　戻り来て
「平氏が倒れ　候う」と
言いたで法皇　笑みたりし

「者ども集めて　猿楽を
　舞いて騒げや」　仰るに
平康頼《やすより》前出て　言いたるは
「あぁぁあまりに　へいいしこれ
　多てしこたま　酔いにけり」

俊寛僧都　これを聞き
「然すれば如何に　すべきか」と
言うたを受けて　西光《さいこう》法師が
「首を取るのが　一番」と
瓶子の首取り　座の中へ

あまりの狂態　驚きて
浄憲《じょうけん》法印　何《な》も言えず

いやはや恐ろし　謀略ぞ

首謀者成親　陰謀に
法勝寺執行《しぎょう》（実質の代表者）　俊寛《しゅんかん》僧都も

成親　多田行綱《ゆきつな》　呼び出して
「今度《こたび》そなたが　大将ぞ
首尾よく事が　成就せば

国も荘《しょう》園をも　思うまま
これを弓袋《ゆぶくろ》　材料に」
言うて白布　五十反
行綱にへと　賜りし

院・延暦寺の確執

師高《もろたか》 師経《もろつね》　兄弟は
西光法師の　息子にて
加賀守《かがかみ》なりた　師高《もろたか》は
非法非礼を　強行し
神社や仏寺　またそれと
権門勢家の　荘園を
これ没収し　さんざんに
悪事働き　居たるなり
師高《もろたか》弟　師経《もろつね》は
加賀目代《もくだい》（国守の代理人）に　任ぜられ
着任早々　鵜川云う
山寺の僧　湯あみすを
乱入追い出し　その後に
我が身湯あみし　馬洗う
僧ら驚き　争いに
暫く攻め合い　したるやも
（敵《かな》わじ）思い　師経《もろつね》は
夜に入るや　退却《しりぞ》きぬ
その後なりて　師経《もろつね》は
加賀の役人　一千余
集め鵜川《うがわ》寺に　押し寄せて
僧房の残らず　皆焼きし
鵜川《うがわ》寺は白山《はくさん》神社　末寺にて
白山《はくさん》神社　延暦《えんりゃく》寺　末寺なり
白山三社　八院の

衆徒蜂起し　二千余《にせんよ》人が
師経館《もろつねやかた》に　押し寄すに
師経《もろつね》とても　敵わぬと
夜中に京へと　逃げ去りし

さすれば山門《やま》（比叡山）へ　訴うと
白山中宮の　神輿をば
飾り比叡山《えいざん》　向かいたり

やがてに比叡山《えいざん》　僧団は
師高《もろたか》流罪に　処すべしと
師経《もろつね》これに　禁獄を
とに朝廷に　申し出《づ》も
西光　法皇《ほうお》の　気に入りで
何のご沙汰も　なかりける
『我が意にならぬ　ものこれは

賀茂川《かもがわ》の水　それ加え
　双六の賽　山法師』（比叡山の僧兵）
と白河院も　仰せとか

斯ほどに比叡山《えいざん》　僧兵の
神威借りての　行動は
脅威与えし　ものなりし

その後も山門（延暦寺）　僧団は
国司師高　流罪にと
目代師経《もろつね》　投獄を
何度《いくど》も内裏に　奏せしも
何の裁きも　なされぬに
日吉《ひえ》神社の祭礼　中止して
十禅師《じゅぜんじ》権現　客人宮《まろどみや》
八王子《はちおじ》これの　三社から
神輿それぞれ　持ち出して

比叡山《やま》から洛中　向かいたり
これに対して　朝廷は
源平両家の　大将に
僧団阻止の　命下す

平家は左大将　重盛が
三千余騎の　兵で以て
大宮通りに　面するの
陽明門《ようめい》　待賢門《たいけん》　郁芳門《いくほう》の
三つの門を　固めてし

一方こちら　源氏では
源三位頼政《よりまさ》　これを先鋒に
わずか　三百余騎にてに
北門　縫殿《ぬいどの》　陣警護

手薄と見たか　僧団は
北門　縫殿　その陣に
神輿入れよと　繰り出せり
したたかなるや　頼政は
急ぎ馬降り　兜脱ぎ
神輿に敬意　表してに

「神輿入るるは　止むなしも
この頼政は　無勢《ぶぜい》なり

それを得たりと　入りせば
『僧団弱みに　付け込みし』
など京童　噂すや

開けて入れなば　宣旨にと
背くも同然　なり兼ねぬ

防御すべしと　戦えば
薬師如来や　日吉山王権現《ごんげん》を
信仰する身　以後長く
武士道　歩み続け得ず

何《いず》れを採るも　困るにて
東陣頭　重森が
大勢《あまた》で警護　固めおる
その陣からにされたれば」

言うに豪雲《ごううん》　進み出て
「言われしことは　尤《もっと》もぞ
敵打ち破り　入るやが
後代の評価　得らるべし」

言うに皆々　納得し
待賢門から　入れ様《よ》すに

たちまち乱闘　これ起きて
武士らさんざん　矢を射かけ
十禅師神輿に　矢が刺さり
神人《じにん》（下級神職）　宮仕《みやじ》（雑役僧）が　射殺され
衆徒多くが　傷負いて
僧団神輿を　捨て置きて
泣く泣く本山　帰りたり

うち捨てられし　神輿をば
如何すべしか　議論して
祇園《ぎおん》別当権大僧都《そうず》の　澄憲《ちょうけん》に
命じ燈火の　時刻にと
祇園社《やしろ》へ　お入れして
神輿刺りし　その矢をば
神人《じにん》らこれに　抜かさせる

山門《やま》の僧団　日吉《ひえ》それの

神輿　陣頭　振りかざし
京への乱入　永久《えいきゅう》より
治承までには　六度あり

されどその度　武士命じ
防がせたるも　一度とて
神輿を射るは　なかりける

「霊神お怒り　なさるれば
災害巷《ちまた》に　満つと言う
あぁ恐ろしや　恐ろし」と
口々人々　言い合えり

同年四月　十四日
「夜半に山門《やま》の　僧団が
またも都へ　なだれ込む」
とにの噂が　広がるや

夜中や云うに　高倉天皇《てんのう》は
手輿乗られて　後白河法皇《いん》御所へ
早々移り　なされたり

建礼門院　牛車《くるま》乗り
別の場所へと　移られし

衆徒鎮撫の　役就きた
時忠比叡山《えいざん》　向かい行き
「今しばらくは　静まれや
衆徒の皆に　申すべき
事これあり」と　思う事
一筆書きて　遣わせり

開きて見るに　そこにては
《狼藉悪魔の　所業にて
抑うは薬師如来《にょらい》の　加護なり》と

そこの書面に　書かれてし
これ見て衆徒の　皆々は
時忠捕らえる　までなしと
「もっともっとも」　言い合いて
それぞれ谷下り　宿坊へ

強訴に懲りたか　院側は
渋々訴え　取り上げて
同年四月　二十日には
国司でありた　加賀の守
近藤師高《もろたか》免官　させられて
尾張《おわり》国井戸田へ　流されし
弟　目代　師経《もろつね》は
禁獄処分を　下されし

また十三日　その日には

神輿を射せし　武士六人
入獄にされ　これら皆
重盛身内の　侍ぞ

同じ四月の　二十八日《にじゅうはち》
亥の刻(午後十時頃)　樋口富小路
そこから火出て　広がりて
京中多く　焼けにけり

名所を　三十数か所と
十六か所の　公卿邸《くぎょやしき》
これらが全て　焼け落ちし

果ては内裏に　吹きつけて
朱雀門より　はじめとし
応天門に　会昌門《かいしょうもん》
大極殿に　豊楽院

諸司八省　朝所《あいたどこ》
あっと言う間に　燃え移り
みな灰燼の　地となりぬ

日吉山王権現《さんのうごんげん》　咎めとて
比叡山《やま》より大っき　猿どもが
二、三千ほど　おり下り
てんでに松明《たいまつ》　点し持ち
京を焼く夢　人が見し

西光斬らる

治承元年　五月の五《ご》日
西光法師の　讒言《ざんげん》で
山門強訴の　責問われ
天台座主の　明雲《めいうん》大僧正は
法会　講義の　役剥奪《はがし》
護持僧《ごじそう》(玉体守護の祈祷僧)からも　外されて
伊豆《いず》国への配流　決したり

延暦寺では　評議して
「天台座主が　始まりて
五十五代に　至るまで
いまだ流罪の　例聞かじ
明雲僧正　戻す」とて
比叡山《やま》の衆徒は　残らずに
比叡山《えいざん》下り　奪還に

奪還僧団　充《み》ち満つに
追い立て役人　護送役
皆ちりぢりに　逃げたりし

無事奪還を　遂げたりて
明雲座主《ざす》をば　東塔南谷
妙光坊に　お隠しす

やがてに明雲《めいうん》座主　奪還の
一件後白河法皇《ほうおう》　お聞きなり
甚《いた》く不快を　西光《さいこう》法師が

「延暦寺《やま》の衆徒が　理不尽な
訴訟起こすは　ままあれど
今度《こたび》はその度　過ぎおりし

よくよく考え　なさりませ
これを戒《いまし》め　なされずは
世が世でなしと　存じあぐ」
と後白河法皇《ほうおう》に　申しあぐ

されど今度《こたび》は　処分なし

成親　延暦寺《やま》の騒動で
平家打倒の　宿意をば
しばしの中断　余儀なくと

下準備《じゅんび》あれこれ　なしいたが
擬勢ばかりで　この謀反
成功するは　見えおらず
頼られおりた　多田行綱《ゆきつな》も
無駄骨だとに　思う様《よ》に

(平家の隆盛　見てみるに
そうた易くは　衰えじ
洩るればこの我れ　殺さるる
他人の口から　洩れる前
寝返り生き延ぶ　得策ぞ)

と思う気持ち　湧いてきし

同じ五月の　二十九日《にじゅうく》
夜更け頃にと　清盛入道《にゅうどう》の
西八条の　邸《やしき》行き
「多田の行綱　参りてし
申すべきこと　これありて」
と取り次がせるに　清盛入道《にゅうどう》は
「普段来もせぬ　者来るは
何事なりや　聞きまいれ」
とて平盛国《もりくに》を　応対に

「人伝て申すに　あらざりて」
言うに「ならば」と　清盛入道《にゅうどう》が
自ら中門　廊下にと

「夜も更けおるに　何事ぞ」
と言われたに　多田行綱《ゆきつな》は
「昼は人目が　多かるに
夜に紛れて　参上を

近頃後白河院中《いんちゅう》　人々が
軍備調え　兵集む
これをば如何に　お聞きかや」

言うに応えて　清盛入道《にゅうどう》は
「さてそのことは　後白河法皇《ほうおう》が
比叡山《やま》を攻むるの　準備だと
聞きしにそれが　如何した」

と事も無げ　言い放つ
行綱近寄り　小声にて
「然にはあらずて　その全て
当家に関わる　ことならし」

清盛入道　驚きて
「そのこと法皇　存じかや」

「すべて存じて　おられてに
執事別当（長官）　成親《なりちか》の
軍兵召集　これなるも
法皇ご指示と　伺いし

平康頼　ああ言いし
また俊寛が　こう言いて
西光あれこれ　振る舞いて」

などにと　一部始終をば
言い散らかして　行綱は
「これにて我れは」と　立ち上がる
その背後から　清盛入道《にゅうどう》の
大声　侍　呼びつけて
罵《ののし》り騒ぐ　声がする

去り行きかけた　行綱は
余計なことを　口に出し
後での証人　喚問が
恐ろしくなり　追い来ぬに
袴の股立ち　つかみ上げ
大慌てにて　門外へ

その後　清盛入道は
平貞能《さだよし》　呼びつけて

「当家を倒す　陰謀を
企だつ連中　京中に
満つるに皆に　触れ回し
侍どもを　集めよ」と
言うに平貞能《さだよし》　駆け回り
軍勢どもを　集めたり

清盛三男　宗盛に
清盛四男　知盛に
清盛五男　重衡に
清盛次男の　その嫡男
行盛以下の　一門が
甲冑これに　身を固め
弓矢携え　馳せ集う
雲や霞の　如くにと
その他の侍　集い来て

その夜のうちに　清盛入道《にゅうどう》の
西八条の　邸《やしき》には
六、七千騎の　兵どもが
集結したに　見えたりし

明くれば六月　一日で
いまだに夜も　明けぬ頃
清盛入道　検非違使の
安倍資成《すけなり》を　呼び付けて
「至急に院の　御所へ行き
平信成《のぶなり》呼び出し　言うて来い
『成親《なりちか》以下の　側近ら
平家一門　滅ぼして
天下に混乱　起こすとの
企てありと　聞きたりし
残らず召し捕り　尋問し
処罰加え様《よ》　思うにて
法皇《ほうお》も干渉　しなき様《よ》と』
伝えて参れ」と　宣《のたま》いし

資成《すけなり》急ぎ　院御所へ
平信成《のぶなり》呼び出し　このことを
伝うに平信成《のぶなり》　真っ青に
すぐと法皇《ほうお》の　御前行き
ことの事態《しだい》を　告げたれば

(何たることか　内密の
企て洩れしか)　思いしも
ただ法皇は　「斯く言うは
如何なることぞ」　言うのみで
確《かく》とは返事　されざりし

平信成《のぶなり》からに　仕儀を聞き
資成急ぎ　駆け戻り
この由伝うに　清盛入道《にゅうどう》は
「行綱言いしは　真実《まこと》なり

これを知らせて　くれなくば
安穏として　おれなかり」

とて平貞能《さだよし》と　伊藤景家《かげいえ》に
「謀反企立つ　連中を
残らず捕らえよ」　命じたり

これにて武士の　二百余騎
三百余騎が　あちこちに
押し寄せ捕縛　始まりし

清盛入道《にゅうどう》まずは　雑色《ぞうしき》（走り使い）に
「中御門《なかのみかど》の　烏丸の
成親邸《やしき》　参りてに
『必ずお越し　なされたし
お聞きしたきの　儀あるにて』
とに言うべし」と　命じ遣る

我が身起こるを　つゆ知らず
新大納言成親《なごんなりちか》　思いしは
（さては法皇《ほうお》の　比叡山《やま》攻めを
思い留ます　説得か

法皇《ほうお》の怒り　激しくて
さても無理かと　思わるに）
と糊なし狩衣　ゆったり着
色鮮やかな　牛車《くるま》乗り
侍三、四人《し》　召し連れて

雑色　牛飼　至るまで
めかし込みてに　赴けり

西八条の　近く来て
周囲四、五町（約400～500m）　兵満ちし

（すごき数やに　何事ぞ）
と胸騒ぎ　覚えつつ
門前にてに　牛車《くるま》下り
門内入り　見回すに
そこにも兵が　あふれおる

中門口の　付近では
恐ろし気なる　者どもが
大勢待ち受け　成親の
その手つかみて　引っ張りて
「縄掛くべしや」と　問いたるに

清盛入道《にゅうどう》 簾中《すうち》 から覗き
「然に及ばず」と 言いたりて
縁の上へと 引き上げて
狭き部屋にと 押し込めし
成親夢でも 見てる様で
まったく合点 行かざりし

然するうちにも 続々と
近江入道《おうみにゅうどう》 蓮浄《れんじょう》に
法勝寺執行《ほうしょうじしぎょう》 俊寛《しゅんかん》僧都に
中原基兼《もとかね》 正綱 平康頼《やすより》に
惟宗信房《これむねのぶふさ》 平資行《すけゆき》も
捕らえられてに そこへ来る
西光法師 これ聞きて
(次は我が身)と 思いしか

馬に鞭打ち 院御所へ

六波羅兵ら 道出合い
「清盛殿が お呼びぞな
 直ちに参れ」 言うたにと
「申し上げたき 儀がありて
院御所向かう 途中なり
 それが済みせば」 とて言うに

「憎っくき入道 院へ行き
 何を申すや 行かせぬ」と
馬から引きずり 落としてに
縛りて宙に ぶらさげて
西八条の 邸《やしき》へと
最初からにと 謀略に
加わり居りし 者故に

特にきつくと 縛り上げ
中庭にへと 引き据えし
大床に立ち 清盛入道《にゅうどう》は
これを暫く 睨みつけ
「憎っき奴め 当家をば
倒す謀反を 企つの
 輩《やから》のこれが なれの果て
 そやつをここに 連れまいれ」
と縁端に 引き寄させ
草履 履きつつ その面《つら》を
むんずむんずと 踏みつけし
「己《おのれ》如きの 下郎をば
法皇召して 身に合わぬ
官職与うに 父子共に
身分不相応《ぶんふそおう》をば 仕出かすと

思い居りしが　案の定
天台座主を　流罪にし
その上当家を　倒そうと
謀反企つ　者どもに
加担するとは　憎らしや
きりきり喋れ　正直に」
と清盛入道《にゅうどう》が　言いたれば
肝の据わりし　西光は
顔色ひとつ　変えずとに
せせら笑いて　口を開け
「院に使わる　身なりせば
執事の別当　成親が
院宣受けての　募兵にと
関与したるは　確かなり

我れをば身分　不相応《ふそお》だと
よくもほざくや　馬鹿らしや
他人の前なら　いざ知らず
この西光が　聞きおるに
いけしゃあしゃあと　何を言う
そもそも貴様　刑部卿
忠盛の子で　ありしやに
十四、五歳に　なりたりて
大人なるやも　官《かん》職つかず
暫しの後に　亡中御門《なかみかど》
藤中納言《なごん》家成《いえなり》　そのそばに
出入りするをば　京童部
『あれが噂の　高平太』(高下駄履きし平家の太郎)
と言われてし　者なるや

しかるに保延《ほえん》　その頃に
あの海賊の　首謀者の
三十数人　捕縛せし
手柄で四位に　叙せられて
四位の兵衛佐《ひょえすけ》　言いしをば
身分不相応《ぶんふそお》だと　皆言いし
殿上交わり　これさえも
嫌がられてし　忠盛の
その子が　太政大臣に
成り上りたの　これこそが
身分不相応《ぶんふそお》では　あらずかや」
と憚らず　言いたれば
あまりに腹を　据えかねて
清盛入道《にゅうどう》暫し　もの言えず

暫くありて　清盛入道《にゅうどう》は
「そやつの首は　簡単に
斬るな　みっちり　問い質し
事の経緯《しだい》を　問い詰めて
その後河原で　首刎ねよ」
とにと厳しく　命じたり

松浦重俊　命を受け
手足を挟み　あれこれと
拷問加え　取り調べ

西光抗《あがら》う　気なき上
激し拷問　曝されて
洗いざらいを　自白せり

自白調書の　四、五枚を

取られ「口裂け」　命受けて
口引き裂かれ　五条西
朱雀で遂に　斬られてし

重盛の章（二）

重盛の諭し（一）

新大納言《なごん》　藤原成親は
清盛入道《にゅうどう》邸《やしき》の　一室に
籠められ汗だく　なりながら

（ああ情けなや　これなるは
日頃の計画　洩れしかや
一体誰が　洩らせしか
北面武士の　その誰か）

などと想像　しておるへ
清盛入道　遣って来て

成親背後の　障子をば
ざっとに開けて　そこ立てり

短い素絹《そけん》の　法衣着て
その足すっぽり　くるむ様《よ》な
白き　大口袴穿き
聖柄刀《ひじりづかとう》（木地のままの柄の刀）　ゆるり差し
成親しばし　睨みつけ

「貴様は平治の　乱の折
既に処刑を　されるやに
重盛助命　嘆願し
首繋がるを　如何に思《も》う

恩を知るをば　人と言い
恩を知らぬは　畜生ぞ

然るに何の　恨みあり
我が一門を　滅ぼすや

然れど当家の　命運は
尽きずて貴様　ここに居る

じかに聞こうぞ　全てをば」

とにと言われて　成親は
「きっと誰かの　讒言《ざんげん》ぞ
篤とお調べ　なされませ」

言うに清盛入道《にゅうどう》　怒りてに
「誰ぞいるか」と　呼びたれば
平貞能《さだよし》さっと　現れし
「西光《さいこ》の自白状《じはくじょ》　ここへ持て」

と命じられ　すぐそれへ
清盛入道《にゅうどう》これ取り　繰り返し
何度《いくど》たりとも　読み聞かせ

「憎っくき奴め　これ以上
　何を弁解　すると言う」
と成親顔に　投げつけて
障子ばしっと　閉め立てて
行きたが　まだ腹　据えかねて

「経遠《つねとう》　兼康《かねやす》」　とに呼びて
「取っ捕まえろ　あの男
　引きずり出せや　庭にへと」
と命じしも　その二人
如何《いかん》すべしか　戸惑いて

「重盛殿の　ご意向は」
とに言いたれば　清盛入道《にゅうどう》は

「そうか其方《そち》らは　重盛の
命にはこれに　従うが
我れの言うこと　軽んずや
なら仕方なし」　呟《つぶや》くに
(これはまずき)と　思いしか
立ち上がりてに　成親の
左右の手をば　引っ掴み
庭へ引きずり　落としたり

すると清盛入道《にゅうどう》　気《き》分よさげに
「痛めつけてに　泣かせよ」と
言われ二人は　成親の
両耳にとて　口を当て

「大声出して　喚《わめ》きませ」
と囁きて　ねじ伏すに
二声三声　喚《わめ》きたり

成親思うに　(この我れが
斯かる憂き目に　遭いたるに
息子成経《なりつね》はじめ　幼き子
如何なる目にと　遭わるるや)
とて気掛かりで　たまらなし

酷き暑きの　六月で
装束すらも　緩め得ず
耐え難くにと　暑かりて
胸も締めつく　心地して
競う如くに　汗涙
そこへと流れ　落ちたりし

（斯かることにと　なりつるが
　重盛殿は　見捨てずや）
とにと思うが　さて誰に
伝うが良きか　思案なし

重盛これは　普段から
良きも悪しきも　物事を
騒ぎ立てるの　人でなく
それから日数《ひかず》　経ちた後
嫡子《ちゃくし》維盛　牛車《くるま》乗せ
衛府の役人　四、五人と
随身二、三《さん》人を　これ連れて
軍兵一人も　連れずとに
落ち着き払い　そこへ来し

中門口で　重盛が
下りるに貞能《さだよし》　さっと寄り

「斯ほど大事な　とき云うに
　軍兵一人　連れずにて」

言うたに重盛　応えしは
「大事は天下の　こと言うぞ
　私事《しじ》を大事と　言うなかれ」

と言いたれば　武装せし
守護の兵らは　戸惑いし

その後重盛　歩を進め
（成親どこに　閉じ込むや）
とあちこち障子　開け探し
とある障子に　木材を
十文字《じゅうじ》に張りつく　箇所ありし

ここかと開ければ　成親が
涙にむせび　うっ伏して
目も上げられず　そのそこに

「如何なされし」　との声に
顔上げ成親　重盛を
見たる嬉しき　顔付は
地獄で罪人　地蔵《じぞう》菩薩をば
見たかの如き　憐れさよ

「何がどうかも　分からずと
今朝から斯かる　目に遭いし
良き折おいで　下されし
助け下され　お願いぞ

平治の乱で　本来は

処刑さるるを　御恩受け
首をばつなぎ　いただきて
今　正二位の　大納言
昇進してに　四十《しじゅう》歳過ぐ

受けし御恩は　永遠に
報い尽くすは　能《あた》わざり

値打ち少なき　命やも
今度《こたび》もお助け　願えぬか

もしも長らえ　叶うなら
身退《ひ》き出家し　入道に
高野《こうや》山　粉川《こかわ》寺に　籠り居て
後世　往生と　勤行《ごんぎょう》す」

とにと言われて　重盛は

「然にと思うが　本当《まこと》なら
まさか命は　取らるるまい
たとえその様《よ》に　なろうとも
重盛ここに　おるからは
命掛けても　お守りを」

言いて清盛《きよもり》入道　御前行き

「成親　命　奪うなは
今も、一つと　お考え

既に成親　召し捕らる
処刑せずとも　心配《うれい》なし

申し上ぐるも　如何やも
我が妻　成親　妹で

我が子維盛　これもまた
成親これの　娘聟

親しき故に　申すかと
思われるやも　然にあらで
ただ帝のため　国のため
平家一門《いちもん》ために　思うのみ
斯ほどの栄華　極められ
もう十分と　思《おぼ》すやも
子々孫々の　繁栄を
願う訳には　行かれぬか

『父祖の善行　悪行の

因果は必定　子孫にと』
と伝えには　言いまする

『代々善を　行いし
家系に慶福　これありて
代々悪を　行いし
家系に報い　積もり来《く》』と
昔からにと　聞き及ぶ

これら色々　考ずるに
今夜に首を　刎ねらるは
得策やとは　思われじ」

と言われ　清盛入道は
(それももっとも)　思いしか
死罪は思い　留まりし

中門出でし　重盛は
侍らにと　言いたるは
「命下さると　云いたれど
成親処刑　これならぬ
腹立ち紛れに　父上が
焦り処すれば　後で悔ゆ
いいかお前ら　過ちを
犯して　罰せられたとて
この我れ恨む　ことなかれ」
と言いたれば　兵は皆
舌を震わせ　慄《おのの》きし
「それはそれとし　今朝方に

経遠　兼康　成親に
非情な仕打ち　なした云う
やがて我が耳　入るをば
考え恐れ　なかりしや
田舎侍　皆これぞ」
経遠　兼康　こう言われ
恐れ入りてに　畏まる
そう言い置きて　重盛は
己《おの》が邸《やしき》に　戻られし
一方こちら　成親の
逃げ帰り来た　侍は
急ぎ中御門烏丸《からすま》　邸《やしき》へと
戻りこのこと　話すやに

北の方以下　女房らは
声々喚《わめ》き　泣き叫ぶ

「主人《あるじ》をはじめ　お子たちも
捕らえられると　聞き及ぶ
急ぎ何処《どこ》かに　お隠れを」

と言いたるに　北の方
「斯くなりたれば　安穏に
暮らし続けて　何になる
ただただ成親《あのかた》　同様に
一夜の露と　消え果てん

それにしたとて　今朝別れ
今生別れに　なろうとは」
と臥し転々　泣かれたり

やがて武士らの　近づくの
音が幽かと　聞こえて来に
(また恥曝し　憂き目をば
　見るはさてしも　忍びなし)

と十歳《とお》女子と　八歳の
男子を同じ　牛車《くるま》乗せ
行く当てなしに　出でたりし

そのまますろつく　訳行かず
大宮大路　上り行き
着きたは北山　雲林院《うりんいん》

その周辺の　僧坊に
子供二人を　降ろしたる

送りの者ら　我身《み》守ると

皆　暇乞《いこま》い　帰りたり

まだあどけなき　二人の子
残され　話し掛く人《も》なし

北の方その　心中は
察するほどに　哀れなり

暮れゆく夕日　見るにつけ
(儚き命の　成親も
　今宵限りか)　思うだに

我が身も消えて　しまい相《そ》に

成親息子の　成経は
その夜院御所　泊りしへ
斯の成親の　侍ら
慌て院御所　駆けつけて

成経呼びて　伝えるに
「斯かる大事を　何故に
　教盛殿に　知らせずや」
と言い終わらぬ　その間《かん》に
「教盛からで」と　使者《つかい》来し
教盛　清盛入道《にゅうどう》の　弟で
成経にとり　妻の父

清盛
教盛─娘
　　＝
成親─成経

来たる使者《つかい》の　言うことに
「何や知らねど　今朝方に
　清盛入道《にゅうどう》殿より　お達しで
『必ずお連れ　するべし』と」

事態を察し　成経が
法皇側近《そっきん》女房ら　呼び出して
「昨夜何やら　騒がしを
また山法師　下るかと
他人事とて　思いしが
何と我が事　なりしやな
昨夜に父は　斬らるるはず
我れも同罪　免れぬ
も一度御前　参りてに
法皇《きみ》のお目にと　掛かりたし
されど斯かる身　なりたるに
御前出ずるは　憚らる」

言うに女房ら　急ぎてに
御前に行きて　その旨を
聞きし法皇　頷きて
「今朝清盛入道《にゅうどう》から　来た使者に
　何かあるなと　感づきし
ともかくここへ」　言われたに
成経御前へ　参上す
法皇涙　流されて
何も仰せに　ならぬまま
涙にむせび　成経も
何をも申し　上げ得ざり
ややあり成経　御前をば
退出さるや　法皇は

後姿を　遠くまで
見送られてに　胸迫り
「末世はまこと　心憂し
　これが最後ぞ　会うことは」
とて涙をば　止め得ざり

成経　教盛　訪ぬるに
実家《さと》戻り居た　北の方
お産間近の　苦しみに
聞きし嘆きも　加わりて
今に死にそな　気配なり

少将成経　その乳母に
六条という女房《にょぼ》　居りたりて
「院の御所へと　出向かれて
　遅くの戻り　案じしが
今度《こたび》は如何なる　目に遭うや」

とにと泣くをば　前にして
「そう嘆かずと　居るが良い
　教盛殿が　おわす故
　命だけなと　お助けに」

とにあれこれと　慰むも
人目も恥じず　泣き悶う
その間絶えず　清盛入道《にゅうど》から
使者が来るので　教盛は

「行きてみなくば　始まらぬ」
と出で立つに　成経も
牛車《くるま》の後ろ　乗りて出る
西八条の　近く来て

まず取り次ぎを　申せしば
「成経入るは　ならぬ」言う
されぱと近くの　家下ろし
教盛だけが　門内へ

瞬く間にと　武士らが
成経これを　取り囲み
厳しく警護　しておりし

教盛中門　控えしが
清盛入道《にゅうどう》出でも　来ざるなり

暫くしてに　教盛は
源季貞《すえさだ》　そこへ呼び
「つまらぬ者と　親しなり

返す返すも　無念やが
いまさら　致し無きことぞ

連れ添わせしの　我が娘
産みの病に　苦しむに
夫　捕縛に　嘆き増し
今に死にそな　様子なり
教盛ここに　おるからは
間違いなどは　起こさせぬ
暫し成経　お預けを」
と言われ季貞　参上し
この旨清盛入道《にゅうどう》に　伝えしも
「ああやはりかや　教盛は

物の道理を　分からぬか」
とにとすぐには　返事《へん》なさず
暫くあって　清盛入道《にゅうどう》は
『成親平家　滅ぼして
天下混乱　企てし
成経　成親　長男ぞ
疎遠　親しに　関わらず
到底許す　訳行かぬ
万一　謀反　成功《なり》たれば
其方《そなた》も無事で　済まなきや』
とに伝えよ」と　言われたり
季貞戻り　教盛に

由《よし》そのままを　伝えたり
教盛不本意　様子にて
重ね伝言　遣りたるは
「保元 平治の　乱以来
たびたび合戦　その折も
清盛《あにうえ》命に　代わるべく
努め参りし　我れなりし
年齢《とし》取りたるも　この我れに
若き子供ら　多く居り
守備務まらぬ　はずはなし
然るにしばし間　成経を
預ることすら　許さずは
不忠の心　ある者と

思いなさるか　この我れを
心許なく　思われて
俗世にいても　甲斐はなし
お暇いただき　出家して
高野《こうや》山や粉河《こかわ》寺に　籠り居て
後世往生の　修行為す」

季貞再び　清盛入道《にゅうどう》へ
「既に覚悟を　お決めにて
善処お願い　奉る」

言うや清盛入道《にゅうどう》　驚きて
「言うも出家は　ならずやな
ならば成経　しばらくは
教盛これに　預け為す」

聞きて季貞　戻り来て
この由《よし》伝うに　教盛は

「子などを持つは　馬鹿らしや
我が子の縁に　縛れずば
斯かる気揉みを　せず済むに」
とに呟きて　出て行きし

出で来た教盛　待ち受けて
「如何なるや」と　成経が
問うに教盛　諭す如

「入道《あにうえ》あまりに　怒りおり
我れと対面　されざりし
断じ許さじ　言われしが
出家と言うが　効《き》きしかや

ならば其方《そなた》を　暫くは
我れに預ける　言われしも
長きの保証　思い得ず」

言われ成経　喜びて
「ご恩で命　延びたかや

ところで父の　成親の
ことは何かを　お聞きかや」

これに応えて　教盛が
「其方《そなた》のことが　せいぜいで
そこまでは気が　回らなし」
と言われ成経　涙をば
ほろほろ流し　言うことに

「我れが命を　惜しむのは
も一度父にと　思う故

この夕　父が　斬られなば
生きる甲斐なし　それならば
同じ場所での　処刑を」と

言われ教盛　苦しげに
「其方《そなた》を懸命　嘆願し
成親までは　気回らずも
今朝に重盛　あれこれと
説得さるに　当面は
安堵なるにて　暫し待て」

聞き終わらずに　成経は
手を合わせてに　喜びし

（子でなかりせば　誰がとて
我が身差し置き　喜ぶや

真の契りと　いうものは
親子の間に　こそあるか

人はやはり子　持つべき）と
思い直すの　教盛ぞ

そして今朝出た　同様に
二人で牛車《くるま》で　戻るるに
邸《やしき》で女房ら　集まりて
死人がまたに　生き返る
如き心地で　嬉し泣き

重盛の諭し（二）

清盛入道《にゅうどう》多くの　人々を
処《しょ》罰すも満足　できぬかや

赤地錦の　直垂《ひたたれ》に
黒糸縅《おどし》の　腹巻に
銀施せし　胸板着
銀蛭巻の　小長刀《こなぎなた》
脇に挟みて　中門の
廊下辺りに　出られてし

その剣幕や　恐ろしき

「貞能《さだよし》」呼ぶに　直ちにと
平貞能《さだよし》前に　畏まる

「如何に思うや　貞能よ
保元の乱の　その折に
亡鳥羽院《とばいん》それの　遺言通《ど》り
後白河法皇《ほうお》方付き　戦陣へ
出向き敵をば　滅ぼせり

平治元年　十二月
藤原信頼《のぶより》　源義朝《よしとも》　謀反折
後白河法皇《ほうお》と二条天皇《てんの》　お捕らえし
大内裏にと　立てこもり
暗黒の世に　なりし時
粉骨砕身　この我れは
悪党どもを　追い落とし
藤原経宗《つねむね》　惟方《これかた》　捕らうまで
法皇《ほうお》のために　この命
落としかけたは　何度《いくど》かや

人があれこれ　言いたとて
七代後まで　一門を
見捨てるべきでは　なかろうに
藤原成親　云う無能
西光と云う　下種《げす》どもの
言うに耳をば　傾けて
我が一門を　滅ぼそと
なさる法皇《ほうお》が　恨めしや

この後も讒奏《ざんそう》　するが居り
平家追討　院宣を
下されるやも　知れぬなり

朝敵なりては　最後にて
後悔しても　始まらぬ

世をば鎮める　暫しの間

法皇《ほうお》を鳥羽の　北殿に
お移しするか　さもなくば
この西八条の　邸《やしき》へと
お越し願うの　他なしか

然すれば必ず　北面《ほくめん》武士の
中に矢射るも　現わるや

侍どもに　触れを出せ
我れは法皇　見限りし
馬に鞍置け　大鎧
持ち来い」とにと　言われてし

平盛国《もりくに》駆け行き　重盛へ

「今に事態は　急変に」
と伝えるに　重盛は

皆言い終えぬ　その先に
「成親　首を　刎ねらるか」

と言うに「いいえ　然にあらで
入道殿が　大鎧
召され侍　皆々が
法住寺へと　攻む準備

『世をば鎮める　暫しの間
法皇鳥羽の　北殿に』
とに申すやも　本心は
九州《きゅうしゅう》の方への　お流しを」

と言うに重盛　とっさには
(あって無かるや　然なること)
と思いしが　落ち着きて
(今朝の清盛入道《ちちうえ》　機嫌よし
何故《なにゆえ》斯ほどに　血迷わる)
と急いぎ牛車《くるま》　走らせて
西八条へ　向かわれし

門前にてに　牛車《くるま》下り
門内入り　見渡せば

清盛入道《にゅうど》は腹巻　着けられて
平家一門《いちもん》公卿《くぎょ》や　殿上人《てんじょ》ら
数十人が　揃い居て
色とりどりの　直垂に
思い思いの　鎧着て
中門廊下に　二列にと
並び控えて　居たるなり

他に諸国の　受領《ずりょう》やら
衛府や役所の　官人ら
縁《えん》側から溢れ　庭にても
隙無くびっしり　居並びし

旗竿狭しと　引き寄せて
馬の腹帯　固めなし
兜の緒をば　きりと締め
まさに出陣　する気配

重盛それの　着ているは
烏帽子《えぼし》直衣《のうし》に　大紋の
指貫 股の　横掴み
衣擦れ音で　進み行く
寛《くつろ》ぎ様子　場違いぞ

清盛入道　伏し目にて
(世を軽んずる　ふるまいか
これは叱って　やらねば)と

思いながらも　（我が子やに
仏教《ぶっきょ》における　五つでの
戒律守り　慈悲を持ち
儒教における　五つでの
徳を乱さず　礼儀《れい》正し

斯かる姿の　重盛に
腹巻着けての　対面は
さすがに気引け　恥ずかし）と
障子を閉めて　腹巻の
上に絹法衣《ほい》　慌て着る
されど胸板　その金具
少し開《はだ》くを　隠すべく
衣の胸を　合わせんと
清盛入道《にゅうどう》黙し　言葉なし

重盛これも　黙しまま
焦れしか清盛入道《にゅうどう》　少しして
「成親謀反　屁でもなし
すべては後白河法皇《ほうおう》　企てと
思えることこそ　恨めしき

世を暫くと　鎮める間
鳥羽北殿へ　移さすか
ここへ来さそと　思うやが」
と言われ重盛　聞く間にも
ほろほろ涙　零したり
「どした」と清盛入道《にゅうどう》　呆れ顔
ややあり重盛　涙拭き

「今の話を　伺いて
もはやご運も　尽き始む
人の命運　傾くは
悪事思いし　その時ぞ

そのご様子を　見るにては
この世の事と　思われじ
我が国小さな　辺境地
と云え　天照大神《あまてるおおみかみ》
その御子孫が　国主なり
天児屋根命《こやね》の末裔　藤原氏
これが朝政　執り以来
太政大臣　位にと
なりたが甲冑　纏うとは
礼儀背くに　あらずやな

しかも父上　出家身ぞ
解脱《げだつ》の印の　法衣をば
脱ぎ捨て甲冑　これ纏い
弓矢手にする　このことは
仏教これの　戒めを
破る罪をば　招く上
儒教の　仁 義 礼 智 信
これの法にと　背くなり
太政大臣《おとど》でもある　父上に
申すは畏れ　多きやも
この世に四つの　恩がある
天地　国王　父母の恩
それに衆生の　恩ならし

中で最も　重きなは
帝《みかど》の恩で　あらずやな
まして父上　先祖にも
例なき　太政大臣と
云う最高の　地位に就き
無能　暗愚と　言われしの
重盛ですらも　大臣《おとど》にと
然のみならずに　この国土
過半が一門　所領にて
全国にある　荘園の
すべてが平家の　支配下ぞ
これこそ世にも　稀なるの

帝《みかど》の恩に　あらずやな
これら過大な　恩忘れ
むやみに法皇　潰そなは
天照大神《あまてらすのおおみかみ》
正八幡宮《はちまんぐ》の　神これの
御心にさえ　背くにと
日本《ひのもと》これは　神の国
神は非礼を　受けざりし
然れば法皇《ほうお》の　思うこと
これにも半ば　道理あり
とりわけ我ら　一門は
代々朝敵　征伐し
国中乱の　平定は

無双の忠義で　ありたるも
その恩賞を　誇るなは
傍若無人と　言えるなり

然れど一門　命運は
未だ尽きては　居ぬ様《よ》で
法皇《ほうお》の謀略　露見せり

加え謀《はか》りし　成親も
軟禁さるに　法皇が
如何な考え　回らすも
何も恐るる　必要《よう》あらじ

それ相応の　処罰なし
一歩退き　事情述べ
法皇《ほうお》のために　奉公の
忠勤励み　その上に

民　慈《いつく》しみ　下されば
神の御加護も　受けられて
釈尊《しゃくそん》心に　沿いまする

神や仏に　その心
通ずるなれば　法皇も
思い直すや　知れませぬ

道理と非道理　並ぶるに
道理に付くが　道理なり

法皇申すは　道理にて
我れが院御所　警護なす

理由《わけ》はこの我れ　五位にとて
叙せられ以来　内大臣《おとど》兼
左近衛大将《さこのえたいしょ》に　至るまで

法皇《ほうお》の御恩に　他ならぬ
然するにこの身　代わりてに
命捨つると　約束《やく》なせし
侍　数名　おりまする

その者らをば　皆連れて
法住寺をば　警護せば
思いの他が　起こるべし

法皇に忠義　尽くそせば
須弥山《しゅみせん》頂上　それよりも
高き父恩　忘るるに

親不孝の罪　逃れんと
すればすなわち　法皇に
対し不忠の　逆臣に

進退これに　極まれり
如何すべしや　この我れは

悩みた末の　願いなり
この重盛の　首刎ねよ

然すれば院の　守護できず
父のお供も　叶わざり

直ちに侍　一人にと
仰せつけられ　庭内に
引き出し首を　刎ねるやは
何の造作も　なかりしや」

と直衣《のうし》袖　顔に当て
さめざめ説得　なさるれば

座にいた多くの　平家一門《いちもん》の
人々皆袖を　濡らしたり

信頼しきる　重盛に
斯くと言われて　清盛入道《にゅうどう》は
頼りなさげな　顔なりて
「思いも寄らじ　そこまでは
悪党どもの　申すやに
法皇これが　惑わされ
間違いなどが　起こるかと
心配《あんじ》ていたに　過ぎぬなり」

と言われたで　重盛は

「如何な間違い　起ころうと
法皇守るが　人の道」

と言い終わるや　つと立ちて
中門出でて　侍に

「汝《なんじ》ら聞きしや　今のこと

我れは今朝方　ここにいて
斯かるを言いて　鎮め様《よ》と
思いはしたが　あまりにも
騒ぎ居りしに　帰宅せり

然るに未だ　この騒ぎ
如何な積もりか　申しみよ

院の御所へと　参るなら
この重盛の　首刎ねを
見届けてから　出《い》ずるべし

では帰るぞよ　皆の者
後ほど呼ぶに　参るべし」
と邸《やしき》へと　帰られし
しばらく後に　重盛は
平盛国　呼びつけて
「天下の大事　聞きたりし
『我こそはとに　思う者
急ぎ武装し　参るべし』
とに触れ回れ　今すぐに」
と命じられ　駆け回り
各方面へ　伝えてし
（滅多に騒がぬ　重盛が

斯かるお触れを　出すからは
よほどの事に　相違なし）
とて皆々が　武装して
我れも我れもと　馳せ参ず
淀や羽束師《はつかし》　宇治それに
岡の屋　日野に　勧修寺
醍醐　小栗栖《おぐるす》　梅津やら
桂　大原　志津原や
芹生《せりゅう》の里に　兵満ちて
中に鎧《よろい》を　着ておるが
未だ兜を　着ぬ者や
矢を背負うやも　まだ弓を
持たぬ者など　多く居し
鐙《あぶみ》に片足　掛ける間も
なく大慌て　駆けつくる

重盛邸《やしき》で　何事か
あるやに聞きて　西八条
そこいた数千《すうせん》騎　兵らは
清盛入道《にゅうど》に何も　申さずて
騒ぎ連れ立て　皆が皆
重盛邸《やしき》に　駆けつけし
弓矢に覚えの　ある者は
誰もそこには　残らざり
さずがの清盛入道《にゅうどう》　驚きて
一人残りし　平貞能《さだよし》に
「何を思うて　重盛は
皆に召集　掛けおるか

今朝方ここで　言うた如
我れに討手《うって》を　差し向くや」
と言われ貞能　涙して

「人によりけり　あの重盛殿《との》が
何故に斯かるを　なされるや

今朝方ここで　話したを
今は後悔　されおるや」

言われ清盛入道《にゅうどう》　重盛と
仲違い為は　まずきやと
法皇迎える　気も薄れ
急ぎ腹巻　脱ぎ置きて
素絹《そけん》の法衣に　袈裟をかけ
心にもない　念仏を

その後重盛　邸《やしき》では
平盛国　命ぜられ
到着する者　纏めいた

駆け参じたる　兵の数
一万余騎と　記されてし

到着名簿　見　重盛は
中門出でて　侍に

「日頃の約束　違えずと
参上したるは　見事なり」

そこで重盛　武士ららに
周　幽王の　故事これを

「褒姒《ほうじ》いう名の　后《きさき》おり

天下一での　美人やも
笑うはさても　無かりしが
ある時敵が　侵入と
烽火《のろし》上げるに　笑いたり

一度《ひとたび》笑めば　その顔は
百の艶《なま》めき　醸したり

幽王それが　嬉しくて
乱でもないに　烽火《のろし》をば

皆集まるが　敵は来ず
皆はそのまま　帰りたり

これが重なり　誰も来じ

ある時本当《まこと》に　敵来てに

烽火《のろし》上ぐるも　『またか』とて
誰も駆け付け　集うなし

ついに都は　落とされて
幽王遂に　滅びたり

斯かる故事にと　ならぬ様
これから後も　同様の
ことが起きてに　召集《よば》るれば
皆　今日の様《よ》に　参ずべし

妙な話を　聞きた故
ここに参集　願いたり

然れど誤報と　知れた故
各々急ぎ　帰るべし」

と侍を　帰したり

本当《まこと》は何も　聞かずやに
今朝方清盛入道《にゅうどう》　諫めしの
言葉通りに　どれ程が
味方がつくか　知りたくて
親子で戦う　つもりなく
清盛入道《にゅうどう》の謀反　心をば
和らげ様との　計略《はかり》なり

後白河法皇《ほうおう》もこれを　耳にされ

「今さらながら　重盛の
心は恥じる　ほど見事
仇《あだ》をば恩で　返したか」
と仰せなり　褒めたりし

成親の章

成親流罪

治承元年　六月の
二日に新大納言《なごん》　成親を
賓客座敷　出し据えて
食事出さるも　胸詰まり
箸取るさえも　能《あた》わざり
預かり役の　武士《さむらい》の
難波経遠《なにわつねとう》　牛車《くるま》寄せ
「早く」と言うに　渋々と
回りを見れば　軍兵ら

前後左右を　取り囲み
味方の者は　一人とて
（あぁ何とかし　今一度
　重盛殿に　会いたや）と
思うもそれは　叶わざり
清盛邸から　西に出て
朱雀大路を　南へと
下るにもはや　この内裏
縁無きの場所に　見えたりし
鳥羽殿　通り過ぎる時
（ここに法皇　来る時は
　欠かさずお供　為したに）と
思い己の　山荘の
洲浜殿さえ　縁の無き

邸《やしき》見る様《よ》に　通られし
鳥羽の南の　門出でて
船着き場にと　着きしとき
「遅いぞ舟に」と　急がさる
「どこへ行くかや　この舟は
　同じ死ぬなら　京近の
　この辺りにて　願いたし」
とて言われるが　精々ぞ
熊野詣に　行く際や
四天王寺の　詣でには
二本の龍骨　組み込みし
三層屋根の　舟に乗り
後に　二、三十艘ほどを
漕ぎ従わすが　常なるに

今は大幕　引き被す
粗末な　屋形舟に乗り
見知らぬ兵に　連れられて
今日を限りと　都去り
波路遥かに　流さるる
胸は察すに　哀れなり

その日の内に　摂津国
大物浦にと　着きたりし

死罪を受くる　はずやにも
流罪に減刑　されたるは
偏《ひとえ》に重盛　取り成しぞ

翌る六月　三日の日
大物浦にと　京《みやこ》から
使者《つかい》が来たと　大騒ぎ

「ここで殺せの　知らせか」と
成親尋《き》くが　然にあらで
備前《びぜん》国児島へ　流せとの
指示受け来たる　使者《つかい》なり

重盛からも　文ありて
《なんとか都　程近の
片山里に　お移しと
粘るもそれも　届かずて
生きる甲斐すら　無く思う
然れどお命　それだけは
と乞いお許し　賜りし》
とその文に　書かれてし

さらに経遠　許へをも
《しかと新大納《な》言《ごん》に　仕うべし
その意に背く　ことなかれ》
と指示書きて　それ加え
旅の支度を　こまごまと

慕いし後白河法皇《ほうおう》と　離されて
つかの間さえも　去り難き
北の方やら　子に別れ

（これからどこへ　行かさるるや
再び故郷に　帰り行き
妻子に会うも　能《あた》わざり）
と天仰ぎ　地に伏して
泣き悲しむも　甲斐ぞなし

夜が明けると　舟は出て
西へ西へと　下りゆく

道の途中《すがら》も　涙くれ
生き長ら様《よ》とは　思わねど
消え行く命に　あらざりし

後立つ波が　陸隔て
都しだいに　遠ざかり
日数《ひかず》重なる　それにつれ
遠国すでに　もうそこに

備前《びぜん》国児島に　漕ぎ寄せて
庶民の暮らす　粗末なる
柴の庵に　入れられし

島であるから　当然で
後ろは山で　前は海
磯の松風　波の音
そのどれとても　侘びしかり

成親一人に　限らずて
処罰を受けし　者多し

そのころ清盛入道《にゅうどう》　福原の
別荘そこに　おられしが
同年六月　二十日の日
弟教盛　ところへと
「成経急ぎ　寄越すべし
　尋ねたき儀　これあるに」
と伝えられ　教盛は

(我れが預かる　前なれば
致しなきやも　今さらに
寄越せと言うは　その家族
悩ませるにて　罪作り)

と思いつつも　仕方なく
福原行くを　告げたれば
成経泣く泣く　出発に

同月　二十二日には
成経福原　着きたれば
備中《びっちゅう》国住人　瀬尾兼康《かねやす》に
清盛入道《にゅうどう》からの　命ありて
備中《びっちゅう》国瀬尾にと　流されし

その頃父の　成親は
備前《びぜん》国児島に　居たなれど
預かり武士の　難波経遠《つねとう》が
「ここは　舟着き場が近く
　都合悪き」と　内陸の
備前《びぜん》国と備中《びっちゅう》国　国境《くにざかい》
庭瀬郷《ひろせこおり》の　有木《ありき》にと

それの居場所を　移されし
備中国の　瀬尾そこと
有木の別所の　その間は
ほん五十町《ごじゅっちょう》(約5㎞)に　満たなくば
吹き来る風も　懐かしく
成経　兼康　呼び寄せて

「ここから父居る　備中国《びっちゅう》の
有木の別所の　距離如何に」
とて問われてに　兼康は
(正直伝うは　まずき) 思《も》い
「片道十二、三日か」と
すると成経　涙して
「十二、三日と　申せしは

ほとんど九州へ　下る日数《かず》
その間遠きと　云うなれど
備前国《びぜん》　備中国《びっちゅう》　その間は
二、三日より　掛るまい
近いを遠いと　言いたるは
父上居る場所　この我れに
知らせまいとの　配慮かや」
言いてその後は　恋しさが
込み上がりしか　問わるなし

鬼界ケ島流罪

そのうち処罰の　沙汰が出て
法勝寺執行《ほうしょうじしぎょう》　俊寛《しゅんかん》僧都に
成経　康頼　三人を
薩摩の南方　離れ島
鬼界が島へ　流されし
その島　都を　はるばると
荒波越ゆる　彼方にて
めったに船も　通わずて
島には人は　稀なりし
時折見掛くる　人あれど
話す言葉も　通ずなし
体にはわんさと　毛が生えて

色が黒くて　牛の如
食べ物なくて　狩猟《かり》ばかり

農夫は田畑　耕さず
穀物類も　これなくて
桑を採らねば　絹布なし

島には高き　山があり
常に火が燃え　硫黄云う
ものが島中　充《み》ち満ちて
ゆえに硫黄島《いおじま》　とも呼ばる

噴火は常に　上がり降《ふ》り
麓に雨が　多く降り
片時すらも　人それも
生きられそうには　見えざりし

有木に居りし　成親は
少しは咎め　和らぐと
期待してしが　然にあらず

それの子である　成経も
鬼界が島へと　云うを聞き
「もはや希望も　持てぬ」とて
出家をとの文　重盛へ
送りたところ　後白河法皇《ほうおう》に
伺いを立て　許れし

栄華の時に　着ておりし
豪華衣装と　打ち変わり
俗世を離れ　墨染の
衣に身をば　窶《やつ》したり

成親これの　北の方
都の北山　雲林院
辺りにひっそり　暮らしおり
住み慣れぬ土地　辛きやに
人目も忍ぶ　身であれば
過ぎゆく日々も　過ごしかね
暮らしも不自由　極めてし

多くの女房や　侍は
今は世間に　気兼ねして
人目を忍ぶ　そのうちに
訪ね来る者　無しにとて

然れどその中　源信俊《のぶとし》は
情あり常々　訪ね来し

ある時これの　北の方

信俊傍に　呼び出して
「たしか夫は　備前国
児島にいたが　近頃は
有木別所に　おいでとか

つまらぬ文やが　差し上げて
も一度だけでも　その返事
読みたく思うが　如何かや」

と言われ信俊　涙して

「幼きときから　可愛《かい》がられ
片時とても　離るなく
召されしお声も　まだ耳に
お叱り受けし　言葉さえ
いつも心に　留めおきし

西国下らる　その時も
お供すべしと　思いしが
六波羅からの　許し出ず
それも叶わず　なりたりし

今度《こたび》はたとえ　如何な目に
遭うとも文を　お預かり」

言うに喜び　北の方
すぐに文書き　手渡しし
若君　姫君　それぞれに
手紙を書きて　添えられし

信俊これを　預かりて
はるばる有木の　別所行き
預かり役の　難波経遠《つねとう》に
案内《あない》頼むと　経遠は
その心ざし　感じ入り
すぐに面会　させたりし

成親今も　思い出し
都ばかりを　口にして
嘆き沈んで　いるとこに

「京より信俊　参りし」と
伝うに成親　起き上がり
「なんと夢かや　現《うつつ》かや
急ぎここへ」と　申されし

信俊そばへ　寄り見るに
住まいの酷さは　気になるも

墨染僧衣　これを見て
目を疑いて　心さえ
失いそうに　なりたりし

然れどそうとも　しておれず
北の方言う　お言葉を
詳しく伝えて　文を出す

それ開け見るに　筆跡は
涙滲みて　読めなくも

《子供ら恋しく　悲しみて
我れも尽きせぬ　物思い
堪《こら》える術も　知らぬにて》

など書かれしを　見てからに
「普段《なみ》の恋しさ　比べ得ず」

　とて悲しむの　成親ぞ
斯くて四、五日　過ぎた頃
信俊参り　申すには
「ここに暫く　滞在し
　最期のご様子　見届を」
言うに経遠　「それは無理」
と言いたれば　成親は
「我れの力も　及ばずか
ならば急ぎて　帰るべし
我れは近々　殺さるる
この世になきと　聞きたれば
きっと我が後世《ごせ》　供養せよ」
と言い文書き　渡すとに

信俊これを　預かりて
「またに必ず　参るにて」
と別れ告ぐに　成親は
「お前来るまで　この我れは
　待ち居れるとは　思えなし
　名残惜しくに　今しばし」
と言い何度《いくど》か　呼び返す
然れどそうこう　いつまでも
しては居れぬと　信俊は
涙こらえて　都へと
北の方にと　文の返《へん》事
これ開け中を　見てみるに
出家されたと　思わるる

髪の一房　巻き込むを
見た目をついと　離してに
「形見は却りて　辛くなる」
と衣を被り　臥せられし
若君　姫君　これもまた
声も惜しまず　泣かれたり

そのうち　入道成親は
同年八月　十九日
備前《びぜん》国　備中《びっちゅう》国　その境
吉備の中山　その場所で
ついに処刑を　されたりし

亡くなる聞きて　北の方
「変わらぬ姿　今一度
見もし見られも　しようとて
今日まで出家　控えしが
何の望みも　もはやなし」
とて菩提院　赴きて
出家し仏事　営みて
亡き人後世《ごせ》を　弔いし

この北の方と　申すのは
山城守　敦方《あつかた》の
娘で後白河法皇《ほうおう》　ぞっこんの
美人で寵愛　受けいたが
法皇が惚れ込む　成親に
下しなされた　人なりし

若君　姫君　花手折り
閼伽水《あかみず》(仏前に供える水)汲みて　それぞれに
父の後世《ごせ》をば　哀れなり
見るも悲しく　哀れなり

西暦	年号	年	月日	天皇	院政	出来事
1171年	承安	元	6月	高倉	後白河	俊寛ら鹿の谷で平家打倒謀議
			12/14			平徳子、入内
1172年		2	2/10			徳子、高倉天皇の中宮に
1176年	安元	2	7/8			建春門院崩御
1177年		3	5/29			鹿の谷平家打倒謀議発覚、西光斬られる
			6月			俊寛ら鬼界ケ島配流
	治承	元	8/19			藤原成親流罪のち殺害

実定の場合

徳大寺大納言《なごん》　実定は
清盛三男　宗盛に
大将の地位　追い越され
大納言辞し　邸《やしき》うち
籠りていたが　「出家する」
と言い出すに　家内の
皆々嘆き　悲しみし

中にいろいろ　気の利くの
藤原重兼　居りたりし

ある月の夜　実定が
南面格子　上げさせて
月に向かいて　吟ずるに
そこに重兼　やって来し
来た重兼に　実定が
「つくづくこの世　見てみるに
平家はいよいよ　盛んにて
清盛入道《にゅうどう》の嫡子　三男が
左右大将の　座を占めて

続き四男　知盛に
重盛嫡子　維盛も
これらが次々　位得て

いつになろうと　他の家は
大将地位に　就けざりし

どのみち最後は　出家なら
今の今にて　出家をば」

言われ重兼　涙しつ
「平家は　安芸の厳島
これを崇拝　しておれば
そこへと一度　お詣りを

七日ばかりの　参籠に
内侍《ないし》とていう　優雅なる
舞姫大勢　おりたりて
珍しやなと　饗応《もてな》さる

『参籠 何の　御祈願で』
と尋かるれば　ありのまま
思うことをば　お話しを

七日ほどにと　滞在し
京へお戻り　なさる時
主な内侍を　引き連れて

都へお戻り　なされませ
彼女ら必ず　西八条
清盛邸に　参るらん
清盛入道《にゅうどう》からに　『何事ぞ』
と尋かるれば　ありのまま
話すに相違　ありませぬ

清盛入道　殊更に
物に感激　し易くて
『我れが崇《あが》むる　神社行き
　祈りするとは　殊勝だ』と
良きの処遇を　賜るも」

言うに実定　喜びて
「思い付かぬぞ　然なること
　何と妙案　有難し
　すぐに参る」と　立ち上がり
精進潔斎　すぐ始め
厳島にと　向かわれし

聞きいた如く　神社には
優雅な内侍　多く居し

七日の参籠　その間
夜昼なしに　付添いて
大層《たいそ》な饗応《もてなし》　続きたり

「当社へ平家の　公達が
度々お参り　なさるやも
その他のお越し　珍しき
何の祈りに　御参籠」
と内侍らが　尋きたれば

「大将を人に　越されせば
就ける様にの　祈りなり」
とにと正直　申されし

七日の参籠　終わりてに
大明神に　暇《いとま》述べ
都へ上る　その時に
「名残惜しき」と　申し出て
主な若きを　十余人
船をしたてて　一日の
船路の供を　させたりし

「暇《いとま》と申すも　名残り惜し
もう一日」と　日延べして
「もう二日に」と　言いつつに
都《きょう》まで内侍を　連れて来し

実定邸に　迎え入れ
あれこれ饗応《もてなし》　さまざまな
引き出物をば　与えてし

邸を辞して　内侍らは
「ここまで来たで　我が主人《あるじ》
清盛入道《にゅうどう》殿へ　参るべし」
と西八条へ　参りたり

清盛入道《にゅうどう》急ぎ　出向きてに
「何よ珍し　何事ぞ」
尋くに内侍ら　答えしは

「徳大寺実定《さねさだ》殿が　お越しなり
七日の間　籠られて
都《きょう》へ戻るに　名残惜し
もう一日や　もう二日
言われここまで　連れ来らる」

言うに清盛入道《にゅうどう》　訝《いぶか》しく
「何を祈るに　実定は
厳島まで　参りしや」
とに言いたれば　内侍らは
「大将昇進《のぼる》　祈りとか」
聞くに清盛入道《にゅうどう》　頷きて
「我れらが崇《あが》め　奉《たてまつ》る
厳島神社　参りてに
祈り申すは　殊勝なり

然ほどに願い　切なれば」
と言い嫡子　重盛に
左大将をば　辞任させ
三男宗盛　右大将を
越えさせ実定　左大将に

何と見事な　立ち回り
成親これも　賢くと
振る舞われれば　無謀なる
謀反起こして　身は滅び
子供や従者に　いたるまで
斯かる憂き目に　遭わせしは
まこと哀れな　ことならし

俊寛の章

康頼祝詞《のりと》

そのころ罰受け　流されし
鬼界ヶ島の　流人らは
露のようなる　その命
草葉の末に　乗る如し

成経舅の　教盛の
領地肥前《ひぜん》国の　鹿瀬庄《かせしょ》から
衣と食料　送り来し

それにて俊寛《しゅんかん》僧都　康頼《やすより》入道も
命繋ぎて　過ごし来し

成経　康頼　もともとは
熊野信仰　篤くにて
「何とかここの　島内に
熊野の　三所権現を
お招き申し　上げたりて
都にとにと　祈りをば」

と言いたるも　俊寛は
生まれつきての　不信心《ふしんじん》
故に同意を　されざりし

二人は同じ　心にて
もしや熊野に　似た場所と
島内探し　回るとに
一方《いっぽ》は堤に　美林あり
紅錦《こうきん》刺繍の　美しさ
一方は雲を　纏う峯
緑の綾絹　色豊か
山の景色や　木立まで
他より優れた　場所ありし

南は海が　満々と
雲波　煙の　如く立ち
北は峨々たる　峯聳え
百尺(約30m)もの滝　滾《たぎ》り落つ
滝の音これ　凄《すさ》まじく
松風神さぶ　その場所は
飛滝権現《ひりょうごんげん》　お座《わ》します
那智のお山に　さも似たり
故にすぐにと　その場所を
那智のお山と　名付けたり

この峰本宮　あれ新宮
これこの王子　あの王子
王子王子の　名を付けて
康頼 成経　引き連れて
毎日熊野　詣とて
都帰るを　祈りてし

「十二所権現　願わくば
利益《りやく》の翼　並べてに
はるか苦海の　空に翔け
流刑の憂い　鎮めてに
都に帰る　本望を
遂げさせ給え　何卒に」

と康頼は　祝詞《のりと》をば

卒都婆流し

明け方康頼　まどろみて
思い掛けなき　夢を見し

沖から白き　帆をかけた
小舟一艘　漕ぎ寄せて
舟の中から　現れし
紅袴着た　女房らが
船から陸へ　二、三十《さんじゅう》人
鼓を打ちて　声合わせ

「よろづの仏に　願うより
千手《せんじゅ》観音へ願うと　利益《りやく》あり
枯れし草木も　たちまちに
花咲き実なると　聞きおりし」

と三遍を　歌い終え
かき消すよう　消え失せし

夢から覚めて　康頼が
不思議に思い　言うことに
「これは竜神　化身なり
三所権現　そのうちの
西の御前と　申すのは
元は　千手観音ぞ

千手観音《かんのん》　二十八部衆
それの一つが　竜神ぞ
故に願いは　叶うべし」

またにある夜　二人して
夜通し祈り　捧げてに
同じくまどろみ　見た夢に

二人の袂《たもと》に　沖風が
木の葉二枚を　吹きかけし

何とは無しに　取りたれば
熊野三山　御神木
梛《なぎ》のその葉で　ありたりし

その梛の葉に　和歌《うた》一首
虫くい穴にて　書かれしは
《千はやふる　神に祈りの
　茂ければ
などか都へ　帰らざるべき》

夢覚め康頼　驚きて
都恋しさ　込み上げて
せめて一縷《る》の　望みとて
卒塔婆千本　これ作り

梵字の阿字と　年月日
通称　本名　それ加え
二首の和歌《うた》をば　書きつけし
《薩摩潟　沖の小島に
　我ありと
親には告げよ　八重の潮風》

《思いやれ　しばしと思ぅ
　旅だにも
なおふるさとは　恋いしきものを》

これをば浦に　持ちて出《い》で
「あぁ　南無帰命頂礼《なむきみょうちょうらい》や
梵天　帝釈　四天王
大地支ゆる　神々よ

王城鎮護の　神々よ
中にも　熊野権現よ
斯の　厳島大明神
せめて一本　なりとても
都へお伝え　下され」と

寄せては返す　白波に
卒塔婆を浮かべ　流したる

卒塔婆を作り　出す度に
海に入れたで　日が経つに
卒塔婆の数も　増え行きし

思ぅ心が　風呼ぶか
神明仏陀が　送りしか
千本卒塔婆　その一つ
安芸《あき》国厳島　大明神

それの渚に　流れ着く
康頼これに　縁ある僧
機会ありせば　あの島に
渡り康頼　訪ねんと
西国修行に　出で向きて
まず厳島　参りてし

そこに神社の　宮人と
思える　狩衣装束を
着たるが一人　出て来たる

雑談するに　この僧が
「衆生に与う　ご利益《りやく》は
さまざまあると　言われるが
この神如何な　因縁で
大海これと　その縁を

結ばれたや」と　尋《き》きたれば

「これにと坐《おわ》す　その神は
沙羯羅竜王《しやかつらりゆうおう》　三の姫
胎蔵界の　主である
大日如来の　化身なり」

その所為なるか　この厳島《しま》の
八社の御殿　屋根並べ
社《やしろ》は海の　ほとりにて
潮の満干に　月が澄み
潮が満つれば　大鳥居
朱の玉垣は　瑠璃の如
潮が引きせば　夏の夜も
白洲に霜が　置きし如
僧は尊く　思いてに

経読み法文　唱えせば
しだいに日暮れ　月が出て
潮満ち来たり　何気なき
藻屑ら揺られ　寄る中に
卒塔婆の形　見えたるを
何となくとに　取り見れば
《沖の小島に　我あり》と
書き流したる　文字なりし
文字を彫り込み　刻みせば
波に消されず　くっきりと

「何と不思議」と　言いつつに
笈《しの》の上刺し　都へと

康頼母の　尼君や
妻子ら忍び　住みおるの

一条北の　紫野
そこ行きこれを　見せたれば

「流れ来《く》卒塔婆　何故に
唐土《もろこし》方へ　行かずして
ここに知らせて　いまさらに
物思わす」と　悲しみし

このこと後白河法皇《ほうお》の　耳届き
法皇《ほうお》もこれを　ご覧なり
「ああ痛ましや　この者ら
今まだ生きて　おりたるか」
言いて涙を　流ししは
何とも畏れ　多きなり
これ重盛に　届けるに

すぐと清盛入道《にゅうど》に　見せたりし
卒塔婆を見てに　清盛入道《にゅうどう》が
憐れむ聞きて　京中の
身分の上下　区別なく
老いも若きも　挙《こぞ》りてに
「鬼界が島の　流人和歌《うた》」
と口ずさまぬは　なかりける

千本作りし　その卒都婆
さぞ小《ち》さきに　ありしやに
薩摩方より　はるばると
都に着きし　不思議さよ

思い強けば　斯く如き
霊験生むの　ことあるか

赦し文

年明け治承　二年での
元旦正月　一日に
拝賀の式が　院御所で

四日に上皇　皇太后
居られる御所に　天皇が

何も例年　変わらねど
去年の夏に　起こりたる
成親以下の　近習の
多くが受けし　粛清を
いまだに法皇　憤《おこ》りてし

政治も何や　疎ましく
機嫌もあまり　良くなかる

清盛入道も　行綱が
密告したる　その後は
信用ならぬ　法皇と
表面にては　出《い》ださぬも
内心用心　顰《しか》め顔

同じ正月　七日の日
東の空に　ほうき星
不吉の前兆　示す星
同十八日　光増す

そのうち清盛《きよもり》入道　娘にて
そのころ未だ　中宮の
建礼門院　病とて
宮中　世間は　嘆きてし

あちこち寺で　読経して
あちこち神社へ　官幣使（貢物の使い）
医者は薬を　出し尽くし
陰陽師これ　術きわめ
大法　秘法も　残さずと

並みの病で　これ無くて
ようよう気づく　ご懐妊
高倉天皇《みかど》は今年　十八歳《じゅうはち》で
中宮《ちゅうぐ》は　二十二歳なり

中宮《ちゅうぐ》は皇子《みこ》も　皇女《ひめみこ》も
生まれずもしも　皇子《みこ》ならば
目出度と平家の　皆々は
生まれし如くに　喜びぬ

その他の家の　人々も
「平氏の繁盛　極まれり
疑いなしに　皇子《みこ》生まる」
と皆々が　申し合う

ご懐妊とて　決まりたに
霊験あらたか　高僧に
命じ大法　秘法させ
星や仏や　菩薩にと
皇子の誕生　祈りたり

そうこうするに　中宮は
月重ぬるに　苦しくと
その苦しみに　合わす如
恐ろし物の怪　憑《つ》きたりし

物の怪憑きた　憑坐《よりまし》は
不動明王　力にて
ついにその霊　現わせり

中でも　讃岐院の霊
宇治悪左府(藤原頼長)の　怨念に
新大納言《なごん》成親《なりちか》　死霊とか
西光法師の　悪霊や
鬼界ヶ島《きかいが》流人　生霊《しょうりょう》が

教盛《のりもり》これ聞き　重盛に

「中宮御産の　お祈りが
さまざま為され　おるとかや

何はさて置き　為すべきは
非常の恩赦で　なかるかと
中でも鬼界ヶ島《きかい》の　流人らを
召し返さるる　ことほどの
功徳　善根　他になし」

とて申さるに　重盛は
清盛入道《にゅうどう》の邸《やしき》　参りてに
「叔父の教盛《のりもり》殿　成経を
哀れと嘆くが　不憫なり

中宮苦しみ　これ正に
成親死霊と　言われてし

成親死霊　宥め様《よ》と
思えば先ずに　成経を
召し返さるが　如何かと」

など申すに　清盛入道《にゅうどう》は
常とは似ずと　穏やかに

「さぁてそれでは　同じきの
俊寛　康頼　如何する」

「それも同じく　召し返えが
もしも一人を　留め置かば
かえりて罪業　深まるに」
とにと申すも　清盛入道《にゅうどう》は

「康頼こちら　ともかくも
俊寛これが　世に出たは
この入道の　口添えぞ

なのに謀議を　計る場所
こともあろうに　その山荘

鹿《しし》の谷にて　催すに
俊寛許すは　あるまじき」
と清盛入道《にゅうどう》　受け入れず
重盛帰り　すぐさまに
叔父の教盛　呼び出して
「すぐにも成経　赦免さる
ご安心を」と　言いたれば
教盛手合わせ　喜びし

やがてに鬼界《きかい》ヶ島の　流人らが
召し返さるが　決まりてに
清盛入道《にゅうどう》赦免状　下されし
すぐさま使者は　都出る
教盛あまりの　嬉しさに

我が使者これも　付けたりし
昼夜を継ぎで　急ぐやも
心任せぬ　海路故
波風凌《しの》ぎつ　行くうちに
七月下旬　都出《づ》も
着きたは九月の　二十日頃

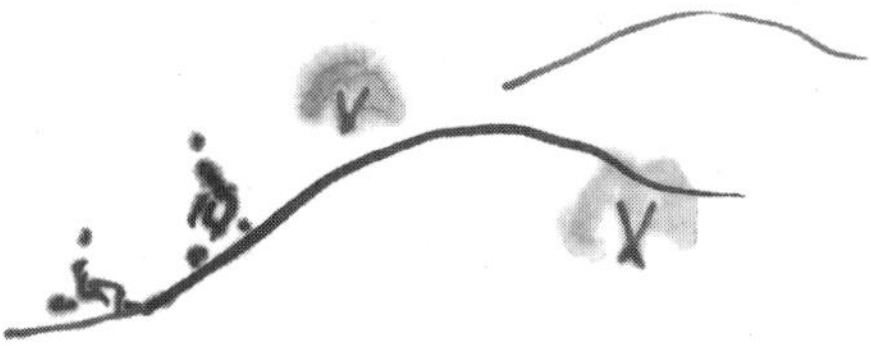

足摺り

使者《つかい》の丹波基康《もとやす》　陸上《おか》がり
「ここに都《きょう》より　流されし
成親ならびに　康頼が
居られぬか」とて　聞き歩く
二人は熊野　参詣に
俊寛一人　これ聞きて
「あまり願うに　夢なるか
または天魔が　この我れを
誑《たぶら》かさんと　言いつるか
現実《うつつ》と思えぬ　事ならし」
と慌て　倒《こ》けつ　転《まろ》びつに
使者の前にと　走り出て

「何事なるや　我こそは
　京から流さる　俊寛ぞ」
と名乗りせば　雑色《ぞうしき》が
首に掛けてし　文袋《ふくろ》から
清盛入道の　赦免状
これ取り出して　渡したり

早速これを　開くとに
「起こせし重罪　遠流にて
　果たせしにより　免じ為す

速やか帰郷　準備せよ
中宮御産の　祈りにて
非常の恩赦　行わる

よりて鬼界ヶ島　流人
　成経　康頼　これ赦免」
とだけが書かれ　俊寛と
いう文字そこに　あらざりし

包み紙にて　あるかやと
見れどもそこにも　何もなし
最初から読み　最後へと
最後から読み　最初へと
読めど二人の　名はあれど
俊寛とには　書かるなし

成経　康頼　戻り来て

成経これを　取り見ても
康頼これを　読みみても
書かれたりしは　二人の名
三人目これ　書かれ得ず

(夢なら斯かる　ことある) と
思うもこれは　現実《うつつ》にて
現実《うつつ》か思えば　夢の如

しかも二人の　所へは
都《きょう》から　言付け文多く
俊寛にへは　消息を
尋ぬる文は　一通《ひとつ》とて

(然すれば我の　縁者らは
最早都に　居なきかや)
と思うにも　耐え難く

「我ら三人　罪同じ
配所も同じ　所なるに
赦免で二人は　召返《かえ》されて

一人はここに　残さるる
平家の　思い忘れかや
はたまた書記の　書き違え

これは如何なる　ことなるや」
と天仰ぎ　地に伏して
泣き悲しむが　詮方《せん》ぞなし

成経袂《たもと》を　取り俊寛
「我れが斯かるの　羽目なるは
其方《そなた》の父の　成親が
図りし無謀な　謀反《むほん》故

然すれば他所事《よそごと》　無かるはず
赦免でなくば　都まで
行かずもせめて　この舟に
乗せて九州　その地まで」

聞きて成経　手を握り
「そう思わるは　無理からぬ
我ら召返《かえ》さる　嬉しやも
其方《そなた》を見るに　それ置きて
帰る気すらも　薄らぐや

舟乗せ三人《みたり》　都へと
思うも使者《つかい》が　無理だとて
赦免もなしに　三人《みたり》して
島を出たとて　聞こえせば
むしろ事態は　悪しくなる

この成経が　まず戻り
清盛入道《にゅうどう》の機嫌　伺いて

迎えに人を　寄越すにて
その間祈りて　お待ちあれ
人の命は　大切《だいじ》にて
今度《こたび》は漏れて　残るやも
最後は赦免　叶うにと」
と宥めるも　俊寛は
人目気にせず　泣き悶《もだ》う

舟出すべしと　騒ぐやも
俊寛は舟に　近づきて
乗りて降され　また乗りて
共に帰ると　喚《わめ》き付く

成経形見に　夜具これを
康頼法華経　一揃い
これを形見と　残したり

艫綱《ともづな》解きて　舟出すに
俊寛綱に　取り付きて
腰まで浸かり　脇までも
背の立つ限り　引かれ行き
背丈足らねば　しがみつき

「其方《そなた》ら俊寛　見捨てるか
斯ほど不人情　思わざり
そこを何とか　お乗せをば
せめては九州　その地まで」

との懇願に　都使者
「それは叶わぬ」　とて手をば
引き退け舟を　漕ぎ出せり
力も尽きて　俊寛は

渚にあがり　倒れ伏し
幼なが乳母や　母などを
慕う如くに　足摺し
「やい乗せて行け　連れて行け」
と喚《わめ》きてに　叫ぶやも
漕ぎ行く舟の　常の如
跡には白浪　残るのみ

いまだ遠くは　なき舟も
涙にくれて　見えなくば
俊寛高みに　走りてに
沖の方向き　手招きを

舟は遠くに　漕ぎ去りて
日も暮れたれど　俊寛は
粗末寝床も　帰らずて
波にと足を　洗わせて

夜露に濡れて　その夜は
そこの浜辺で　明かされし
（あぁは言いしも　成経は
情け深きの　人なれば
良き様申し　上げるか）と
それを頼りに　その瀬にと
身投げせずやの　心の内
さぞや哀れな　ことなりし

中宮御産

やがてに舟の　この二人
鬼界ヶ島を　出《い》で来たり
教盛《のりもり》これの　所領地の
肥前国鹿瀬庄《ひぜんかせのしょ》　着きたりし

教盛京より　文遣りて
《年内波風　激しくて
　道中危なく　存ずれば
　そこにてよくよく　身を休め
　春になりての　お上りを》
とにありたにて　成経は
鹿瀬庄《かせのしょう》にて　その年を

さてその年の　十一月《しもつき》の
十二日での　寅の刻（午後四時頃）

中宮産気　づきたりて
京中　六波羅　大騒ぎ

御産所六波羅　池殿（頼盛邸）で

後白河法皇《ほうおう》これも　訪ね来る

関白これを　はじめとし
太政大臣　筆頭に
以下の公卿や　殿上人《てんじょびと》
世に人なりと　認められ
官位昇進　望み持ち
官位官職　就く者で
駆けつけ無きは　一人とて

女御《にょうご》　后《きさき》の　お産時に
大赦ありしは　先例に

待賢門院　お産時
大治《だいじ》二年の　九月での
十一日に　大赦あり

その例倣《なら》い　今度《このたび》も
重罪者《じゅうざい》多く　許さるも
俊寛一人　赦免なく
まことに酷な　ことならし

如何な事態が　起ころうと
慌てぬ重盛　やや後に
嫡子維盛《これもり》　始めとし
公達牛車《きんだちくるま》　連ねてに
用意の広蓋　器にと
いろいろの御衣《ぎょい》　四十領
銀剣七つを　置かせてに

御馬これを　十二頭
牽かせ参上　なされたり

護摩の煙が　御所に満ち
金剛鈴の音　雲響き
修法《ずほう》の声の　聞こゆるは
身の毛もよだつ　ほどなりて
如何な物の怪　これすらも
顔を背ける　思えたり

清盛入道《にゅうどう》と二位殿　手を胸に
「どう仕様　ど仕様」と　狼狽《うろた》える

人が何やら　申すやも
「よき様に　よき様に」　申すのみ

「さても戦《いくさ》の　陣なれば
斯ほどこの我れ　臆せじを」
と後で清盛《きよもり》入道　言いたりし

正しくその折　後白河法皇《ほうおう》が
新熊野神社《いまくまの》（京都市東山区）へと　行くべしの
精進行う　ついでにと
六波羅池殿　訪れて
中宮臥せる　すぐ傍の
錦帳《にしきちょ》近く　座られて
千手経あげ　読経せば
にわかに様子　一変し
踊り狂いし　憑坐《よりまし》が
憑《つ》きし呪縛を　緩めたり

そこで法皇　宣《のたま》うは
「如何な物の怪　これあるも
この老法師　居るからは
如何でか中宮《ちょうぐ》に　近づける

特に今おる　怨霊は
皆皇室の　恩により
人にとなりた　者なりし

例え恩にと　報いずも
如何で災い　もたらすや
疾《と》く疾く退散　去り行けや

女人が出産　難渋に
つけ込み悪鬼　入り込み
耐え難苦しみ　与うとも
心尽くして　陀羅尼をば
唱うに鬼神　退散し
安ら生まれは　確かなり」

とにと絡をは　お読みなり
総水晶の　お数珠をば
押し揉まるれば　効ありて
お産平安　のみならず
生まれたお子は　皇子なりし

その時未だ　中宮亮《ちゅうぐすけ》
頭の中将　重衡が
御簾の内から　すっと出て
「お産平安　皇子《みこ》なる」と
声高らかに　申するに
法皇これを　始めとし
関白以下の　諸大臣
公卿　殿上人《てんじょうびと》　補佐の僧
何人ものの　験者らに
陰陽寮の　長官に
典薬寮の　長官や

堂上堂下　一同が
「おぉっ」と喜ぶ　その声が
門の外まで　響きてに
しばしの間　鎮まらじ

あまりに嬉しき　清盛《きよもり》入道は
声をあげてぞ　泣かれけり
嬉し泣きとは　このことか

重盛中宮《ちゅうぐう》の　側に寄り
金貨これをば　九十九文
皇子の枕の　傍に置き

「天をもっては　父となし
地これもって　母とにと
命は方士(幻術士)　東方朔《とうほうさく》(前漢の長寿者)
その齢の如　長寿にて

心に　天照大神《あまてるおおみかみ》
入り替わりての　お入りを」
と言い桑の　弓にへと
蓬の矢をば　つがえてに
天地四方を　射させたり

前《さき》の右大将　宗盛の
北の方これ　乳母《めのと》にと
決まりていたが　折悪しく
去年七月　難産で
亡くなりた故　平時忠《ときただ》の
北の方なる　帥《そち》の典侍《すけ》
これが乳母にと　なられたり

今度《こたび》のお産に　際しては
異常なことが　多々ありし

まず法皇が　験者《げんじゃ》をば

次に后《きさき》の　お産時に
御殿の棟から　甑《こしき》をば
転げ落とすの　事ありて
皇子《みこ》誕生には　南へと
皇女《ひめみこ》誕生　北落とす

なれど今度《こたび》は　北落とし
「何故《なにゆえ》」騒ぎ　拾い上げ
落とし直しは　したなれど
「不吉なるや」と　人々が

お産に六波羅　参上は
関白松殿　藤原基房《もとふさ》に
太政大臣　藤原師長《もろなが》に
左大臣これ　藤原経宗《つねむね》に
右大臣これ　九条兼実《かねざね》ら
都合　三十三人ぞ

清盛崇《あが》める　厳島
これに願いと　月詣で
始め祈りを　したところ
中宮すぐにと　ご懐妊
願い叶いて　皇子誕生
何と霊験　あらたかぞ

高倉天皇　皇子誕生
今度《こたび》の斯かる　祝いにと
大赦行われ　したものの
俊寛僧都　一人だけ
赦免されずは　無残なり

同年十二月《すわす》　八日には
皇子東宮に　立たれたり

後の　安徳天皇ぞ

成経帰還

明くれば治承　三年の
正月下旬に　あの二人
成経　康頼　肥前国
鹿瀬庄《かせのしょ》発ちて　都へと

急ぐも余寒　厳しくて
海もたいそう　荒れいたで
浦伝いにと　島伝い
二月の十日　そのころに
備前《びぜん》国児島に　着かれたり

父成親《なりちか》の墓　訪ぬるに
松が一群《ひとむら》　ある中に
壇を築きし　跡もなし

少しく土の　高みにと
成経袖を　かきあわせ
生くるに言う如　泣く泣くに

「亡くなられしを　聞きたるも
意のままならぬ　この身故
急ぎ参るも　能《あた》わざり

あの島流され　気も滅入り
片時命　それさえも
保ち難くに　思えしが
露の命は　消えざりて
二年を送り　召し返し

嬉しくあるも　父上が
居られてこその　命なり

ここまで急ぎ　参りしが
今から後は　急がずも」
と言い何度も　泣かれてし

その夜は一晩　通してに
康頼入道《にゅうどう》と　二人して
墓を廻りて　念仏し
明くれば新た　壇作り
柵立て前に　小屋つくり
七日七夜　念仏し
経文書きて　終わりの日
大きな卒塔婆　これ立てて
《亡きし尊き　精霊よ
　生死苦しみ　離脱して
　大菩提をば　得らるべし》

書きて月日と　その下に

「孝子成経」　書かれせば
身分賤しき　山人《やまびと》の
情を持たなき　者でさえ
「子に勝れるの　宝なし」
と言い涙を　流してに
袖を絞らぬ　者は無し

「今しばらくは　念仏を
　思うも都で　待つ人が
　また必ずや　参上に」
と言い亡き父　別れ告げ
泣く泣くそこを　離れたり

同年三月　十六《じゅろく》日
明るきうちに　成経は
鳥羽にと着かれ　給わりし

康頼入道《にゅうど》の　迎えにも
牛車《くるま》ありしも　それ乗らず
今は名残が　惜しきとて
成経牛車《くるま》の　後ろ乗り
七条河原　まで行きて
そこにて牛車《くるま》　降りたれど
行くこと出来ず　佇みし

成経　舅の　教盛の
邸《やしき》に礼と　出で向きし

母は霊山　居たなれど
昨日からにと　教盛の
邸《やしき》来たりて　待ち居りし

成経入り来《く》　姿見て
「生きたればこそ」　とだけ言い
衣を被り　臥せられし

女房や侍　集い来て
みな喜びて　泣かれてし

ましてや成経　北の方
乳母六条の　心中は
如何に嬉しき　ことならし

六条尽きぬ　物思《ものもい》に
ありし黒髪　白くなり
華やか美し　北の方
これもいつしか　痩せ細り
同じ人とも　見えざりし

成経流罪の　その時は
三歳なりし　幼子は
大人び髪も　結うほどに

そばに三歳　くらいの子
居るを成経　訝《いぶか》りて
「この子は誰」と　言いたれば
六条「これこそ」　言いたりて
袖を顔当て　涙にと

(さては下りし　あの時に
身重の様子　見たなれど
恙《つつが》なくにと　育ちしや)

思うに愛しさ　込み上がる

元の如くに　成経は
院にとお召し　使われて
宰相中将に　昇進に

こちら康頼　入道は
東山なる　双林寺
そこに山荘　持て居たで
そこ落ち着きて　引き籠り
辛き昔を　思いつつ
宝物集云う　物語
書き留めたと　云われおる

有王

鬼界ヶ島へ　流されし
三人うちの　二人これ
召返えされて　都にと

俊寛僧都　一人のみ
過酷な島の　番人に
なりたは何とも　痛ましき

島残されし　俊寛が
幼きころから　可愛がり
召し使いしの　童《わらわ》居て
名を有王と　申したり

鬼界ヶ島の　流人らが
今日に都へ　入るとて
聞きたで鳥羽まで　迎え来《く》も
主人《あるじ》の姿　見えざりし

「何故か」と尋《き》くに　答え来は
「なおなお罪が　重きにて
一人で島に　残されし」
と聞き落胆　この上も

六波羅あたりに　佇みて
歩き回りて　尋ぬるも
いつ赦免とて　聞き出せぬ

俊寛僧都の　娘御が
忍び住まうの　所行き
「今回赦免に　零れられ
都へお戻り　なりませぬ

何とかあの島　渡りてに
行方《ゆくえ》尋ねよ　思うにて
お文頂き　参りたし」
と申せしば　泣く泣くに
文をば書きて　お与えに

(暇《いとま》願うも　許されじ)
思い父母にも　知らせずと
唐船《(貿易船)》出るは　四、五月で
夏になりては　遅かると
三月末に　都を出
多くの波路　凌ぎ越え
薩摩潟へと　下りたり
島へと渡る　港では
人が怪しみ　着てし服

剥ぎ取り調べ　受けたれど
構わずなされる　ままなりし
人に見せじと　姫の文
髻結《もっとい》中に　隠してし

商人船に　乗り込みて
その島渡り　見たるやに
都で微かに　聞きし様《さま》
それよりはるか　酷かりし
見るに田もなし　畑もなし
村もなければ　里もなし
稀には人が　通るやも
話す言葉も　異に響く

有王　島の者向かい

「あのすみません」　とに言えば
「ないや」と返事　返り来し

「都からここ　流されし
法勝寺執行《ほっしょじしぎょう》　この方の
行方をご存じ　なかるかや」
と尋ぬるも　その男
法勝寺《ほっしょじ》　執行《しぎょう》　言う言葉
知りせば返事　するやろに
首振り「知らん」　言うばかり
中に知る人　うまく居り
「そげんな人は　三人《みっつ》して
こけにあったが　そのうんちの
二人《ふたつ》返《けえ》され　都《みやご》へと

残されちょった　後一人《ひとつ》

いっぺこっぺに　うろうろと
歩いちょったが　後知らん」

道なき山を　分け行きて
峰よじ登り　谷下り
探すが白雲　足跡《あと》隠し
通りし跡も　分からなし

青葉吹く風　夢破り
夢にも面影　見えざりし

山ではついに　見当たらず
海辺に行きて　探すやも
砂浜《はま》に足跡　着く鴎
沖に群れなす　浜千鳥
この他何の　姿《かげ》もなし

ある朝　磯の　辺りから
蜉蝣《かげろう》みたい　痩せたるが
一人よろよろ　出で来たり

元は法師の　様なりて
髪は空にと　生え上がり
無数の藻くず　絡みつき
藪を被りし　如くなり

関節むき出し　皮たるみ
その身に着けて　いるものは
絹とも布とも　見分け得ず

片手に荒布《あらめ》(コンブ)　これ持ちて
もう片手には　魚持ち
歩くもうまく　進まずて
よろけふらふら　やって来し

(都で多くの　物乞いを
見たが斯かるを　見たことは)

と思《も》ううちにも　双方が
徐々《しだい》に歩み　近づきし
斯かる者でも　もしかして
主人《あるじ》の行方　知るかなと

「あのすみません」　とに言えば
か細き声で　「何事ぞ」

「都からここ　流されし
法勝寺執行《ほっしょじしぎょう》　この方の
行方をご存じ　なかるかや」
と問いたれば　その男

有王見分け　着かなくも
如何で俊寛　忘れ得ず

「おぉ有王か　ワシじゃワシ」
と言うも言わずも　そのうちに
手にした物を　取り落とし
砂の上にと　倒れ伏す

やっとのことに　有王は
斯くて主人《あるじ》に　出会いたる
気を失いし　俊寛を
有王膝に　かき乗せて
「有王参りて　今ここに
多くの波路　凌ぎ越え
尋ね参りし　甲斐もなく
悲しき目と　遭わさるや」

と泣く泣くに　申すれば
ややありてから　俊寛は
少しく意識　取り戻し
助け起こされ　言うことに

「ほんにお前が　ここまでも
尋ねくれしの　心ざし
何と殊勝ぞ　有難し

明けても暮れても　思うのは
都のことで　ありし故
恋しき者の　面影は
夢に見る折　これありて
幻に立つ　時もある
身もたいそうに　疲れ果て
弱りし後は　現実《うつつ》やら

夢やら区別　つかざりし
故にお前が　来た今も
ただただ夢と　思うのみ」

有王俊寛　掻き抱き
「いいえ現実《うつつ》で　ござります
この御様子で　これまでに
生きおられしは　あぁ不思議」

とにと申すに　俊寛は
「そうさ去年に　成経や
康頼入道《にゅうどう》に　捨てらるの
心細さを　思いみよ
いっそこの海　身投げをと
思いしものの　成経の

『都から来る　連絡を
今もう一度　待たれよ』と
当てにならなき　慰めの
言葉信じて　愚かにも
（もしや）と頼み　続けてに
生き長らえよと　思いしが
人の食い物　島になく
身体に力　ありしには
山に登りて　硫黄採り
九州からの　商人に
合いて食い物　貰い受く

然れど日に日に　弱り行き
今はそれすら　出来なくに
斯かるのどかな　陽の日には
磯出て漁師や　釣り人に
手をすり膝を　かがめてに
魚をもらい　潮干時
貝を拾いて　荒布《あらめ》とり
磯の苔にと　命懸け
今日まで生きて　来たるなり

ここで全てと　思うやも
まずは我が家へ　お越しあれ」

と言いたるが　有王は
（この有様で　家持つは
怪訝《おかし》）思いつ　付き行くに

松の一群《ひとむら》　ある中に
流れ寄せたる　竹柱
葦結い　桁《けた》と　梁《はり》にして
松の葉これを　びっしりと
上葺き下敷き　されたるが
斯かるものでは　雨風は

法勝寺にて　寺務担い
八十余ケ所の　荘園の
事務執り大小　門内に
四、五百人の　召使い
それの一族　囲まれて
暮らしおられし　俊寛《しゅんかん》僧都が
斯かる憂き目に　会おうとは
思いもよらぬ　ことならし

俊寛死去

現実《うつつ》気づきて　俊寛は
「去年成経　康頼に
迎え来た折　この我に
文なかりしが　ここ今に
お前来よるが　文なきは
何も言わずに　ここ来たか」

とにと言われて　有王は
涙にむせび　うつ伏せて
しばしは物も　申せざり

ややあり有王　起き上がり
涙を抑えて　申すには
「このあなた様　西八条
向かわれた後　すぐさまに
召捕り役人　参りてに
身内の人々　からめ取り
謀反の経緯《しだい》を　尋問し
全員処刑　されたりし

幼き子をば　隠しかね
鞍馬の奥に　北の方
人目忍びて　隠れられ
私一人が　時々に
参り仕えて　おりませり

何《いず》れも嘆き　酷きやも
幼なはあまりの　恋しさに
私が参る　度ごとに
『鬼界ヶ島と　云う島へ
有王我れを　連れて行け』
とだだをば捏《こ》ねて　いらしたが
この去る二月　疱瘡《いもがさ》で
お亡くなりにと　なられてし

残されたるの　北の方
あなた様での　事もあり
子失くす嘆きも　加わりて
とても堪え得ぬ　苦しみに
沈み日に日に　弱られて
同じの三月　二日の日
ついに亡くなり　遊ばれし

いま姫御前《ごぜ》が　一人だけ
奈良の叔母御前《ごぜ》　御もとに
移られ住まい　おらるるに
これにお文を　賜わりし」

と言い取り出し　差し上ぐる
俊寛開けて　見てみるに
有王申すに　違《たが》わずと
書かれてそれの　最後には

「何故に三人　流されて
二人は召還　されたるに
今になるまで　姿なし

身分の上下　関わらず
女の身ほど　情けなき
物は他には　ありませぬ

男の身にて　あるなれば
父上居らる　島までも
如何で参らぬ　ことやある

この有王を　供として
急ぎお上り　なさりませ」

と書きたる見　俊寛は
文をば顔に　押し当てて
しばらく物も　言えざりし

ややありてから　「有王よ
これの書き様《よ》の　頼りなさ
《お前を供に　急ぎて》と
出来もせぬこと　単純に
書きたることの　恨めしさ

思い通りに　なる身なら
斯かる島にて　三年《みとせ》など

たしか今年で　十二歳《じゅうに》かや
斯ほどに頼り　なかりせば
結婚してに　仕えして
わが身養う　こと出来じ」

と言いお泣き　なるを見て
（闇では無しの　親心
子を思《も》う道に　迷う）との
ことは真実《まこと》と　有王は

続け俊寛　ぼそぼそと
「流されその後　暦なく
月日変わるも　知らざりて

ただ自然にと　花が散り
葉が落つる見て　春秋を
蝉声響き　麦実る

見ては夏かと　思いなし
雪積もる見て　冬を知る

月満ち欠けで　一月《ひとつき》を
指を折りつつ　数えてし

今年六つの　幼子は
最早この世に　おらざるか

西八条に　出向く際
『ワレも行く』とて　縋りしを
『すぐに帰る』と　宥めしが
今の如くに　思わるる
あれが最後と　知りたれば
何故に見ざるや　今少し

姫の事だけ　気になるが
そう無暗にと　長らえて

娘に辛き目　遭わせるも
我が身ながらに　辛かりし」

と自らの　食事止め
ひたすら弥陀の　名を唱え
心残さぬ　臨終を
迎えるべくの　祈りをば

有王島に　渡りての
二十三日目　俊寛は
庵のうちで　亡くなりし

時に年齢　三十七《さんじゅしち》歳
有王亡骸《なきがら》　取りつきて
天を仰ぎて　地に伏して
泣き悲しめど　甲斐ぞなし

心行くまで　泣き続け

「すぐにお供と　思うやも
この世に姫御前《ごぜ》　だけ居らる
後世《ごせ》を弔う　人もなし

今も少しを　生き抜きて
菩提を弔い　申し上ぐ」

と言い寝床を　きれいにし
そこに俊寛《しゅんかん》　寝かせてに
庵壊《こぼ》ちて　上被せ
松の枯れ枝　葦枯葉
これら集めて　覆いてに
藻塩焼く如　煙《けむ》とせし

無事に火葬を　終えたりて
白骨拾い　首にかけ
商人船の　船便で
九州の地に　着かれてし

そこから急ぎ　京上り
娘居られる　所行き
ありしことをば　こまごまと
「お文見られて　尚更に
嘆き増された　ご様子で
硯も紙も　無き島で
お返事これも　書かるなし
思い居られし　胸内は
そのまま空しく　なり果てし
現世来世を　繰り返し
生まれ変わりを　繰り返し
長き年月　過ごすやも
声聞き姿　見られずや」

言うに姫御前《ごぜ》　倒れこみ
声も惜しまず　泣かれてし
そのまま十二《じゅうに》歳で　尼となり
奈良法華寺に　お勤めし
父母の菩提を　弔うは
何にも増して　哀れなり
有王遺骨を　首にかけ
高野《こうや》山に上り　その遺骨
奥の院にと　納めてに
蓮華谷にて　法師なり
諸国七道　修業して
主人《あるじ》の後世《ごせ》を　弔いし
斯かる如きの　様見るに
人の嘆きの　積み積もる
平家の行く末　恐ろしき

西暦	年号	年	月日	天皇	院政	出来事
1178年	治承	2	7月	高倉	後白河	中宮安産祈願大赦で俊寛以外赦免
			11/12			安徳天皇生まれる（母・平徳子）
1179年		3	3/2			俊寛鬼界ヶ島で死去

重盛の章（二）

旋風《つむじかぜ》

同年五月　十二日
午の刻（正午頃）ころ　京中に
猛烈なるの　つむじ風
吹きて人家が　多々倒る

中御門《なかのみかど》の　京極に
起こりし風は　またたく間
南西方へ　吹き行きて
棟門　平門　吹き倒し
四、五町（約400～500m）　十町　吹き抜きて
桁や長押《なげし》や　柱など

虚空に舞いて　散在す
檜皮《ひわだ》　葺板　などの屋根
木の葉　冬風　舞う如し
おびただしきの　轟音《ごうおん》は
地獄の業風《ごうふう》　これすらも
斯く激しくは　無く見えし
家屋壊るる　のみならず
命失う　者多し
牛馬死したは　無数なり
「ただ事ならず　占いを」
とて神祇官　占うに

「百日以内に　高禄の
大臣《おとど》が謹慎　お受けなり
天下の大事が　これ起こり
仏法王法　衰えて
兵乱続く」と　神祇官
陰陽師とも　占いし

重盛死去

これを聞きたる　重盛は
何やら不安　覚えしか
熊野へ参詣　なされたり

座すは本宮　証誠殿《しょうじゃでん》
夜通し神に　向かいてに
「父清盛を　見てみるに
悪逆無道　行いて
とかくと法皇《きみ》を　悩ませる

長子としてに　重盛は
頻りお諫《いさ》め　申すやも
我が身至らず　耳貸さじ
その振る舞いを　見る限り
父一代の　栄華さえ
覚束なしと　存じ上ぐ

我ら子孫が　引き続き
親の業績　世に示し
名をば揚げるは　難かりし

今この時に　当たりてに
不肖重盛　斯く思う

なまじ高位に　列してに
世に浮き沈み　これ為すは
良臣　孝子で　あらざりし

名声逃れ　身を退きて
現世の名望　投げ捨てて
極楽往生　求むるが
より優れると　思うなり

然れど無知なる　凡夫にて
善悪迷う　多き故
出家遂げるに　至らざり

南無や権現　金剛童子《こんごどじ》
子孫繁栄　続きてに
朝廷お仕え　叶うべく
父の悪心　和らげて
天下安泰　得さしめよ

繁栄一代　限りにて
子孫に恥が　及ぶなら
重盛寿命　縮めてに
来世の苦しみ　助け召せ

これら二つの　願いをば
叶うるために　お力を」
と根限り　祈るとに
灯籠の火に　似たる物
重盛身から　抜け出して
ぱッと消える様《よ》　失せたりし

大勢これを　見たるやも
恐れて誰も　口にせず

また熊野から　下向時に
岩田川をば　渡る折
嫡子維盛《これもり》以下の　公達が
薄色衣《きぬ》を　浄衣《じょうえ》下（白衣服）
夏でありせば　何気なく
水遊びをば　なされたに

浄衣が濡れて　衣透け
墨染色の　喪服かに

これ見咎めて　貞能《さだよし》が
「何と言うこと　あの浄衣
まこと不吉に　見えるやに
　お召替えをば　なさりませ」

と申したに　重盛は
「今我が願い　成就せり
　浄衣着替えは　ならずやな」
と言いそこから　熊野へと
立てしは感謝の　奉幣使《ほうへいし》
人は不審に　思いしが
重盛真意　分かり得ず

その後日数《ひかず》も　経たぬうち
重盛病に　臥せられし

（熊野権現《ごんげん》すでに　受け入るや）
とて治療すら　なされずて
なおさら祈祷も　なさらなし

そのころ清盛《きよもり》入道　福原の
別荘いたが　盛俊《もりとし》を
使者に重盛　伝えしは

「病重きと　聞き及ぶ
また折よくに　宋《そう》朝からの
名医来ており　良き機会
これをば召して　治療をば」

これを聞かされ　重盛は

盛俊召して　起こさせて
「医療の事は　承知をと
　父清盛に　お伝えを

然れど良く聞け　盛俊よ

あの名君の　醍醐天皇《だいごていい》
異国の著名　人相見《にんそみ》を
都のうちに　入れたるを
末代までもの　過ちで
我が国恥と　思われし

まして凡人　重盛が
異国の医師を　都にと
入るるは国の　恥ならし

漢の高祖　戦いで
流れ矢当たり　傷負うも
『運はすでにと　尽きたりし
　命すなわち　天にあり
　如何な名医も　役立たじ』
と言い治療を　受けざりし

病が前世の　報いなら
医療加うも　無益なり
前世の業《ごう》で　これなくば
医療受けずも　助かるに

異国の医術で　治るなら
我が国医道　無き如し
医術に効き目　無かりせば
会うことすらも　無駄なりし

我れは我が国　大臣《おとど》の身
異国から来た　客会うは
一つは国の　恥であり
一つは政道　衰うに

たとえこの我れ　死するとも
　如何で国辱《こくじょく》　思わずや

　伝えよこの旨」　言いたりし

盛俊福原　戻り来て
泣く泣く申すに　清盛《きよもり》入道は
「国辱思う　大臣《おとど》これ
　上古にても　聞かざりし
　まして後世《こうせい》　現るも

　我が国適せぬ　大臣《おとど》なら
　どちらにしても　今度《こたび》亡《う》す」

言いて泣く泣く　都へと
同年七月　二十八日《にじゅうはち》
重盛出家　なされてに
法名浄蓮《じょうれん》　付けられし

そして八月　一日に
懸命仏　念じつつ
ついに重盛　亡くなりし

正に御年　四十二歳《しゅじゅうとに》
盛り年頃　ありたるに
哀れこの上　なかりたり
斯ほどの清盛入道《にゅうどう》　横暴も
重盛宥《なだ》め　られし故

世も平穏で　ありたるが
今後天下に　如何様な
ことが起こると　京中の
上下人々　嘆きたり

三男宗盛　身内皆
「今後の時代は　こちらに」と
喜び合うこと　頻りなり

重盛逸話

生まれながらに　重盛は
神秘な人で　未来をば
予見の出来る　人なるや

去る四月での　七日の日
夢で不思議を　見られてし

どことも知れぬ　浜路をば
はるばる歩み　行きし折
道で出会いし　大鳥居
「あれは如何なる　鳥居か」と
訊くに返りし　その応え
「春日大明神《みょうじん》　鳥居なり」

人が大勢　寄りたりて

法師の首を　差し上ぐる
「さてあの首は」と　問いたれば
「太政入道　その首で
悪行過ぎる　そのために
大明神が　召し捕りし」

と聞き驚き　夢さめて
(保元平治の　乱以来
幾度も朝敵　征伐し
身余るほどの　褒賞《ほうしょ》受け
天皇《てい》の外戚　なりたりて
一族昇進　六十余《ろくじゅうよ》人
二十余年に　亘りての
繁栄誰も　及ばぬに
入道悪行　行き過ぎで
一門運命　尽きるかに)

と過去未来での　さまざまを
思い続けて　涙にと

翌朝嫡子　維盛が
院御所参上　支度すに
重盛これを　呼び留めて

「親の身として　斯く言うは
烏滸《おこ》がましきの　極みやも
我が子にしては　優れおる
ただしこの世の　有様は
如何なるかは　図られぬ

貞能おるか　維盛に
酒を勧めよ」　とに言われ

貞能酌を　勧めにと

「この盃《はい》まずは　維盛に
取らせたきやも　親よりも
先にはまさか　受け取らじ
重盛まず取り　その後に」

言い三度受け　維盛に

維盛三度　受けた時
「さて貞能よ　引出物」
言うにこれ受け　畏まり
錦袋の　太刀これを

(これは伝家の　小烏丸《こがらす》)と
嬉し気にとに　見たれども
然にはあらずて　大臣の
葬儀に用いる　無文太刀

見てに時維盛　顔色《いろ》変わり
忌まわしげにと　見つめるを
重盛はらはら　涙して

「どうだ維盛　如何思う
貞能何も　過たじ

この太刀大臣《おとど》　葬儀時に
用いる無文の　太刀なりし

入道《ちちうえ》万一　その時に
佩きてお供と　持ちいたが
今は重盛　父上に
先立つことが　確か故
お前にこれを　渡すなり」

これ聞き維盛　驚きて
何も返事を　出来ぬまま
涙にむせび　うっ伏せて
その日は出仕　なさらずに
衣被りて　伏せられし

その後重盛　熊野行き
帰りて病　罹りてに
程なくお亡く　なりたにて
なるほどそうかと　維盛は

そもそも重盛　この大臣《おとど》
罪障滅し　善根を
生ずの心　深き故
未来の浮沈　嘆きてに
東山での　その麓
衆生を救う　阿弥陀その
四十八願　なぞらえて
四十八間　寺を建て
一間毎に　一つずつ
四十八基の　灯籠を

そのため　九品《くほん》蓮台が
目の前ある如　輝きて
光は鏡　磨く如
まるで浄土に　居る如し

毎月十四《じゅうし》日　十五日
平家や他家の　人の中
眉目よく若く　女盛《めざかり》りの
女房多くを　招きてに
一間毎に　六人を
合わせ　二百八十《にひゃくはちじゅう》八人を

念仏当番　担わせて
両日それの　間中《じゅう》
一心不乱に　仏の名
唱える声が　絶えざりて

阿弥陀《にょらい》来迎えの　願叶い
衆生救済　光射し
重盛照らす　かに見えし

十五日での　結願に
大念仏を　したりせば
自ら行列　加わりて
西方向かい　重盛が
「極楽浄土に　お座《わ》します
仏教教主の　阿弥陀様
三界六道《ろくど》の　衆生をば
あまねく救い　給えや」と

功徳を以って　願いせば
見る人慈悲の　心生み
聞く者感涙　咽《むせ》びたり

そのこと以来　重盛を
灯籠大臣《おとど》と　人は呼ぶ

またのとある日　重盛は
「我が国にては　善行《ぜんこ》すも
子孫が長くは　弔わじ
他国に善行　施して
後世の弔　確かに」と

僧の妙典　召し呼びて
三千五百《さんぜんごひゃく》両の　金並べ

「五百両をば　お前にと
三千両持て　宋《そう》朝行きて
我が後世《ごせ》これの　弔いに
千両医王《いおう》山の　僧にへと
二千両をば　皇帝に」

言うに妙典　賜りて
万里の波を　乗り越えて
大宋国へ　渡りてに
重盛言うた　通りにと

故に宋では　これ守り
平朝臣《たいらのあそみ》　重盛が
後生に　極楽浄土にと
生まれ変わるを　祈るやが
今も絶えずと　聞き及ぶ

清盛の章（三）

清盛恨み節

清盛《きよもり》入道　重盛　先立たれ
全てに　心細かりて
福原へにと　馳せ下り
門を閉ざして　籠りたり
同年十一月《しもつき》　七日の夜
戌《いぬ》の刻頃（午後八時）　地震来て
酷き揺れこれ　長くにと
陰陽頭《おんみょうかみ》の　安倍泰親《やすちか》が
急ぎ内裏に　馳せ参り

「今度《こたび》の地震　占えば
並みの謹慎　及ばずと
途轍もなしの　火急なり」
と言いはらはら　泣かれたり
伝奏人は　顔色《いろ》失せて
法皇これも　驚きし
若き公卿や　殿上人《てんじょびと》
「安倍泰親《やすちか》泣くは　大袈裟ぞ
何が起こると　言うのかや」
と嘲《あざけ》りて　笑い合う
然れどもこれの　安倍泰親《やすちか》は
安倍晴明の　五代末裔《すえ》
天文奥義を　極めなし
予言手の平　指す如し

一つも　違《たが》わざりければ
「指すの神子《みこ》」とて　言われてし
雷落ちたに　安倍泰親《やすちか》は
狩衣袖は　焼けたにも
その身は無事で　ありた云う
上代これにも　末代も
滅多と居なき　安倍泰親《やすちか》ぞ
同年十一月《しわす》　十四日
近時福原　居る清盛入道《にゅうど》
何思いしか　軍勢の
数千騎をば　引き連れて
都上るの　噂立ち
事態分らぬ　ままなるも
京中上下　戦慄《おのの》きし

誰が言うたか　分らぬが
「清盛入道《にゅうどう》　朝家を　恨みてし」
とにの噂を　広めたり

内々聞きし　関白藤原基房《もとふさ》は
急ぎ参内　なされてに
「今度《こたび》の清盛入道《にゅうどう》の　都入り
この基房を　滅ぼしに
如何なる目にと　遭わさるや」

とにと奏上　なさるれば
高倉天皇《みかど》大いに　驚かれ
「そなたが酷き　目に遭うは
朕《ちん》が遭うのと　同じなり」
とて涙すは　畏れ多《お》し

本来天下の　政治これ
帝《みかど》と　摂政関白が
行うべしに　これ如何に

同年十一月《しもつき》　十五日
「清盛入道《にゅうどう》　朝家　恨むこれ
真実《まこと》なりし」と　聞こえ来て
後白河法皇《ほうおう》大いに　驚かれ
故信西《しんぜい》息子の　静憲法印《じょうけん》を
使者とて清盛入道《にゅうどう》　許にへと

法皇託せし　その主旨は
『近年朝廷　鎮まらず
人心これも　騒然と
世間騒ぎて　帝嘆き
そなた頼りと　思われし

天下乱るる　大事で
無くやも何やら　騒々し

さらに朝家を　恨むとて
聞き及びしは　何事ぞ』

使者《つかい》となりた　静憲法印《じょうけん》は
西八条の　邸へと

朝から夕まで　待ち居るも
何も音沙汰　無かりせば
（やはりにそうか　無駄かや）と
伝えの主旨を　言い渡し
「暇《いとま》を」言いて　出で行くに
「法印待て」の　声してに
清盛入道　出て来たり

出でし法印　呼び戻し
「よく聞きなせや　法印よ
我れが申すは　誤ちか

まず重盛が　亡くなりて
当家命運　左右すを
涙堪えて　この我れは
ここ何日も　過ごし来し

分かり願うか　この心

保元の以後は　乱続き
帝の心は　安らがず
これがためにと　働くが
我れが為したは　あらましで
重盛一人　身を粉に
度々帝の　お怒りを

お鎮め申し　来たるなり

急に起こりし　出来事や
日々の政務に　関してに
重盛ほどの　功臣は
めった無きやと　存じおる

たとえこの我《わ》の　悲しみを
憐れまれずとも　何故《なにゆえ》に
重盛の忠　忘るるや

よし重盛の　その忠を
忘れなさるも　何故《なにゆえ》に
我れの嘆きを　憐れまじ

父子共々に　上皇の
意に反すると　なりたにて

もはや面目　失くしたり

これが一つぞ　我が思い

『重盛領地　越前国《えちぜん》を
子々孫々』と　約束《やく》せしに
重盛死すに　召せれしは
如何なる過失　ありしかや

これが一つぞ　我が思い

中納言《なごん》に欠員　ありし折
二位中将の　藤原基通《もとみち》が
望むに随分　取り為すも
ついに聞き入れ　くださらず
関白息子の　松殿師家《もろいえ》を
中納言《なごん》になしたは　何故《なにゆえ》か

嫡男藤原基通《もとみち》　二位なりて
三男松殿師家《もろいえ》　三位との
どうこう言われる　筋合いの
無きに序列を　変えらるは
真実《まこと》無念な　お計らい

これが一つぞ　我が思い

新大納言成親《なりちか》以下の　側近が
鹿《しし》の谷にと　寄り合いて
謀反企て　ありしやも
集い個人の　意思でなく
法皇許可が　ありてこそ

我らの功績　称《たた》うれば
七代までも　一門を
捨てるべきでは　なかろうに

我れも七十歳《しちじゅう》　近づきて
余命幾ばく　なき折に
平家を滅ぼす　計らいを

まして子孫が　相次ぎて
朝廷仕うは　滅多なし
老いて子供を　失うは
枯れ木に枝の　無き如し

残り少なき　この浮世
心尽くすも　無駄なりて
如何ともなれやの　思いにと」
言いて腹立て　涙にと

聞きて法印　恐ろしく
またに哀れで　汗しとど

斯かる折には　誰しもが
一言さえも　返せぬに
己も後白河法皇《ほうおう》　側近で
鹿《しし》の谷にも　参りしは
誰もが知りし　ことなれば
その一味とて　今ここで
捕らわれるかと　思いせば
竜の髭撫で　虎の尾を
踏む心地にて　ありたるも
強《したた》か者の　法印は
少しも動ぜず　申すには

「真実《まこと》に都度の　御奉公
並のものでは　ありませぬ

お恨みなるも　無理からぬ
然れども官位　俸禄も
貴殿にとりて　満ち足りし

それは貴殿の　功績の
大なることを　法皇が
お認めなさる　その故ぞ

近臣謀反　思い立ち
それを法皇　許せしと
言うは謀臣　企みぞ
風聞信じ　疑うは
これ俗人の　悪きくせ
つまらぬ者の　流言を
何《な》も考えず　重く取り

朝恩厚き　貴殿やに
法皇これに　背くやは
現世来世に　関らず
畏れ多きの　ことならし

天の心は　蒼々と
測り切れなき　ものなりて
法皇これの　考えも
きっと斯かるに　違《たが》いなし

臣下が君に　逆らうは
如何で臣下の　礼なるや
よくよく考え　なされませ
聞きし貴殿の　意見をば
法皇様に　お伝えを」

言いてそのまま　立ちたれば
その座控えし　皆々は
「何と驚き　清盛入道《にゅうどう》が
あれほど怒るを　恐れずて
返事をしてに　立たれてし」
と言い褒めぬ　者ぞなし

罷免・流罪

静憲法印《じょうけん》　院御所　参りてに
このこと上奏　したりせば
「清盛入道《にゅうどう》言うは　理に適う」
とて何事も　仰せざり

同年十一月《しわす》　十六日
清盛入道《にゅうどう》予《かね》て　思いしの
関白松殿基房《もとふさ》　始めとし
太政大臣　松殿師長《もろなが》と
それ以下公卿　殿上人《てんじょびと》
四十三人　更迭し
朝廷からこれ　追放に

中でも関白　松殿基房《もとふさ》は
大宰権帥《だざいのごんそち》　にと左遷
九州へにと　流されし

「斯かる世の中　住むも無駄」
言いて鳥羽古河《こが》　辺りにて
この世捨てられ　出家にと
御年　三十五歳なり

「礼儀弁《わきま》え　曇りなき
　鏡の如き　人やに」と
世の人惜しみ　申せしは
並々ならぬ　ことならし

遠流の人が　道中で
出家したれば　元々の
遠流先をば　変える故
最初日向国《ひゅうが》で　ありたるを
備後国国府《びんごのこふ》の　その辺り
湯迫《ゆばさま》にと　留め置かる

故藤原基実《ふじわらもとざね》　その御子の
二位の中将　藤原基通《もとみち》は
清盛入道《にゅうどう》婿で　ありたにて
大臣関白　就けられし

参議でなしの　二位中将《ちゅうじょ》から
大、中納言　これ経ずて
大臣関白　なりし例
未だに聞きた　ことぞなし

太政大臣　藤原師長《もろなが》は
官位解かれて　東国へ

去るの保元の　乱にては
父悪左府の　藤原頼長《のりなが》に
連座し藤原師長《もろなが》　含めての
兄弟四人が　流刑受け
この師長は　土佐幡多《はた》で

九年の歳月　送りてに
長寛二年　八月に
召還されて　元の地位
翌年昇進　正二位に

仁安元年　十月に
前中納言から　昇られて
権大納言に　就かれてし

大納言席　空きなくて
員外大納言《なごん》に　との経緯《しだい》

管弦道に　長じおり
学問芸能　優れてに
次々昇進　止まるなく
太政大臣　上りたに
如何なる罪の　報いかや
二度も流罪を　受くるとは

保元の昔　流さるは
南海土佐の　国なりて
治承の今は　逢坂《おうさか》関の
東の尾張　国なりし

風流人が　願い云う
『罪なくしてに　配所月』
これの心を　持つ大臣《おとど》
何とも気には　せざるなり

風流人の　師長は
鳴海《なるみ》潟の海を　はるかに見
常時《つね》にと名月　眺めたり
浦風に詩歌《うた》　朗詠し
琵琶弾き歌を　詠じてに
良き気分にて　月日をば

法皇幽閉

同年十一月《しわす》　二十日の日
院御所である　法住寺
軍勢四面を　囲みたり

平治の乱で　藤原信頼《のぶより》が
後白河法皇《ほうおう》御所の　三条殿
これに火掛くと　同じくに
皆焼き殺す　噂立ち
局《つぼね》の女房《にょぼ》や　女童は
頭に物も　被らずて
あわて騒ぎて　走り出る

法皇も大いに　驚きし

清盛三男　宗盛が

車を寄せて　「お早く」と
言うも法皇　毅然とし
「さてさてこれは　何事ぞ
我れに科《とが》ある　思えざり

成親　俊寛　その如く
遠国遥かの　島へとに
流すつもりか　然はさせぬ

帝が斯かるの　若さ故
政務に口出し　せしのみぞ

それもならぬと　言うならば
今後一切　口出さぬ」

との仰せに　宗盛は
「いいえそうでは　ありませぬ

世を鎮める間《ま》　鳥羽殿へ
お移し申す　だけなりと
父清盛入道《にゅうどう》が　申すにて」

「ならば宗盛　すぐ供を」
と言いたれど　清盛《きよもり》入道に
恐れを抱き　躊躇して

「それにつけても　重盛に
比べたいそう　劣りたる

先年《さき》も斯かるの　目に遭うを
重盛身に代え　止めたにて
今日まで心安《やす》く　過ごせたり

諌《いさ》める者が　居なくなり

斯かることをば　行うは
平家の行末　長くなし」
言いて涙す　畏《お》れ多い

言うもそのうち　牛車《くるま》にと

車の尻に　尼御前が
一人参られ　乗りたりし

この尼御前と　申すのは
法皇乳母を　勤めたる
紀伊二位なるの　朝子なり

七条大路を　西へ行き
朱雀大路を　南へと

賤しく身《み》分低き　男女まで

「ああ法皇が　流されに」
とて涙をば　流してに
袖を絞らぬ　者は無し

去る七日夜の　大地震
斯かる事態の　前兆で
地の底までも　揺るがせて
地神も驚き　騒ぐやも
尤《もっと》もなりと　人は言う

法皇　鳥羽殿　入りしが
如何にと紛れ　込みたるや
大膳大夫　信業《のぶなり》が
近く控うを　側に呼び
「きっと今夜に　殺さるる
　行水したきが」　とに言えば

信業今朝から　動転し
訳わからずて　呆《ほう》けしが
仰せを聞きて　有難く
狩衣にへと　襷掛け
柴垣小枝　折り来てに
縁の下柱《はしら》を　断ち割りて
水汲み形　ばかりやも
お湯を用意し　行水を

また静憲《じょうけん》法印は　西八条
清盛入道《にゅうどう》邸に　駆け込みて

「法皇　鳥羽殿　移られし
御前に一人も　居なきとか
あまりに酷く　存ずれば
何の支障《さわり》が　ありましょう
静憲《じょうけん》一人　お側にと」

と言いたれば　意外にも
「早く行かれよ　さあ早く
　そなたは間違い　起こすなし」
と言い許可をば　与えたり

法印　鳥羽殿　参りてに
門前にてに　馬を降り
門の内へと　入りなば
折しも法皇　読経中

その声まことに　凄まじき

法印つっと　顔出すに
読みし御経に　はらはらと
涙零るを　見申して
悲しみ込み上げ　僧衣袖

顔を押し当て　御前にと
御前に尼御前　だけ居られ
「如何にすべしや　法印や
法皇《きみ》は昨日の　朝食を
法住寺にて　お召以後
昨夜も今朝も　召さるなし

長き夜一晩中《すがら》　休まれず
御命すらも　危うくと」
言うに法印　涙拭き

「何事にても　限りあり
平家栄えて　二十余《にじゅうよ》年に
然れど悪行　度を越えし
今に滅ぶが　見えおりし

天照太神《あまてらすのおおみかみ》
正八幡宮も　見ておられ
如何でお見捨て　なされるや

中でも法皇《わがきみ》　頼まれる
日吉《ひえ》山王の　七社これ
法華経八巻　飛び来たり
法皇《きみ》をお守り　申すべし

然すれば政務　法皇《わがきみ》が
お執りになれる　御世となり
悪逆平家　水泡《みなわ》にと」

などと申すに　法皇は
心慰め　なされたり

高倉天皇《みかど》は関白藤原基房《かんぱく》　流されて
臣下多くが　滅びたを
嘆くに法皇　移さると
聞きしの後は　食事さえ
摂らず病と　称してに
臥して寝所に　籠りたり

后中宮《きさき》　始めとし
控え仕えの　女房らも
如何にすべしも　分からずと

法皇　鳥羽殿　移りし後
内裏で臨時の　神事とて
天皇《みかど》は夜毎　清涼殿
その石灰壇《いしばいだん》　上りてに
ただ法皇の　ためにとて
伊勢太神宮を　拝されし

その頃密書が　天皇《みかど》から
ひそかに鳥羽殿　届きたり
《斯かる世にては　宮中に
留まりおるも　何になろ

宇多法皇の　跡訪ね
花山法皇《ほうお》の　跡訪ね
家を出て行き　世を逃れ
山林流浪の　行者にと》

読みた法皇　返事とて
《然なる考え　止めにせよ

そうして帝位に　おられるが
一つの頼みで　あるからに
出家さるれば　その後は
何の頼みも　なしとなる

ただ年老いた　この我れの
行く末これを　見届けよ》

と書きたれば　天皇は
返事を顔に　押し当てて
たいそう涙に　沈まれし

君は船にて　臣は水
水これ良くと　船浮かべ
またまた船を　覆《くつがえ》す
臣よく君を　支えなし
臣また君を　覆《くつがえ》す

保元平治の　ころにては
清盛入道《にゅうどう》　主君《きみ》を　支えしが
安元治承の　この今は
またまた主君《きみ》を　ないがしろ

斯かるの如く　清盛入道《にゅうどう》は
やりたい放題　為しいたが
娘は中宮《ちゅうぐ》で　ありたりて
関白藤原基通《もとみち》　婿故に
万事に安心　思いしか
「政務はすべて　天皇《みかど》に」と
言いて福原　下りたる

清盛三男　宗盛が
急ぎ参内　奏するに
高倉天皇　首を振り
「後白河法皇《ほうおう》が斯くと　言われせば
政務行う　た易きが

清盛入道《にゅうどう》言うには　従えぬ
摂政関白　相談し
そちの好きにと　するが良い」
と聞き入れに　なされざり

法皇　城南離宮にて
冬も半ばを　過ごさるに
野山吹く風　音すごく
寒々しきの　庭に差す
月の光は　冴え冴えし

庭には雪が　降り積むも
足跡付くる　人もなく
池には氷　張り詰めて
群れなす鳥も　何処《いずこ》かへ

勝光明院　鐘の音は
遺愛寺鐘（中国廬山の古寺）の　如く聞く
西山積もる　雪の色
香炉峰（遺愛寺背後の山）をば　思わせる

年去り行きて　年来たり
これで治承も　四年にと

安徳天皇即位

治承四年の　正月の
一日迎えた　云うなれど
清盛入道　許さずて
後白河法皇《ほうおう》も露見　恐る故
三が日との　参賀とて
鳥羽殿にへは　誰も来ず

同年正月　二十日には
東宮袴着　それ加え
真魚始《まなはじめ》との（生後はじめての魚肉食べ儀式）　祝い事
ありしも鳥羽《とば》殿で　法皇は
他所事の如　聞くのみぞ

二月の　二十一日に
何ら病も　あらぬやに

高倉天皇《てんのう》譲位　させられて
後を東宮　継承に

これは清盛入道《にゅうどう》が　万事をば
思い通りに　運ぶため
「ますます時勢が　良くなりし」
と平家の皆は　燥《はしゃ》ぎ合う

三種の神器　これらをば
旧帝許から　新帝に
朝廷伝わる　宝物を
役人らこれ　受け取りて
新帝住まう　皇居での
五条内裏へ　移したり

高倉上皇　里内裏
閑院殿では　火影減り
時告げ役の　声もせず
警備役人　点呼声
これも途絶えて　古老らは
めでたき祝の　中云うに
涙流して　心《むね》傷む
自《みずか》ら皇位　譲られて
（静か過ごそ）と　思うだに
哀れ多きが　常なるに
心ならずも　この度は
引き摺り下《おろ》さる　譲位にて
哀れさ口に　出来ぬ程
新帝今年は　三歳で
「何とも早すぎ　譲位だ」と

世の人々は　ささやきし
平大納言　時忠は
新帝乳母の　帥の典侍《そつのすけ》
それの夫で　ありしかば
「今度《こたび》の譲位　早すぎと
誰が非難を　出来ようか」
と嘯《うそぶ》くに　その時の
有職故実に　長《た》けし人々《ひと》
「ああ恐ろしや　何を言う
それを良き例　とて言うか」
とにと呟き　合われてし
東宮即位　なされしに
清盛入道《にゅうどう》夫婦　共々に

外祖父 外祖母　なりとして
准三后《じゅんさんごう》の　宣旨受け
年間年爵（近親者を推挙しその叙位料を得る権利）給わりて
宮廷出仕の　当番を
召し抱えるの　身となりし
清盛入道の　その後も
栄華尽きぬに　見えたりし
同年三月　上旬に
高倉上皇《じょうこう》は安芸国《あき》の　厳島
そこへの御幸　噂にと
天皇《みかど》が位　下られて
神社へ御幸　その始め
石清水八幡《はちまん》宮 賀茂《かも》神社に
春日《かすが》大社など

それへの御幸　普通やに
安芸国にまで　赴くは
如何なるやと　不審なり
ある人密かに　申すには
「この厳島　平家にて
崇《あが》め敬い　されおるに
表は平家に　阿《おもね》りて
本心　長きに　幽閉の
法皇解放　されるべく
清盛入道《にゅうどう》の謀反　心をば
和らげ給えの　祈りか」と
同年三月　十七日《じゅうなな》に
高倉上皇《じょうこう》御幸の　手始めと
西八条の　邸《やしき》にと

そこから鳥羽殿　幽閉の
後白河法皇《ほうおう》に会いたし　伝えるに
宗盛これを　許したり
十九日その　早朝に
西八条邸　出で鳥羽《とば》殿へ
父子の対面　久しくて
御前に尼御前　紀伊二位《にい》のみが
やや長くにと　話され
日が高なりて　別れ告げ
鳥羽草津から　船にへと
三月　二十六日に
厳島にと　ご到着

なか二日での　逗留に
経供養やら　舞楽をば
三月　二十九日には
船を飾りて　ご帰還へ
船は岸をば　離れしが
風激しくて　漕ぎ戻し
厳島うち　有の浦
そこに留まり　遊興を
あれこれなして　また船で
備前《びぜん》国児島の　港着き
そこから福原　経由して
やっと都へ　ご帰還に

四月の　二十二日には
安徳天皇　即位式
平家の人々　皆来しも
小松殿その　公達は
去年重盛　失せし故
喪に服してに　籠もりてし

西暦	年号	年	月日	天皇	院政	出来事
1179年	治承	3	11/16	高倉	後白河	清盛、関白以下43人の官職を解く
			11/20			清盛、法皇を鳥羽殿に幽閉
1180年		4	2/21	安徳	後・高	高倉天皇降ろされ、安徳天皇3歳で即位

揺らぎの巻

以仁王の章

諸国への令旨

新帝即位　目出度やに
世間はなおも　鎮まらじ

後白河法皇《ほうおう》第二の　皇子である
以仁王《もちひとおう》が　居られてし

筆が達者で　才優れ
皇位就かるる　器やに
建春門院(法皇の正妻)　妬《ねた》み故
軟禁の身と　なられてに
花の許での　春遊び
筆を奮《ふる》いて　詩を書きて
月の前での　秋宴
笛吹き自ら　雅音《がいん》をば

斯くと歳月　過ごされて
治承四年に　三十歳《さんじゅう》に

近衛河原に　住みおるの
源三位入道《さんみにゅうどう》　頼政が
ある夜ひそかに　宮御所に
参りて申すは　驚愕《おどろき》ぞ

「畏れ多くも　宮様は
天照大神《あまてらす》から　数えてに
四十八世の　ご子孫で
神武天皇　より数え
七十八代　当たられる

皇太子にも　立たれてに
帝位にお就き　なるべしに
三十歳《さんじゅう》なるも　宮のまま
これ口惜《くや》しくは　なかろうや

今の世の様　見まするに
表面上は　従うが
平家憎まぬ　者やある

謀反を起こし　滅ぼして
期限も知れず　鳥羽殿に
幽閉さるる　法皇を
慰め君が　帝位にと

これ孝行の　極みなり

もしやに君が　思い立ち

令旨をお与え　下されば
喜び参ずる　源氏ども
全国各地に　多くおり
夜を日に継ぎで　馳せのぼり
平家滅すに　時日《とき》いらじ

老いはすれども　頼政も
子らを引き連れ　参上に」
と長々と　進言を

(うまく行くか)と　以仁王《みや》案じ
しばしは思い　悩みてし

少納言これ　伊長《これなが》は
人相見とて　優れせば
相少納言《そうしょうなごん》と　皆言いし

伊長以仁王《これながみや》の　相を見て
「帝の位に　就く相ぞ
　天下の事を　諦めじ」
と言いたるは　頼政が
言いたることと　同じ故
「さてはそうなる　運命《さだめ》かや
　天照大神《あまてらす》その　お告げかや」
と言いすっかり　その気にと

熊野の十郎　義盛を
召して蔵人　となして
名も行家《ゆきいえ》と　改名し
令旨の使者とし　東国へ

四月の　二十八日に
都を発《た》ちて　近江国《おうみ》から
美濃国《みの》や尾張国《おわり》の　源氏らに

次々触れて　行くうちに
五月十日に　伊豆国の
北条にへと　下りつき
流人の源頼朝《よりとも》　にと令旨

信太先生《しだのせんじょう》　義憲《よしのり》は
兄なりしかば　令旨をと
常陸《ひたち》国信田浮島《うきしま》　へと下る

木曽義仲が　甥だとて
東山道へ　赴きし

為義
├義朝─頼朝
├義賢（信太三郎先生）─義仲
├義憲
└行家

熊野の別当　湛増《たんぞう》は
平家に恩を　受けいてに
何処《いずこ》で何を　聞きたるや

「新宮十郎　行家が
以仁王《もちひとおう》の令旨　持ち
美濃《みの》国や尾張《おわり》国の　源氏らに
触れて回りて　謀反をば

那智新宮の　者どもは
きっと源氏の　味方する

平家の御恩を　多大にと
受けしこの我れ　湛増は
如何でか背き　出来ようか

那智新宮の　者どもに
矢の一つでも　射かけてに
平家へ仔細を　伝うべし」

とて甲冑で　武装した
一千人をば　引き連れて
新宮港へ　出で向きし

こちら迎える　新宮は
あわせて総勢　二千余ぞ

鬨《とき》の声上げ　矢合わせし
源氏方には　斯くと射れ
平家方には　斯く射れと
互いに交わす　矢叫びの
声は止《とど》まる　ことなくて
鏑《かぶら》矢の唸りも　鳴り止まず
合戦三日　続きたり

熊野の別当　湛増は
家子《いえのこ》郎党　多々討たれ
わが身も傷を　負いたりて
命からがら　本宮へ

鼬《いたち》の卦

一方こちら　後白河法皇《ほうおう》は
「遠き国にと　流されて
遥かな島に　移さるか」
と案じつつ　鳥羽殿で
お過ごしなられ　二年にと

同年五月　十二日
その午の刻（正午頃）　御所中に
鼬《いたち》多数が　駆け騒ぐ

法皇大いに　驚かれ
自ら占い　結果出し
近江守仲兼《おうみのかみなかかね》　召し呼びて

「これ持て安倍泰親《やすちか》　許へ行き
如何なる卦《け》かの　判断を」
と言い結果を　手渡しし

仲兼これを　預かりて
陰陽頭《おんみょうのかみ》　安部泰親《やすちか》へ

結果を見せるに　泰親は
卦の意味すをば　書き戻す

仲兼預かり　鳥羽殿に
帰りて門に　行き着くも
守護の武士ども　許さざり

様子知りたる　仲兼は
築地《ついぢ》を越えて　大床の
下這い簀子《すのこ》　隙間から

泰親書面　差し上ぐる

法皇これを　開け見るに
《いま三日うち　起こるのは
喜び事に　嘆き事》
とにとが書きて　記してし

「喜び事は　嬉しきも
斯かる身である　この今に
またまた如何な　嘆きをば」
と法皇は　仰せにと

翌十三日　早くもや
清盛三男　宗盛が
法皇の事　あれこれと
懇願されたで　清盛入道《にゅうどう》も
ようよう思い　直してに

鳥羽殿幽閉　解かれてに
八条烏丸　そこにある
美福門院　御所にへと

「いま三日うち　喜びが」
とに申したは　これなりし

謀反の露見

そこへと別当　湛増が
以仁王《もちひとおう》の　謀反をば
飛脚で都に　伝え来て
清盛三男　宗盛は
大騒ぎにて　福原の
清盛入道《にゅうど》にこれを　告げたれば
すぐさま都に　馳せのぼり

「是非に及ばず　あの以仁王《みや》を
　捕らえ土佐の　幡多《はた》へでも」
と言い怒りを　ぶつけたり

責任者たる　公卿役
三条大納言《なごん》　実房に
執行役は　藤原光雅《みつまさ》に

源兼綱　出羽光長《みつなが》が
命受け以仁王《みや》の　御所にへと

この源の　兼綱は
頼政入道の　次男なり

それやにこの任　受けたるは
以仁王《もちひとおう》の　謀反をば
頼政入道　勧めしを
まだ知らなきの　故なりし

五月十五夜　雲間月
以仁王《もちひとおう》は　これ眺め
（如何なるかや　この後は）
とて思いつつ　いた折に
頼政入道　その使者が

文持て慌て　やって来し

開きて見れば　その文に
《謀反はすでに　露見せり
土佐の幡多《はた》へと　流罪とか
官人どもが　迎えにと

急ぎて御所を　お出になり
三井寺へでも　お入りを
我れもすぐさま　参上に》

と書きた見て　以仁王《もちひとおう》
「如何すれば」　狼狽《うろた》うへ

以仁王《もちひとおう》の　侍の
長谷部信連《のぶつら》　この者が
「さしたることは　ありませぬ
女房装束　着替えられ
　そのまま御所を　お出《い》でませ」

と言いたれば　「それが良い」
とて髪くずし　御衣《ぎょい》重ね
市女笠《いちめがさ》をば　被られし

六条宗信　進み出て
唐笠持って　お供にと

鶴丸とていう　その童
袋に物入れ　頭上にと

まるで身分《み》低き　侍が
女を連れて　行く如し

高倉通りを　北行くに
大きな溝が　ありしかば
軽くにひょいと　飛び越すを
道行く人が　立ち止まり

「女のくせに　はしたなし」
と言い怪しげ　見るを見て
足早になり　先急ぐ

信連　御所の　留守番に

少し残りし　女房らを
あちらこちらに　隠れさせ
見苦しき物　片付けと

見るにこの以仁王《みや》　御秘蔵の
小枝と云う笛　忘れしが
枕元にと　あるを見し

そのころ以仁王《みや》も　その笛を
忘れしことを　思い出し
取りに戻ろと　しておりし
見つけし信連　慌ててに
「これは大変《おおごと》　この笛は
以仁王《みや》の秘蔵の　笛ならし」
とて五町（約500ｍ）ほど　追いかけて
以仁王《みや》に追いつき　お渡しに
以仁王《みや》はたいそう　喜ばれ
「我れが死にせば　この笛を
棺《ひつぎ》に入れよ」と　仰せなり
「このまま供を」と　言いたれば
「今役人が　御所にへと
来た時誰も　居なくては
さては逃げたと　追手をば
信連　御所に　居ることは
誰もが知るに　居なければ
信連夜逃げと　思わるは
武人としては　名が廃《すた》る
暫し役人　あしらいて
打ち破りてに　参上を」
と言い信連　馳せ戻る

信連奮戦

三条大路の　惣門も
高倉小路の　小門をも
共に開きて　待ち受くる
源兼綱　出羽光長《みつなが》が
総勢　三百余騎連れて
十五夜の　子の刻（午前零時頃）に
宮の御所へと　押し寄せし
光長馬に　乗りたまま
門のうちにと　うち入り
庭に控えて　大声で
「謀反はすでに　露見せり
検非違使別当（警察庁長官）　命を受け

御迎えにとて　参上に
急ぎお出まし　給いませ」
言うに信連　大床で
「以仁《みや》王はここにて　居らるなし
神社参詣　お出かけに
何事なるか　この騒ぎ
ことの子細を　申されよ」
言うに光長　声荒げ
「何言う以仁《みや》王が　ここ居ずて
どこへ行くとて　出かくるや
世迷い事を　言うでない
者ども行きて　探せよ」と
申すに信連　これ聞きて

「物弁《わきま》えぬ　物言いぞ
馬に乗りての　入門は
怪しからぬやに　その上に
『者ども行きて　探せよ』と
言うは甚《はなは》だ　頂けぬ
我れこそ左兵衛尉《さひょうえ》　信連ぞ
近くに寄りて　怪我するな」
と言い相手を　睨《ね》め付ける
検非違使庁の　役人の
金武《かねたけ》という　剛の者
信連めがけ　大床に
これを見て他の　役人ら
十四、五人が　続き乗る

信連これ見て　狩衣の
帯紐切りて　捨てたりて
衛府太刀（儀式用の太刀）なれど　刀身の
念入鍛えし　もの抜きて
敵に対して　向かい行く
これを迎えて　敵方は
大長刀《おおなぎなた》や　大太刀で
切り掛りしが　信連の
衛府の太刀にて　斬り追われ
嵐に木の葉　散る如く
庭へとさっと　降りたりし
五月十五夜　雲間月
現れ出《い》ずに　明るくも
敵は勝手を　知らなくて

信連これを　良く知りし
廊下追いかけ　はたと斬り
隅に追い詰め　ちようと斬る

「宣旨の使者に　何をする」
と言えば信連　笑いてに
「宣旨なんぞと　しゃらくさい」
と言いつつに　衛府太刀が
歪めば後え　身を引きて
押し踏み直し　整えて
あっという間に　強者《つわもの》の
十四、五人を　斬り伏せし

果敢に戦い　進めしが
多勢に無勢　力尽き
腹を斬ろとて　探れども
鞘巻（鞘なし短刀）落ちて　切りも得ず

もうこれまでと　手を広げ
高倉小路の　小門から
走り出そうと　した前に
大長刀《おおなぎなた》を　持つ男
一人がつっと　寄り来たる

信連長刀《なぎなた》　乗ろうとて
飛ぶが間合いを　測り兼ね
腿《もも》をスパッと　斬られたり

心は勇み　いたものの
大勢中に　囲まれて
生け捕りにとて　させられし
その後御所をば　探すやも

以仁王《もちひとおう》は　見当たらず
信連だけを　六波羅へ

清盛入道　御簾内に
前右大将《うだいしょ》宗盛　大床で
信連これを　庭に据え

「『宣旨なんぞと　しゃらくさい』
と言い斬りしは　まことかや

多くの検非違使《けびいし》庁　役人を
斬りて殺害　したからは
よくよく子細を　問い質《ただ》し
その後河原で　その首を」

と言いたるに　信連は
少しも騒がず　笑いてに

「最近夜な夜な　あの御所を
誰かが窺い　覗くやも
然したることは　無かるやと
用心なしに　いたところ
鎧を着けし　者どもが
押し入り来たで　『何者』と
訊《き》くに　『宣旨の御使』と

山賊　海賊　強盗と
云う連中は　時として
『公達来たぞ』　とて言うや
『宣旨の御使』　とて名乗り
来ると常々　聞き及ぶ

故にや　『宣旨なんぞ』言い
斬りて捨てたに　過ぎませぬ

この信連が　武装して
造り良き太刀　持ちおれば
役人どもを　一人とて
無事で帰すは　なかりしに
以仁王《みや》が何処《いずこ》へ　行かれたか
我れは一向　知りませぬ

例え存じて　いたとても
侍たるもの　申さずと
心に決めし　からにては
拷問さるも　口割らぬ」

と言いその後は　口つむぐ

居並ぶ平家の　侍は
「何とあっぱれ　剛の者
可惜《あたら》斬らるは　酷きこと」

と口々に　申したり

中である人　申すには
「この者先年　武者所に
勤めてた折　強盗の
入るを警護の　番衆が
捕らえきれずを　一人して
強盗六人　追いかけて
四人を斬り伏せ　二人をば
生け捕りそれの　恩賞で
左兵衛尉《さひょうえじょう》を　賜りし

これこそ一人　当千の
強者《つわもの》言うに　相応《ふさわ》しき」

と言い口々　惜しみせば
どう思われたか　清盛入道《にゅうどう》は
伯耆《ほうき》国の日野に　流されし

以仁王三井寺へ

危うく逃げし　以仁王《もちひとお》
高倉小路を　北にへと
近衛通りを　東へと
賀茂川渡り　如意山に

知らぬ山路を　夜通しに
分け入るなどは　なかりせば
足から出る血　真っ赤にて
紅の如くに　砂を染む
夏草茂みの　露これも
さぞや煩らに　思われし
斯くて明け方　三井寺に

「生きる甲斐なき　命やも
惜しさのあまり　三井寺の
衆徒を頼みて　参りたる」

と以仁王《もちひとおう》　言いたれば
衆徒ら畏れ　喜びて
法輪院に　御所設け
そこにとお入《い》れ　申し上げ
形どおりの　お食事を
以仁王《みや》が謀反を　起こされて
失踪されたと　聞くや否
京中すべて　大騒ぎ
法皇《ほうお》もこれを　お聞きなり
「鳥羽殿出たは　喜びで
同時に嘆き　事あると

泰親勘状（占い結果）　寄越せしは
これを指すか」と　申したり

馬の侮辱をとて「競《きそう》」

そもそも　頼政入道が
謀反起こせし　その訳は
平家の三男　宗盛の
無謀な行い　これ故ぞ

如何に　権勢盛んやも
為すべからずを　為すことや
言うべからずを　言うことは
よくよく考え　ねばならぬ

少し詳しく　言いたれば
頼政入道の　その嫡子
仲綱のもと　都での
評判名馬　おりたりし

その馬たるや　鹿毛での
並びも無きの　名馬にて
乗りも走りも　性格も
他にあるとも　思えなし

名を木《こ》の下と　言いたりし

宗盛これ聞き　使者を立て

「評判名馬　見たき」とて
言い来たるにて　仲綱は

「然なる馬これ　おるやにも
この頃あまり　乗りすぎて
疲れさせたに　休養と
田舎行かして　ここにては」

と言われたで　宗盛は
「それでは仕方　これなし」と
それで済まして　おりしやも

多く並み居る　侍が
「たしかその馬　一昨日《おととい》は」
「昨日も通るを　見掛けたり」
「今朝も庭にて　乗り回し」

など言う聞きて　宗盛は
「さては仲綱　物惜しみ
えぇい口惜しや　取ってやる」

と言い使者《つかい》　走らすや
日に五、六度や　七、八度
文を遣りてに　せっつくに

頼政入道　これを聞き
仲綱よび寄せ　言いたるは
「たとえ黄金の　馬だとて
人が斯ほどに　欲しがるを
惜しむはどうか　諦めて
直ちに馬を　六波羅に」

言われ仲綱　仕方なく
一首の歌を　書き添えて
馬を六波羅　遣わせり
《恋しくば　来てもみよかし
　身に添えるえる
姿をは如何　放ち遣るべき》
返歌も出さず　宗盛は

「見事な馬だ　素晴らしい
名馬の中の　名馬なり

然れど惜しむが　憎き故
元の持ち主　その名をば
焼印にして　焼き付けろ」

言い仲綱と　焼印し
己の厩に　つなげたり

客人ここに　来た折に
「名高き名馬　拝見を」
言うに宗盛　目を細め
「その仲綱と　云う馬を
鞍を置きてに　引き出《い》だせ
仲綱めに乗れ　これを打て
仲綱めをば　張り飛ばせ」

など言いた聞き　仲綱は
「身に代えてとも　思う馬
権力づくで　取られしも
口《く》惜《や》しくあるに　馬故に
我が名は天下の　笑いもの
これは我慢が　ならぬ」とて
憤慨するを　頼政は

「斯ほどくらいと　侮りて
平家の者ども　その如き
ふざけた事を　言いよるか
ならば命は　捨てて良し
今に見ておれ　機会見て」
言うも自ら　出来なくて

以仁王《みや》唆《そそのか》し　この仕儀に

十六日の　夜になり
頼政　仲綱　父子共に
総勢　三百余騎連れて
館《やかた》に火をかけ　焼き尽くし
三井寺にへと　参られし

頼政入道の　侍に
渡辺競《きそう》　おりたりし

馳せ遅れてに　残るをば
不審に思い　宗盛は
競を六波羅　呼び付けて

「何故にお前は　供せずと
残りしなる」と　訊きたれば

畏まりてに　この競

「もしもの時は　真っ先に
馳せつけ命　差し上ぐと
思いおりしに　如何なるや
声さえ掛けて　もらえずに」

「そもそもお前は　朝敵の
あの頼政の　味方かや

かねては平家に　仕うやに
今後のことを　考えて
当家に奉公　願うかや

存念如何に　言うてみよ」

言われ競は　涙して
「先祖代々　受けし恩
これは軽くは　なけれども
如何で朝敵　味方すや

この御殿にて　奉公を」

「ならばそうしろ　頼政に
受けたる恩に　劣らなき
恩を与うに　心せよ」

言いて宗盛　中にへと

宗盛　競を　気に入りて
「侍所に　競は」と
言いせば「ここに」と　競言い

「競は」「ここに」と　朝晩に

慎み仕えて　おりたりし
日の暮れがけに　宗盛が
出かけようとて　する前に
畏まりてに　この競

「頼政入道　三井寺に
入りしとにの　噂あり

三井寺法師に　加えてや
渡辺党の　近親の
奴らも居るに　違《たが》いなし

強きの敵を　選びてに
戦いたくも　乗る馬を
渡辺党に　盗まれし
　馬一頭を　何卒」と
言うに宗盛　勇み立ち
「そうかなるほど　そうしろ」と

白葦毛馬　その名をば
煖延《なんりょう》と云う　秘蔵馬
それに立派な　鞍を置き
競へこれを　与えたり

競は館に　帰りてに
妻子をあちこち　隠れさせ
館《やかた》に火かけ　焼き尽くし
三井寺にへと　馳せたりし

競の館が　燃え居ると
六波羅にては　大騒ぎ
急ぎ宗盛　出《い》で来てに
「競はあるか」と　尋ぬるも
返る返事は　「いません」と

「しまった奴に　油断して
騙されたるか　追いて討て」

言うも「競は　勇猛で
矢継ぎ早きの　名手にて
二十四本の　矢を持つに
二十四人は　射殺さる
無理をするな」　言いたりて
追い向かう者　誰もなし

三井寺にては　その時分
競のことが　噂にと

渡辺党の　とある者
「競を連れて　来るべしを
六波羅残りて　酷き目に」
言うも頼政《よりまさ》入道　泰然と
「よもや捕らわる　ことはなし
我れに忠誠　厚きにて
必ずここに　現るる」
と言う言葉　終わらぬに
競がさっと　参上に
「それ見ろ来たぞ」と　頼政《よりまさ》入道が
畏まりてに　その競
「仲綱殿の　木《こ》の下に
代えて六波羅　煖延《なんりょう》を
　盗りて来たれば　進呈を」
言いてその馬　仲綱に
仲綱甚《いた》く　喜びて
尾とたてがみを　すぐに切り
焼き印してに　次の夜に
六波羅にへと　追い込みし
馬屋に入るや　煖延《なんりょう》は
他の馬どもと　食い合うを
驚き行きた　馬使い
「あぁ煖延《なんりょう》が　戻りたる」
言うに宗盛　急ぎ来て
見るに焼き印　押されいて
《昔は煖延《なんりょう》　この今は
平の宗盛　入道》と(たてがみ切りたで剃髪と)

これを見たりて　宗盛は
「憎っき奴よ　あの競
斬り捨てるをば　油断して
謀られたるは　腹が立つ
今度《こたび》三井寺　攻め寄すに
何《なん》が何でも　生け捕りて
ノコギリで首　斬りてやる」
と地団駄踏みて　怒りしも
煖延《なんりょう》たてがみ　伸びもせず
焼印これも　消えざりし

延暦寺への要請状

そのころこちら　三井寺で
法螺貝と鐘　鳴らしてに
三井寺衆徒　話し合う

「世の中ありさま　見てみるに
仏法衰え　王法も
守られなきは　この今ぞ
今度《こたび》清盛入道《にゅうどう》の　悪行を
戒《いまし》めずして　何時するや
以仁王《みや》が三井寺　入らるは
正八幡宮《しょうはちまん》の　ご加護にて
新羅大明神《みょうじん》　助力なり
天地神々　現れて
仏神力　お貸しなり
敵を降伏　させるなり

比叡山天台《えいざんてんだい》宗　道場で
興福《なんと》寺は戒律　授く場所
檄を飛ばせば　必ずや
力を貸すに　相違なし」
と皆一致で　決議をし
比叡山《えいざん》　興福寺《なんと》へ　文送る
延暦寺への　文面は
《三井寺送る　延暦寺《えんりゃく》へ
力合わせて　我が寺の
破滅をお助け　願いたし
清盛入道《にゅうどう》横暴　重ねてに
王法軽視し　仏法を
滅ぼさんとて　狙いおる
愁い嘆きの　積もる中
去る十五日の　夜のこと
以仁王《みや》が密かに　来られてし
そこへ院宣　とて称し
以仁王《みや》を寄越せと　命じしも
断りたれば　ならばとて
官軍遣るの　情報が
我が寺存亡　危機なれば
衆徒は愁い　嘆きおる

とりわけ延暦《えんりゃく》寺　三井寺は
山門　寺門と　分かれしも
学ぶは天台《てんだい》宗　唯一にて
鳥なら左右の　翼にて
二つの輪なり　車なら

一方欠くるは　世の嘆き

なれば力を　合わせてに
当寺の破滅　助けなば
長年遺恨　即忘れ
元の昔に　戻られる

衆徒の衆議　斯くの如
よってこの文　送るなり

治承四年の　五月での
十八日に　衆徒書く》

山門大衆　これを見て
「如何なることか　嘆かわし

当山末寺の　三井寺が
鳥の左右の　翼とか
車の輪とか　言いたるは
見下したりて　怪しからぬ」

と言い返事を　送らざり

加えて　清盛入道が
天台座主の　明雲に
「衆徒鎮めよ」　言いたにて
座主は急ぎて　比叡山《やま》登り

騒ぐ衆徒を　お鎮めに

故に以仁王《みや》への　お味方は
未だ未定と　伝えたり

また清盛入道《にゅうどう》は　比叡山《えいざん》に
近江米をば　二万石
北国絹の　三千《さんぜん》疋を
手紙に添えて　贈りたり

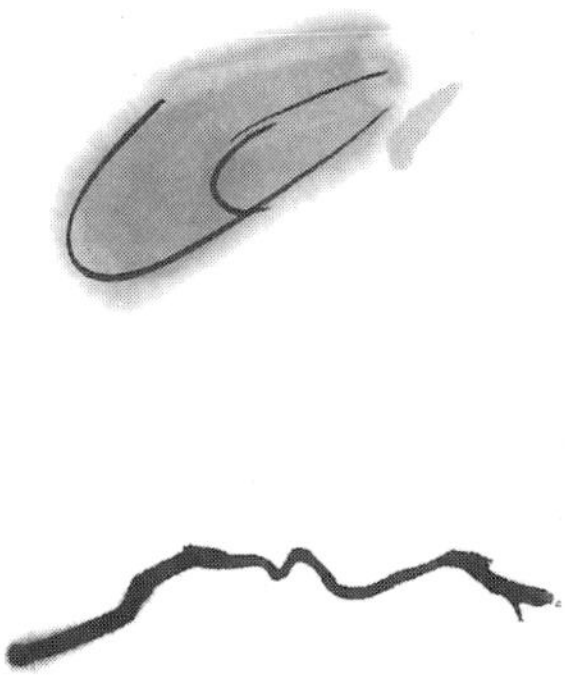

興福寺からの返書

また三井寺は　興福寺《なんと》へも
同趣旨書状　送りたる
興福寺《なんと》の衆徒　これ開き
すぐに書状を　書き送る

《そもそも　清盛入道は
平氏のカスで　武家のクズ
日本全国　支配して
役人人事を　好き勝手
皇族とても　これ捕らえ
公卿なるとも　絡め捕る
天皇さえも　気を遣い
先祖の主人《あるじ》　藤原氏
これさえ膝折り　礼をする

去年の冬の　十一月《しもつき》に
後白河上皇《じょうこ》の住まい　没収し
関白藤原基房《もとふさ》　流罪にと
斯かる反逆　例がなし

また軍勢を　起こしてに
以仁王を　包囲すも
神が密かに　現れて
牛車《くるま》に乗せて　貴寺にと

よりて身命　賭してまで
貴寺が以仁王《みや》をば　守護するを
喜ばなきは　誰もなし

我ら遠地に　ありてさえ
その心根に　感ずるも

清盛入道《にゅうどう》が軍勢　差し向けて
貴寺に攻め入る　漏れ聞きて
ならばと準備　進めてし

十八日の　辰の刻（午前八時頃）
衆徒動員　寺々に
文出し末寺に　下知をして
軍勢整え　貴寺にへと
その旨伝えん　との時に
貴寺のこの文　届きてに
数日来の　鬱憤は
雲散霧消と　消え果てし

よくよく以仁王《みや》の　陣固め
我らの出陣　待たれたし

治承四年　五月での
二十一日　衆徒書く》

長協議

三井寺大衆　集いてに

「心変わりぞ　山門は
興福寺《なんと》はいまだ　参らざる
事が延びては　機を逸す
すぐに六波羅　押し寄せて
夜討ち掛くるが　上策ぞ

老少二手に　分かれてに
まず老僧ら　ここを出て
如意が峰から　背後行き
足軽四、五百《ごひゃく》人　先に立て
白河民家に　火を放ち
焼きて騒ぎを　起こさせば
在京警護の　武士たちや

六波羅武士の　皆々が
「すわ大事《おおごと》」と　馳せ向かう

それを岩坂　桜本
その辺りにて　敵塞ぎ
しばらく防戦　する間
敵の正面　から攻むの
仲綱殿を　将とする
若僧ならびに　荒法師
これが六波羅　押し寄せて
風上火かけ　攻めたれば
炙《あぶ》り出されし　清盛入道《にゅうどう》を
討ち取ることは　た易かる」

とて評議する　その最中《さなか》
数十人をば　引き連れし
平家の祈祷師　務めいた
阿闍梨《あじゃり》真海　進み出て

「言えば平家の　味方だと
思われるやも　僧の義理
寺の名誉を　重んずに
意をば決して　申し上ぐ

昔は源平　争いて
朝家の守り　為しいたが
今は源氏の　運落ちて
平家の世になり　二十年
天下に靡かぬ　草木なし

故に六波羅　館をば
小勢で攻むるは　難《かた》かるに
よくよく策を　廻らせて
後日に攻めるが　良かるかと」

とて長々と　時稼ぐ

そこへ阿闍梨の　慶秀が
法衣の下に　腹巻し
布で頭を　押し包み
白柄の長刀《なぎなた》　杖につき
評議の席へ　進み出て

「我が寺建立　願掛けし
天武天皇　東宮時
いまだ東宮《とうぐ》の　御時に
十七騎にて　吉野出て
伊賀　伊勢越えて　進むうち
軍勢増えて　美濃　尾張
これの勢力　味方とし
大友皇子を　滅ぼして
ついに帝位に　就かれてし

小勢だとても　臆するな
他は知らぬが　我が門徒
今夜《こよい》六波羅　押し寄せて
討ち死にせよや　いざやいざ」
言えばそれにと　呼応して
大輔《だいふ》源覚　進み出て
「議論は無用　夜も更ける
さぁ出陣じゃ」と　言いたりし
搦手《からめて》(背後)向かうは　老僧軍
大将軍には　源頼政《よりまさ》が
総勢一千人《せんにん》　引き連れて
松明《たいまつ》手にし　如意が峰
大手(正面)攻むるは　大将軍
嫡子仲綱　これはじめ
衆徒大勢　なりたりて
これらはすべて　剛力で
武器を持ちては　鬼や神

三井寺中院　平等院
総勢一千　五百余《ごひゃくよ》人の
衆徒ら堂々　集まりし
以仁王《みや》が三井寺　来て以来
堀ほり逆茂木　設置して
敵の攻むるを　守りたが
堀に橋付け　逆茂木を
除けるその間に　時が過ぎ
逢坂関に　着くころに
鶏鳴きて　夜が明ける

仲綱これはと　躊躇して
「夜討ちをすれば　負けまいが
昼の戦《いくさ》は　こちら不利
　背後攻めるを　呼び戻せ」

言いて背攻めの　軍勢を
如意が嶺から　呼び戻し
正面攻めの　軍勢は
松坂からと　引き返す

若い僧やら　荒法師
「これは阿闍梨の　真海の
長弁舌で　夜明けたり
　押しかけ斬るべし」　とに言いて
戻りて行きて　そこ守る
数十人をば　討ち取りし

ほうほう体で　六波羅に
駆け込み阿闍梨　老眼に
涙しこのこと　伝えしも
六波羅軍勢　数万騎
「何を騒ぐ」と　騒ぐなし

宇治橋合戦

同月　二十三日での
暁《あかつき》方に　この以仁王《みや》が
「この寺だけでは　勝ち目なし
比叡山《えいざん》　心変わりして
興福寺《なんと》は未だ　参らなし
　日が経つほどに　形勢は」
と言い三井寺　お出になり
興福寺《なんと》へ向かい　出でたりし

老僧どもは　残らせて
若僧ならびに　荒法師
頼政一族　引き連れて
総勢一千《いっせん》人　お供する

阿闍梨慶秀　杖すがり

老眼からは　涙して
「どこまでお供と　存ずれど
八十越しし　年齢《よわい》では
歩くことさえ　覚束ぬ

代わりに弟子の　俊秀を
お供させるに　お許しを
この者我れの　養子にて
心の底まで　よく知るに」
言いて三井寺　留まりし

以仁王も　哀れがり
「何の誼《よしみ》も　なき我れに
斯かる申し出　有難や」
と言い涙を　止《とど》め得ず
宇治へと向かう　その間に

以仁王六度《みやろくたび》も　落馬せり

これは昨夜を　眠れずと
過ごした所為《せい》と　宇治橋の
三間《さんげん》分の　板外し
敵の攻むるを　防ぎつに
平等院へと　入れ申し
しばらく休息　することに

こちら六波羅　皆集い
「以仁王《みや》は南都へ　逃れるぞよ
追いかけ討て」と　言いたりて
大将軍に　任じしは
知盛　重衡　行盛に
薩摩守の　忠度ぞ

侍大将　任ずるは
上総守の　忠清と
その子判官　忠綱ら
総勢　二万八千余騎《はっせんよ》
木幡山越え　宇治橋の
脇《たもと》にまでと　押し寄せし

敵がおるのは　平等院《びょうどいん》
とて鬨《とき》の声　三度《みたび》上ぐ

以仁王《みや》側応じ　鬨の声

六波羅先陣　叫ぶには
「橋板ないぞ　気を付けろ」
言うも後陣　聞きとれず
我れ先進む　そのうちに
先陣二百余騎《にひゃくよ》　落ち込みて
水におぼれて　死したりし

橋の両側　たもと立ち
合戦合図の　矢合わせが

以仁王《みや》陣営で　弓射るは
大矢俊長　他五人
射る矢強くて　威力あり
鎧も楯も　貫けり

三位頼政　装束《いでたち》は
長絹《ちょうけん》鎧　直垂《ひたたれ》に
品革縅《しながわおどし》の　鎧にて
今日が最後と　思いたか
あえて兜は　着けおらじ

嫡子仲綱　装束《いでたち》は
赤地の錦の　直垂《ひたたれ》に
黒糸縅《おどし》の　鎧にて
弓を強くと　引くために
これも兜を　着ておらじ

やがてに五智院　但馬出て
大長刀《なぎなた》の　鞘はずし
ただ一騎にて　橋の上

これ見て平家　者共が
「あれを射よ者ども」　とて喚《わめ》き
弓の巧みな　使い手が
矢先そろえて　次々と
矢番《つが》え盛んに　射かけたり

但馬すこしも　騒がずと
上来る矢をば　かいくぐり
下来る矢をば　躍り越え
向かい来る矢を　斬り落とす
それの見事な　姿見て
敵も味方も　目を見張る

また堂衆《(下級僧)》の　一人にて
筒井の浄妙《じょうみょう》　明秀《めいしゅう》は
橋の上にと　進み出て
大音声《だいおんじょう》で　名乗りたは

「日頃は噂に　聞きおろう
今はその目で　篤と見よ
三井寺中《じゅう》に　紛れなき
堂衆の中　当千の
筒井の浄妙《じょうみょう》　明秀《めいしゅ》と
言うはこの我れ　俺のこと

我れと思わん　者あらば
掛かりて来いや　相手する」
言いて二十四《にじゅうし》本　差しし矢を
矢継ぎ早にと　連射せり
たちまち十二《じゅうに》人　射殺して
十一人には　傷を負わせ
箙《えびら》に一本　残りしが
（腰に着ける矢入れ容器）
弓をからりと　投げ捨てて
箙《えびら》も解きて　捨てたりて
沓をば脱ぎで　裸足《はだし》なり
橋桁の上　すたすたと
人は恐れて　渡らぬが
浄妙房に　とりたれば

一条二条の　大通り
向かい来る敵　五人をば
大長刀《なぎなた》で　薙ぎ倒し
次の敵にと　戦うに
大長刀《なぎなた》中から　折れたにて
これをからりと　捨てたりし
後は太刀抜き　戦うに
敵は大勢　掛かりくる
太刀を見事に　操りて
四方八方　斬りまくる
たちまち八人　斬り伏せて
九人目敵の　兜鉢
強く打ちせば　ポキと折れ

ざんぶと川へ　落ちたりし
残る頼みは　腰刀
死にもの狂い　それを振る
阿闍梨慶秀　召し使う
一来法師　云う名持つ
大力早業　使う者
浄妙後ろに　続きしが
橋桁狭く　通れずを
肩に手を置き　「ごめん」とて
飛び越え前出て　戦うも
あえなく討ち死に　したるなり
浄妙やっとに　戻り来て
平等院の　門の前

芝の上にて　鎧脱ぐ
鎧に立ちた矢　六十三本《ろくじゅうさん》
裏まで貫通　五本なり

なれど深手で　なかりせば
ところどころに　灸をすえ
頭を布で　ぐるると巻き
僧着る浄衣《じょうえ》　羽織り着て
弓切り折りた　杖を突き
下駄履き　題目　唱えつつ
奈良へと向かい　去り行けり

浄妙坊を　手本とて
三井寺衆徒や　渡辺党
我れも我れもと　橋桁《けた》渡り
敵の首取り　戻る者
重傷負いて　腹を切り

川へ飛び入る　者もあり
橋の上での　戦いは
火が出る程に　激しくと

これを見て平家の　侍大将《たいしょう》の
上総守の　忠清が
大将軍《しょうぐん》知盛　前へ来て

「御覧くだされ　橋上の
敵は手強《ごわ》く　苦戦なり

川を渡りて　攻むべきも
五月雨ころで　水深く
渡せば馬も　人も失す

淀　一口《いもあらい》　向かうとか
河内路迂回　すべきかと」

言うに下野国《しもつけ》　住人の
足利又太郎《またたろ》　忠綱が
進み出してに　言いたるは

「淀　一口《いもあらい》　河内路に
向かうはこれ愚の　骨頂ぞ

眼前の敵　討たずして
以仁王《みや》を南都へ　入れさせば
吉野　十津川　軍勢ら
馳せ集まりて　大事に

武蔵国《むさし》と上野国《こうずけ》　その境
利根川とていう　大河あり

秩父と足利　仲悪く

絶えず合戦　繰り返し
足利方が　攻めるとて
大手は　長井の渡しから
搦手古河《こが》の　杉渡し

時に上野国《こうずけ》　住人の
新田入道　味方して
杉渡しより　攻むべしが
準備の舟を　予期したる
秩父勢にと　壊されし

それ見て　新田入道は
『今にこの川　渡らねば
長く武人の　恥となる
溺れ死ぬなら　死ぬもよし
いざ渡りなん』　とに言いて

馬を並べて　筏とし
次々渡り　終えたりし

坂東武者の　常として
敵を前にし　川あるも
淵や瀬こだわる　要やある

川の深さや　その速さ
何の利根川　勝るかや
方々続け」と　真っ先に

それ促され　次々と
三百余騎が　続き入る

忠綱大声　張り上げて
「強き馬これ　上流に
弱き馬をば　下流にと

馬の足着く　深さでは
手綱ゆるませ　馬なりに

馬が浮き上ぐ　深さなら
手綱引き締め　泳がせよ

流されそうな　者見れば
弓を伸ばして　掴ませろ

手肩を組みて　川渡れ
しかと鞍乗り　鐙《あぶみ》踏め
馬頭沈まば　引き上げよ
引き上げすぎて　倒れるな
深けば馬の　尻に乗れ

川の中では　弓引くな
敵が射かくも　相手すな

兜の錣《しころ》　傾けよ
深すぎてっぺん　射られるな
流れに向かえば　流さるる
流れに添いて　皆渡れ」

と指図して　三百余騎《さんびゃくよ》
一騎流さず　向かい岸

渡り終えたる　忠綱は
鐙《あぶみ》ふんばり　立ち上がり
大声上げて　名乗るには

「遠くの者は　音に聞け
近くは寄りて　目にて見よ

昔朝敵　将門を
滅ぼし褒美を　賜りし

俵の藤太　秀郷《ひでさと》の
数え十代　子孫なる
足利太郎　俊綱の
子の又太郎　忠綱ぞ
当年取りて　十七歳

斯の無官無位　なる者が
以仁王《みや》に向かいて　弓を引き
矢をば放つは　畏れ多《お》い

されど弓矢も　神仏の
加護も平家に　味方せり

我れと思わん　者おれば
相手致すに　お出《い》であれ」

言いて平等院《いん》その　門内へ

攻め入り戦い　始めたり

これを暫く　見ておりし
総大将の　知盛が
「渡れや渡れ」と　命ずるに

二万八千余騎　皆が
川にと入り　渡り出す

馬やら人が　堰き止めて
あれほど速き　宇治川の
水は上流　留まれり

隙間はずれる　者どもは
支えきれずに　流されし

徒歩《かち》の下人は　馬陰を
進み膝上　濡らすなし

伊賀 伊勢 両国軍勢は
馬の筏に 隙が出来
六百余騎が 流されし

萌黄《もえぎ》 緋縅《ひおどし》 赤縅《あかおどし》
いろいろ鎧が 浮き沈み
流され行くの その様は
神南備山《かんなびやま》の 紅葉《もみじ》葉が
嶺の嵐に 誘われて
竜田の川の 秋の暮れ
堰に止められ 淀む如

大軍皆が 渡河を終え
平等院の 門うちへ
攻め手入れ替え 戦いし

頼政の最期

頼政一族 残りてに
防ぎ矢放つ その隙に
以仁《みや》王を南都に 逃げさせる

七十過ぎの 頼政は
左の膝を 射られてに
重傷負いたで 自害をと
平等院の 門入るも
そこへと敵が 襲い来に
次男兼綱 傍に寄り
父逃がさんと 引きつつに
敵を防ぎて 戦いし

上総の太郎が 放つ矢に
兼綱眉間《みけん》 これ射られ
ひるむに上総に 付く童
次郎丸いう 剛の者
馬を並べて 組み落とす

兼綱眉間《みけん》に 傷負うも
音に聞こゆる 大力で
童を抑え 首を掻く

立ちあがろうと する際に
平家の兵ども 十四、五騎
重なる如く 攻めかかり
ついに兼綱 討ち取りし

仲綱これも 深手負い
釣殿にてに 自害せり

六条蔵人 仲家と

その子蔵人　仲光も
さんざん戦い　首取るも
ついに討たれて　死したりし

渡辺唱《となう》を　召し呼びて
「我が首討て」と　頼政が
言うも生首《くび》討つ　悲しさに
ボロボロ涙　流してに

「出来かねまする　ご自害を
その後にお首　頂戴を」

「諾《うべ》なるかな」と　頼政は
西に向かいて　声高に
十度《とたび》念仏　称えてに
太刀先腹に　突き立てて
うつ伏せ刺され　亡くなりし

その首唱《となう》が　切り取りて
泣く泣く石に　括りつけ
敵中うまく　紛れ出て
宇治川深みに　沈めてし

（競《きそう》を何とか　生け捕りに）
と思う平家の　侍に
競も然をば　心得て
戦い続くも　深手負い
腹かき切りて　自害をば

鵺《ぬえ》退治

この頼政の　活躍は
鵺《ぬえ》を退治た　ことならし

近衛天皇　御在位時
夜な夜な御殿の　その上を
妖しき黒雲　覆いてに
帝《みかど》を怯《おび》え　させたりし

公卿評議し　頼政が
これが退治に　選ばれし

黒雲一群《ひとむら》　立ち上ぐを
頼政がきっと　見上げせば
雲中怪しき　物の姿《かげ》

（射損じたれば　死するか）と
思いつ矢をば　射たなれば
手応えありて　どうと落つ

灯灯《とも》しこれを　見たなれば
頭は猿で　胴狸
尾は蛇なりて　手足虎

またに応保の　頃にては
二条天皇　御在位時に
鵺《ぬえ》とて言う名の　怪鳥が
内裏に鳴きて　天皇の
心悩ます　ことありし

またに頼政　召呼ばる
真っ暗で　見えなくば

頼政はまず　一の矢射
驚く鵺の　羽音聞き
その音めがけ　二の矢射て
見事に鵺を　退治たり

その後伊豆国　給わりて
息子仲綱を　国司にし
我が身三位に　叙せられて
丹波《たんば》国若狭《わかさ》国に　所領得て
無事に過ごせる　はずやにも
無謀な謀反に　加担して

以仁王の最期

平家の飛騨守《ひだかみ》　景家は
老練武者で　ありたれば
（これの紛れに　あの以仁王《みや》は
南都向かいて　逃げ去る）と
思い戦《いくさ》に　加わらず
その軍勢の　五百余騎
馬に鞭あて　追いかくる

案の定にと　その以仁王《みや》は
三十騎ほどにて　落ちいたが
光明山《こうみょうせん》の　鳥居前
追いつかれてに　すぐさまと
雨や霰と　射かけられ
何《いず》れの矢とも　分からねど
以仁王《みや》の左の　脇腹に

矢一筋が　突き刺さり
落馬し首を　取られたり

これを見て供に　付きいたる
鬼佐渡　荒土佐　荒大夫《たいふ》
理智城房《りちじょうぼう》の　伊賀公《いがのきみ》
金光院の　六天狗
刑部俊秀《ぎょうぶしゅんしゅう》　その者ら
「命惜しむは　誰のため」
と喚《わめ》き叫びて　討死に

中にその以仁《みや》王　乳母子《めのとご》の
六条大夫《たいふ》　宗信は
敵多勢やに　馬弱く
もはや逃ぐるは　能《あた》わずと
贄野《にいの》の池に　飛び込みて
浮き草にてに　顔覆い

震える前を　敵過ぎる

しばらく後に　四五百《しごひゃく》騎の
兵が騒ぎて　帰る中
白き僧衣を　着た死人
首のなきしを　戸板のせ
通るを誰かと　見てみれば
それは正しく　以仁《みや》王なりし

「死ねばこの笛　棺《ひつぎ》にへ」
言いし小枝と　云う笛が
死体の腰に　差されおる

飛び出し縋ろ　思いしが
恐ろしければ　為しも得ず

敵皆通り　過ぎた後

池から上がり　服絞り
泣く泣く京へ　戻りしも
誰もが憎み　非難せり

こちら興福寺《なんと》の　衆徒らの
七千《ななせん》余人皆が　兜着け
以仁《みや》王迎えにと　出でたりて
先陣木津に　着きたるも
後陣いまだ　興福《こうふく》寺の
南大門で　ぐずぐずと

迎えるはずの　以仁《みや》王既に
光明山《こうみょうせん》の　鳥居前
そこで討たれし　との報に
衆徒の皆は　力萎え
涙堪《こら》えて　留まれり

後五十町（約5㎞）　来ておれば
討たれず済みた　以仁王《みや》の運
何と無念な　ことならし

若宮の出家

平家は以仁王《みや》をば　始めとし
それに頼政　一族と
三井寺衆徒　五百余《ごひゃくよ》人の
首を太刀やら　長刀《なぎなた》の
先に貫き　差し上げて
夕刻なりて　六波羅に
兵らが勇み　騒ぐ様
尋常にては　なかりたり
中に頼政　その首は
唱《となう》が取りて　宇治川の
深みに沈め　そこになし
以仁王の　その首は

長年訪ねる　人なくて
見知り者は　誰もなし
仕方がなしと　六波羅は
以仁王《みや》が常にと　召されいた
女房を捜し　連れて来し
以仁王《みや》が寵愛　されており
御子まで生《な》した　者ゆえに
見間違うこと　無かるやと
首を見せるに　顔袖に
当てて涙を　流すをば
見て以仁王《みや》首と　分かりたり
以仁王《みや》には多数の　女とに
生ませし子供　多く居し

鳥羽天皇の　皇女なる
八条女院に　仕えいた
伊予守盛章《いよかみもりのり》　その娘
三位の局　との間に
七歳迎えし　若宮と
五歳の姫宮　おられたり

清盛入道《にゅうどう》　弟　頼盛を
通じ八条女院《にょいん》に　言いたるは
「多く子がいる　その中で
姫宮これは　構わぬが
疾く若宮を　出《い》だすべし」

言うに女院が　答うるに
「以仁王《みや》のこと聞き　乳母どもが
愚かに連れ出し　御所《ここ》にては」
言うに頼盛　諦めて
この事清盛入道《にゅうどう》に　伝えるに
「如何で御所《そこ》他　おられるや
ならば武士ども　御所《そこ》へ遣り
探し出せ」とに　命じたり

若宮　女院に　申すには
「これ程大事《おおごと》　なりた故
もはや逃《のが》るも　能《あた》わざる
早々我れを　六波羅へ」
言うに女院は　涙して
「七、八歳の　人の子は
いまだ分別　付かぬやに
我がため大事に　至りたを
心苦しく　思われて
斯くと仰《おっしゃ》る　愛おしさ
この六、七年を　手ずからに
育てあげたに　図らずも
斯かる悲しき　目にと遭う」
と言いつつに　泣き続く

重ねて頼盛　せっつくに
仕方なくなく　若宮《みや》を出す
母の三位の　局《つぼね》来て
最後の別れの　名残りをと
泣く泣く衣を　着替えさせ

髪櫛削る　その時も
ただただ悪夢《ゆめ》とぞ　思いたり
女院をはじめ　女房から
女童《おんなわらわ》に　いたるまで
袖をしぼらぬ　者はなし
若宮《みや》を受け取り　頼盛は
牛車《くるま》に乗せて　六波羅へ
清盛三男　宗盛は
若宮《みや》見て清盛入道《にゅうど》に　言いたるは
「何ということ　若宮《みや》見るに
あまりに憐れ　堪え得ず
無理は承知の　願いにて
若宮《みや》のお命　この我れに」

意外や清盛入道《にゅうどう》　あっさりと
「ならばさっさと　出家を」　と
このこと八条女院《にょいん》に　伝うるに
「何の異存も　あるはずは
今すぐ早く」　と　申し上ぐ
法師になりた　若宮は
仁和寺御室の　弟子となる
後に東寺の　第一の
長者の安井の　宮なるの
僧正道尊　とて云うは
この若宮の　事なりし

三井寺炎上

以仁王《みや》匿《かくま》いし　三井寺は
これぞ朝敵　なるやとて
五月の　二十七日に
清盛五男　重衡が
総大将に　任じられ
清盛弟　忠度《ただのり》が
副大将の　総勢で
一万余騎が　三井寺へ
三井寺にては　堀を掘り
楯を並べて　垣となし
逆茂木作り　待ち構う
卯の刻(午前六時頃)矢合わせ　始まりて
一日戦い　続きたり

防ぐ衆徒や　法師らの
三百余人　討ち取らる

夜戦《よいくさ》なりて　官軍は
寺に攻め入り　火を放つ

火はたちまちに　広がりて
焼けたは堂舎　その他が
六百　三十七宇《う》にて
大津の民家の　類焼は
一千八百　五十三《ごじゅうさん》軒

代々伝う　経典の
一切経が　七千余《ななせんよ》巻
仏像それの　二千余《にせんよ》体が
あっという間に　煙にと

長吏《ちょうり》　円慶法親王《えんけいほっしんのう》
天王寺《てんのじ》別当　解かれてに
ほかに役職つき　僧侶の
十三人も　役解かれ
皆　検非違使に　預けらる

戦い参加の　僧侶らは
浄妙明秀《じょうみょうめいしゅう》　至るたるまで
三十余人が　流罪にと

「斯かる天下の　乱れこれ
ただで収まる　はずはなし
平家世末の　前触れか」
と人々は　申したり

西暦	年号	年	月日	天皇	院政	出来事
1180年	治承	4	5/10	安徳	後・高	以仁王、平家追討の令旨を出す
			5/23			宇治川戦い（以仁王討死、源頼政自害）
			5/27			平重衡、忠度、三井寺を焼く

清盛の章（四）

福原遷都

治承四年の　六月三日
安徳天皇《てんのう》福原　行幸との
噂で京中　大騒ぎ

近々都　移りとの
噂ありしも　まさかにも
今日が明日にと　思わぬに
何事なると　皆騒ぐ

その上三日と　決めいたを
一日繰り上げ　二日にと
二日卯の刻（午前六時頃）　輿寄せて
今年三歳《みっつ》の　安徳天皇《てんのう》は
いまだ幼く　意味知らず

建礼門院　後白河法皇《ほうおう》に
高倉上皇　同行す

摂政藤原基通《もとみち》　はじめとし
太政大臣《おとど》も　それ以下の
公卿　殿上《てんじょう》人　皆々が
我れも我れもと　お供にと

三日に早くも　福原に

清盛異母弟　頼盛《よりもり》の
宿所が皇居に　充てらるる

清盛入道　思い変え
幽閉しおりし　法皇を
鳥羽から都へ　戻せしも
以仁王の　ご謀反に
怒り福原　連れ来てに
四面板塀　覆いたる
入り口一つを　開けた中
三間板屋に　押し込めし

閉じ込む法皇　言うことは
「政務執るなど　滅相も
ただ山 寺で 修行して
心慰《なぐさ》と　過ごしたや」

平家の悪行　極致にと

桓武天皇　その御代に
奈良から　山城国《やましろ》長岡に
さらに　延暦十三年
十二月《しわす》の　二十一日に
長岡京から　京にへと

その後帝王　三十二代《さんじゅうに》
年月　三百八十年《さんびゃくはちじゅう》の
春秋おくり　今となる

桓武天皇　その時に
「代々帝が　あちこちに
多くの都　立てたれど
斯ほど適した　土地はなし」
とすこぶるに　気に入られ
(長く久しく　都で)と
土での八尺(約2.4m)　人形《ひとがた》に

鉄の鎧や　兜着せ
鉄の弓矢を　持たせてに
東山その　峰中《みねなか》に
西向きに立て　埋められて

「末代都を　他国にと
移すとあれば　それ防ぐ
守護神となれ」と　祈られし

桓武天皇　その人は
平家の先祖で　あらせらる

とりわけ新たな　都をば
平安京と　名付けてに
平らか安き　都とて

なにより平家の　崇《あが》むべき

都であるに　理由《わけ》もなく
他へ移すは　烏滸《おこ》の沙汰

嵯峨天皇の　その御代に
平城上皇《じょうこ》の　乱が起き
都を移そと　した折に
大臣 公卿や　人々の
反対にあい　頓挫せし

天皇さえも　為し得ぬを
臣下の清盛入道《にゅうどう》　移すとは
言語道断　この上も

京の都は　素晴らしく
王城守護の　神々は
四方に柔らか　光をば

寺々甍《いらか》を　葺き並べ
万民日々を　安らぎて
津々浦々に　便も良し

然るに今は　道々を
これ掘り返し　通れぬに

軒を並べし　人住まい
日が経つにつれ　荒れ行けり

家々壊され　賀茂川や
桂川にと　筏組み
舟にさまざま　資材積み
福原にへと　押し流す

花の都が　田舎にと
なり行く様は　痛々し

同年六月　九日に
新都造営　始むとて
執行役に　就かれしは
徳大寺左大将《とくだいじたいしょ》　実定《さねさだ》と
土御門宰相《つちみかどさいしょ》　通親で
現場担当　担いしは
蔵人左少弁《くろうどしょうべん》　行隆ぞ

役人どもを　召しつれて
輪田松原の　西の野を
選び区割りを　なしたれど
九条まで敷く　区割りやに
五条までしか　敷き切れず

事務官帰り　このことを
申すに公卿ら　評議して

播磨《はりま》国の印南野《いなみの》　この土地か
摂津《せっつ》国の昆陽野《こやの》　如何かと
議論容易に　定まらず

旧都をすでに　捨てたりて
新都はいまだ　進まずて
人々不安に　さらされし

元福原に　居た人は
土地を失い　悲しみて
新た来た人　家建てる
煩わしさに　嘆きおる

宰相通親　申すには
「異国にては　三条の
大路を作り　十二もの
通門立てし　例がある

五条まである　福原に
如何でか内裏　造り得じ
先ずは仮御所　造るべし」

とにと評議が　決まりてに
五条の大納言《なごん》　邦綱に
清盛入道《にゅうどう》命じ　建設へ
この邦綱は　富豪にて
造るに造作　なかるやも
国費の費え　民苦労
なくて済ませる　訳にとは
本来なれば　天皇の
即位に伴う　大嘗会《だいじょうえ》
それ差し置きて　乱れ世に

遷都や内裏　造営は
正気の沙汰で　あらざりし
六月九日　新都での
造営工事　始まりて
八月十日　棟上げが
十一月の　十三日
安徳天皇《てんのう》遷《うつ》るが　決められし

物の怪

福原遷都の　その後に
平家の人々　悪夢見て
不安に胸も　騒ぐ中
変化《へんげ》の物も　多くにと
ある夜清盛入道《にゅうどう》　寝所にと
一間超える　物の怪の
顔が出《い》できて　覗き込む
然れど清盛入道《にゅうどう》　騒がずと
くわっと睨むに　消え失せし
岡の御所とて　申すのは
新たな平家　別荘で
これとの大木　なかりしが

ある夜大木　倒る音
それと合わせて　人ならば
二、三十人　声合わせ
どっとに笑う　声したり

これは天狗の　仕業とて
夜は百人　昼五十《ごじゅう》人
魔除けの矢をば　射させるも
天狗居た方に　射た時は
何の音すら　せざるやに
居なき方にと　射た折は
どっとの笑い　響きたり

またにある朝に　清盛入道《にゅうどう》が
寝所を出《い》でて　庭見るに
そこに髑髏《どくろ》が　充《み》ち満ちて

上下にガラガラ　転び合い
中へ端へと　出入りして
ひしめき合うに　清盛入道《にゅうどう》が

「誰ぞ誰ぞ」と　呼びたれど
誰もそこには　現れず

やがて一つに　固まりて
庭いっぱいに　広がりて
高さは（約40～45m）十と四、五丈の
山の如くに　なりたりし

それの巨大な　頭には
生きたる人の　眼《まなこ》かと
思える如き　大きな目
それが千万　現れて
清盛入道《にゅうど》をじっと　睨みつけ

まばたきさえも　せずとおる
されど清盛入道《にゅうどう》　騒がずと
はったと睨み　立ち尽くす

強く睨まれ　その髑髏《どくろ》
日当り霜　露　消える如
跡も形も　なくなりし

またに清盛入道《にゅうどう》　気に入りの
厩に馬《ま》使い　多く付け
朝夕愛《め》でいた　馬の尾に
ネズミが巣食い　仔を産みし

ただごとならずと　七人の
陰陽師呼び　占わせ
「慎むべし」と　卦が出たり

この馬相模《さがみ》国の　住人の
大庭の三郎　景親が
関東一の　馬だとて
清盛入道《にゅうどう》に献上　した馬で
黒くて額　白かりて
名を望月と　言いたりし

また源中納言　雅頼に
仕えし身低き　侍が
見た夢これも　恐ろしき

内裏で会議の　神祇官
中に平家の　味方する
と思わるが　末席に
居たでそこから　追い出せし

身低き侍　夢中《ゆめなか》で
「あれは」と尋ぬに　老翁
「あれ厳島　大明神」

上座の気高き　老翁
「平家に預けし　節刀を
伊豆《いず》国の流人の　頼朝に
与えよ思う」と　言いたれば

また老翁　これ受けて
「その後は我れの　孫にへと」

「誰が言わす」と　尋ぬれば

『節刀頼朝　与えよ』と
仰すは　八幡大菩薩
『その後は我が』と　仰せしは

これぞ　春日の大明神
斯く言う　この我れ
武内《たけのうち》その　大明神」

とて云う夢を　語りせば
清盛入道《にゅうどう》　洩れ聞きて
源大夫判官《たいふほうがん》　季貞を
雅頼もとへ　遣わせて
「夢見た身低き　侍を
急ぎ寄越せ」と　言いたれど
身低き侍　逃げ失せし

雅頼急ぎ　馳せつけて
「然言うはまったく　虚言なり」
とて弁解を　なしたるに
その後の咎め　あらざりし

それに加えて　不思議なは
厳島明神　参詣時
霊夢を受けて　授かりし
銀蛭巻の　小長刀《こなぎなた》
常時《つね》と枕元《まくら》を　離さずが
ある夜突然　無くなりし

中に高野に　住みいたる
宰相入道　成頼は
噂にこれを　伝え聞き

「もはや平家の　世は末ぞ
八幡大菩薩《ぼさつ》が　節刀を
頼朝与うは　理に適う
然れども　春日大明神《みょうじん》が

その後はわが孫　言いたるは
何のことかは　分らぬが

平家が滅び　源氏世も
尽きた後には　藤原が
天下取るとの　宣託か」
などと言いたと　伝え聞く

文覚・頼朝の章

文覚荒行

そもそもこれの　頼朝は
平治元年　十二月
父義朝の　謀反にて
年齢《とし》十四歳　その年の
永暦元年　三月の
二十日に伊豆《いず》国の　蛭島《ひるがしま》
そこに流され　二十《にじゅ》余年
長年変わらず　住みいたに
如何な心で　謀反なぞ
起こすは高雄の　文覚が
けしかけたとて　言われおる
その文覚と　申すのは
元はと言えば　渡辺《わたなべ》党の
遠藤武者の　盛遠で
鳥羽天皇の　皇女なる
上西門院《じょうさいもんいん》　仕う者

十九歳の　その年に
道心起こし　出家して
「修行というは　どれほどの
　辛さなるかの　試しを」と
暑きの夏の　六月の
草も揺るがぬ　日照る中
辺鄙な山の　藪入り
仰向け臥して　寝転ぶに
虻《あぶ》やら蚊やら　蜂や蟻
などの毒虫　取りつきて
刺すや齧《かじ》りを　なしたれど
身体少しも　動かさず
七日七晩　臥せしまま
八日目やっと　起き上がり

「斯ほどなるかや　修行とは」
とにと人にと　尋きたれば
「そこまでしたら　死ぬる」との
言葉を聞きて　文覚は
「た易かるかな　修行など」
言いて修行に　出で立ちぬ

熊野那智にと　籠るとて
来たが修行の　試みに
名立たる那智の　滝にでも

打たれ様とて　滝下へ

頃は十二月《しわす》の　十日余で
雪降り積もり　氷張り
谷の小川の　音もせず
嶺の嵐は　吹き凍り
滝の白糸　氷柱《つらら》にと
みな一様に　真っ白で
四方《よも》の梢も　見分け得ず

なれど文覚　滝壺へ
首まで浸かる　大願は
不動明王　への祈り
三十万遍　唱うこと

二日、三日は　唱えしが
四、五日なると　耐えきれず
文覚ポカと　浮き上がる

数千条と　滾《たぎ》り落つ
滝に如何でか　堪え居ろう

ざッとに水に　流されて
刃《やいば》の如き　岩角に
当りつつにと　浮き沈み
五、六町（約500〜600m）ほど　流されし

時に美し　童子来て
左右の手取り　引き上ぐる

人々不思議に　思いつつ
火焚き温め　するうちに
死ぬる運命《さだめ》に　なかりしや
文覚息を　吹き返す

文覚意識　戻りてに
大きな目をば　怒《いか》らせて

「滝にて　二十一日を
三十万遍　唱うやに
今日はわずかに　五日目ぞ
誰がここへと　引き上げし」

聞いた人々　恐ろしく
何も言われず　黙り込む

文覚またも　滝壺に
行きて滝にと　打たれてし

二日目八人　童子来て
引き上げようと　したなれど

揉み合いつつも　上がらなし
とうとう三日目　文覚は
滝に打たれて　死にたりし

死者で滝壺　穢すをば
避けんとしてか　鬢《みずら》結う
天童二人　現れて
滝の上から　舞い下《くだ》り
文覚それの　頭から
手足爪先　手のひらを
暖か香ばし　その御手で
撫で擦りおる　そのうちに
夢見心地に　生き返る

「一体そなたら　どちら様
何故に斯くとに　哀れむや」

尋くに童子が　答えるは
「不動明王　その使者《つかい》
矜迦羅《こんがら》　勢多伽《せいたか》　童子にて
『文覚大願　起こしてに
尋常ならざる　修行すに
行きて力を　貸してやれ』
との命により　来たるなり」

これ聞き文覚　驚きて
「では明王は　何処《いずこ》に」と
尋くに「居らるは　天の上」
とにと答えて　天高く
雲の上にと　消えたりし

手をば合わせて　文覚は
「それでは我れの　修行をば
不動明王　存じしか」
と頼もしく　滝戻り
水に打たれて　念仏を

めでたき瑞祥　その所為で
吹きくる風も　身に沁まず
落ちくる水も　湯の如し

斯くて　二十一日の
大願ついに　為し得たり

那智に千日　籠りてに
吉野大峰《おおみね》　三度《みたび》とて
葛城山にも　二度籠り
高野《こうや》山　粉河《こかわ》寺に　金峰山《きんぷせん》
白山《はくさん》 立山　富士の岳
伊豆や箱根に　それ加え

信濃戸隠《とがくし》　出羽　羽黒
すべて全国　隈なしに
修行し歩き　その末に
故郷恋しく　思いしか
都戻るに　評判は
飛ぶ鳥祈り　落とすほど
効験あらたか　修験者と

勧進帳

後には高雄　山の奥
修行三昧　日過ごせり

その高雄には　神護寺が
昔　称徳天皇《みかど》世に
和気の清麻呂　建てし寺

久しく修理　されおらず
春は霞が　立ち込めて
秋は霧にと　覆われて
扉は風に　倒されて
落ち葉の下に　朽ちており
甍《いらか》は雨露　侵されて
仏壇これも　むき出しに

住職だれも　居なき故
まれにさし入る　物とては
月日の光　だけのみぞ

何としてでも　修理をと
文覚大願　起こしてに
勧進帳を　捧げ持ち
あちこち施主に　寄付をとて
勧め回りて　とある時
後白河法皇《ほうおう》御所の　法住寺
「寄進をば」とて　奏すやも
管弦遊び　最中《さなか》にて
とんと聞き入れ　なさるなし

生まれつきこれ　文覚は

大胆不敵の　荒聖《ひじり》
作法知らずの　無頓着
無理やり庭に　押し入りて
大声あげて　申すには

「慈悲深後白河法皇《ほうおう》　居られるに
お聞き及ばぬ　ことやある」
とて勧進帳　をば広げ
声高らかに　読み始む

「沙弥《しゃみ》（修行僧）文覚が　謹みて
尊賤僧俗　助け受け
高尾の山の　霊地にと
一院建立　建て奉り
現世後世《ごせ》をの　安楽を
願い利益《りやく》を　得るために
勧むるための　勧進帳

仏教不変の　心理にて
衆生《しゅじょう》と仏　区別すも
衆生《しゅじょう》の中にも　仏性が
真理を隠す　妄念の
雲が厚くと　覆いてに
衆生有する　仏性が
幽かになりて　真実の
仏の世界　現れず

悲しかるかな　太陽と
言うべき仏陀《ぶっだ》　没してに
さまよう世界　真っ暗と

人は酒色に　耽りおり
人をば誇《そし》り　法までも
誇《そし》る者まで　はびこりし
如何でか閻魔《えんま》庁の　獄卒の
責めを免れ　得られよか

仏が説きし　真実の
教えに従い　唱うれば
悟り彼岸に　行き着くる

故に文覚　発奮し
僧俗人に　これ勧め
極楽往生　叶えんと
仏の霊場　建てんとす

そもそも高雄は　山高く
釈迦が説法　したと言う
霊鷲山に　さも似たり

谷閑《しず》かにて　苔生《む》して
岩間の泉　ほとばしり
猿が叫びて　枝遊び
人里遠く　騒ぎなし

周囲の環境　好ましく
信心するに　障りなく
仏崇《あが》むに　適したる

されども寄付は　乏しくて
篤志家《とくしか》待つの　頻りなり

建立《こんりゅう》願い　成就して
皇居と天皇《みかど》　その御代が
安きにあれとの　願叶い
都も田舎も　句別なく

遠近これも　構わずと
民衆親しも　疎遠なも
理想の世をば　謳歌して
長期の安寧　願うなり

よって件《くだん》の　如くなり
治承三年　「三月」と
文覚滔々　読み上げし

文覚配流

その折後白河法皇《ほうおう》　御前では
太政大臣　藤原師長《もろなが》が
琵琶弾き見事な　朗詠し
按察大納言《あぜちのだいなごん》　資賢《すけかた》が
拍子《ひょうし》を取りて　催馬楽《さいばら》を
資賢《すけかた》の子　資時と
四位侍従《しいのじじゅう》の　盛定が
和琴《わごん》を弾きて　さまざまな
今様これを　謡いてし

玉の簾　錦の帳《とばり》うち
賑やか騒《ざわ》めき　面白く
法皇《ほうおう》も唱和　されおりし

そこへの文覚　大声に
調子も拍子《ひょうし》も　みな乱る

法皇たまらず　声上げて
「そも何者ぞ　首を突け」
とにの仰せに　すぐさまと
血気に逸る　若者が
我れも我れもと　行く中に
平資行《すけゆき》　走り出て

「何をほざくか　出ていけ」と
言うも文覚　平然と

「高雄のこれの　神護寺に
庄園一所の　寄進をば
叶わぬうちは　出で行かぬ」
言いてそこから　動かざり

さればと首を　突こと為《す》に
勧進帳をば　持ち直し
資行烏帽子《えぼし》を　打ち落とし
こぶしで胸突き　突き倒す

資行髻《もとどり》　乱してに
たまらず縁にと　逃げのぼる

刀を抜きし　文覚は
左手にこれ　勧進帳
右手に刀で　駆け回り
見るに両手に　刀かと

公卿　殿上《てんじょう》人　あたふたと
「如何なるかや　如何か」と
喚《わめ》き管弦　大荒れに

信濃の国の　住人の
安藤武者所　右宗《みぎむね》が
何事なりと　太刀抜きて
文覚の前　躍り出る

喜び文覚　向かうをば
（斬りてはまずき）と　右宗は
太刀持ち直し　その峰で
文覚右手を　ハタと打つ

打たれ怯《ひる》むを　太刀捨てて
「えたりや　おう」と　組み着きし

組みつかれつも　文覚は
右宗右腕　突き刺すが
右宗ひるまず　締め上ぐる

両者大力　なる故に
組んず解《ほぐ》れつ　するうちに
御所の者らが　寄り来たり
動く文覚　打ち据えし

文覚門外　引き出され
検非違使庁の　役人に
引き立てらるも　御所睨み

「寄付をせずとも　良かりしも
斯ほどに文覚　傷め付く
思い知らすに　覚悟しや」
と飛び上がり　怒鳴るにて
「怪しからぬぞや　この坊主」
とてすぐさまと　投獄に

しばらくしての　その後に
故鳥羽《とば》天皇の　皇后の
美福門院　亡くなりて
大赦がありて　文覚は
赦《ゆる》され獄を　出でたりし

暫し穏やか　せば良いに
勧進帳を　捧げ持ち
寄付を募るが　言いぐさは

「世の中乱れ　乱れてに
君臣皆が　滅び失す」
などと恐ろを　言いふらし
「都に置けぬ　流罪を」と
伊豆国にへと　流されし
当時《そのころ》伊豆の　守《かみ》なりし

頼政長男　仲綱が
文覚護送の　任を受け
東海道を　舟でとの
命受け伊勢《いせ》国へ　下りたり

伊勢《いせ》国阿野の津で　舟に乗り
遠江《とおとうみ》国での　天竜灘《てんりゅうなだ》
そこで大風　大波が
舟　転覆と　寄せ来たる

船頭梶取り　努むるも
波風増すと　荒れたりて
ある者観音　名を唱え
ある者覚悟の　念仏を

何ら動ぜず　文覚は
高いびきにて　寝おりしも

もはやこれまで　との時に
ガバと起き出し　舟舳先
沖を睨みて　大声で

「竜王やある　竜王は
斯ほどの大願　聖をば
乗せしの舟を　何とする
すぐさま天罰　下るなり」
言うに波風　収まりて
ほどなく伊豆《いず》国に　着きたりし

文覚京出た　その日から
「高雄神護寺　修復の
願叶うなら　死なずやも
願叶わねば　道に死ぬ」
と祈り京から　伊豆までの
三十一日　その間は

ひたすら断食　し続けて
気力もなんら　衰えず
平気で勤行《ごんぎょう》　勤めてし

人とは思えぬ　所業なり

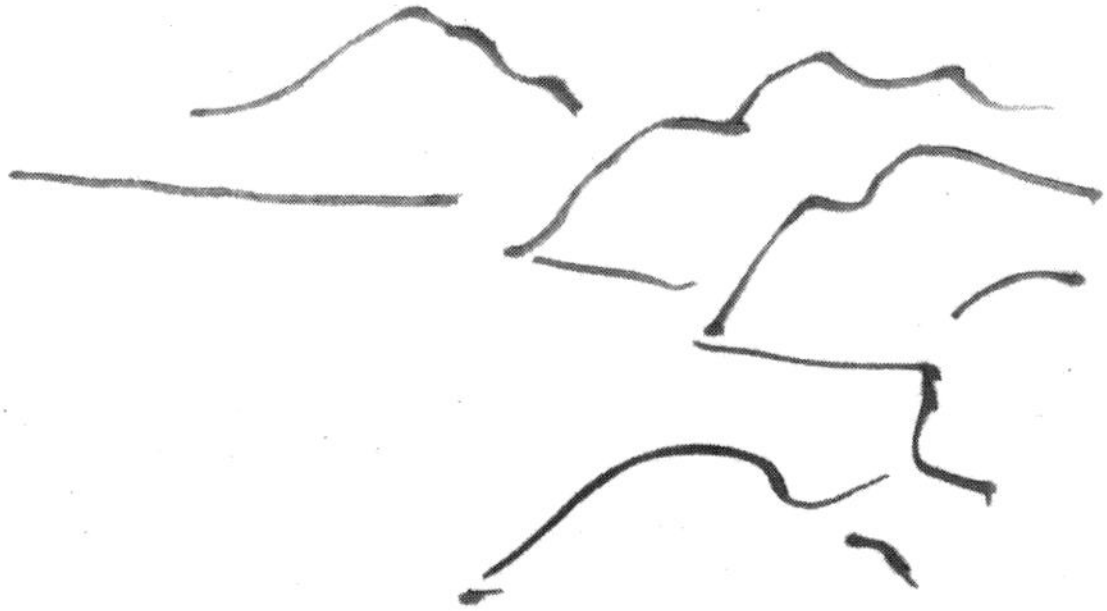

文覚 唆《そそのか》し

その後伊豆《いず》国にて　文覚は
近藤四郎　国高に
預けられてに　伊豆国の
奈古谷《なこや》の奥に　住みいたが
頼朝の許　訪ねてに
古今の話　するうちに
ある時文覚　言いたるは

「平家の重盛　豪胆で
智謀も勝れ　おりしやも
平家の運が　尽きたるか
去年の八月　亡くなりし
今は源平　そのなかに

殿ほど将軍　その相を
持つ人ほかに　おりはせぬ
早くに謀反　起こしてに
この国平定　なされませ」
言うに頼朝　驚きて
「思いもよらぬ　事を聞く
この我れ　池の尼御前《あまごぜ》（平忠盛の正室）に
甲斐なき命　助けられ
恩に報うと　毎日に
読経する他　何事も」
言うたに文覚　なお重ね
「天の与うを　受け得ずば
その咎受くるは　必定ぞ
時来たるやに　こまぬくは

その災受くると　古書にある
言うを内心　探るやの
振る舞いとにと　思わるか
我が心ざし　深きをば
示す証拠《しるし》を　ご覧あれ」
言いて懐　忍ばせし
白布くるむ　髑髏《しゃれこうべ》
一つをそっと　取り出せり
「それは何だ」と　尋きたれば
「これぞそなたの　父上の
義朝殿の　頭《こうべ》なり

平治の乱の　その後に
弔う人も　なきままに
獄舎の前の　苔下に
埋もるを獄守に　頼み込み
貰いかれこれ　十年を
首かけ寺々　廻りつつ
冥福祈り　来たりせば
すでに成仏　なされてし」
言うに頼朝　不審やも
父の頭《こうべ》と　聞きたにて
懐かしさ沸き　涙にと
そのうち頼朝　気を許し
「我れの流罪が　解かれねば
兵など起こす　ことできぬ」

言うに文覚　事もなげ
「いとた易かる　すぐにでも
都にのぼり　許可を得る」

「あり得なきなる　無体をば
その身が勅勘　受くる身で
他人の許しを　乞うなどと
とんでも無きを　仰せらる」

「我が身の勅勘　許せとて
言うはまことに　不埒やも
言うは貴方《そなた》の　ことなるに
なんの懸念も　ありはせぬ

今から福原　赴くに
三日以上は　掛かるまい

院宣貰うに　一日と
都合七日は　過ぎざりし」
と言いつゝいと　出でたりし

奈古谷《なこや》に帰り　弟子らに
「伊豆山神社に　七日間
籠る」と言いて　福原へ

三日のうちに　福原《みやこ》着き
予て知り居た　藤原光能《みつよし》を
訪ねそこにて　言いたるは

「伊豆《いず》国の流人の　頼朝が
勅勘許され　それ加え
院宣これを　貰うれば
関八州の　家人《もの》どもを
集め平家を　滅ぼして

天下平定　為し遂ぐと
申すにここへ　来たるなり」
藤原光能《みつよし》　暫し　思案して

「幽閉されし　法皇が
如何に申すか　分からねど
とにもかくにも　伺いを」

言いて密かに　伝うるに
法皇すぐに　院宣を

文覚これを　首にかけ
三日の後に　伊豆《いず》国にへと

(つまらぬことを　言い出して
我れに辛き目　合わせるか)

と頼朝は　案じつつ
(よもや　そんな)と　思いてし
あれから八日め　午の刻《(正午頃)》
「ほれ院宣」と　文覚が
聞くに頼朝　感じ入り
手水《ちょうず》うがいを　してからに
新し烏帽子《えぼし》　浄衣《じょうえ》着て
院宣三度《みたび》　伏し拝み
開きてみるに　そのそこに
《ここ数年来　不埒にも
平氏は皇室　侮りて
政道守る　こともなし
仏法これを　滅ぼさせ

朝廷権威　滅せんと
そもそも我が国　神国ぞ
伊勢神宮や　石清水八幡宮《はちまんぐ》
共に神徳　あらたかぞ
故に朝廷　創成後
数千余年　その間
政道妨《さまた》ぐ　者ら皆
敗北しなき　ものはなし
神の御加護を　助けとし
勅命趣旨を　守りてに
平氏一族　誅滅し
朝家の敵を　退けよ
代々武家の　兵略で

奉公忠勤　励みてに
身を立て家を　起こすべし
院宣以上の　如くなり
治承四年　七月十四《じゅうし》日
藤原光能　通じてに
謹上　前右兵衛佐《うひょうえすけ》殿へ》
院宣錦の　袋入れ
石橋山の　合戦時
頼朝首に　掛けおりし

挙兵の知らせ

同年九月の　二日の日
相模の国の　住人の
大庭三郎　景親が
早馬駆りて　福原へ

着きて景親　言うことに
「去るの八月　十七日《じゅうなな》に
伊豆《いず》国の流人の　頼朝が
妻の政子の　父である
北条四郎　時政を
遣わし伊豆国　治めおる
代官和泉《いずみ》判官　兼高を
山木の館《たち》にて　夜討ちせり

勝ちたを喜び　頼朝は
その後岡崎　土肥《とひ》　土屋
これら　三百余騎にてに
石橋山に　立て籠もる

それをこの我れ　景親が
平家に気寄す　者らをば
一千騎ほど　率いてに
押し寄せ攻むに　頼朝は
七、八騎まで　敗れてに
ざんばら髪に　なり果てて
土肥椙山《すぎやま》に　逃げ込めり

また畠山　重忠が
五百余騎にて　平家付き
三浦大介《おおすけ》　義明の
子らが　三百余騎にてに
源氏に付くをば　攻めたるも
由比小坪《こつぼ》浦にて　負けたりて
一旦武蔵《むさし》国へ　退けり

その後陣容　立て直し
重忠一族　武者どもの
三千余騎を　引き連れて
三浦が根拠と　する城の
衣笠城に　攻め寄せて
三浦義明《よしあき》これを　討ち取りし

戦い敗れ　その子らは
久里浜浦から　舟に乗り
安房上総へと　渡りたり」

景親　父の　重能が
たまたまそこ居て　申すには

「それは何かの　間違いぞ
北条　頼朝　親密で
北条ならば　いざしらず
他の連中が　朝敵の
味方するとは　覚えねば
お聞き直しを　願いたし」
言うに「なるほど」　言うもあり
「いいや天下の　大事に」と
ささやく者も　多かりし
清盛入道《にゅうどう》の怒り　並みならず
「死罪にすべき　頼朝を
池禅尼《いけのぜんに》が　ことさらに
嘆願なすにて　流罪にと

その恩忘れ　平家にと
弓を引くとは　怪しからぬ
神も仏も　許さずや

今に天罰　頼朝に」
とにと怒りを　ぶちまけし

富士川合戦

一方こちら　福原は
敵が勢い　付く前に
急ぎ討手《うって》を　下せとの
公卿の評定　決してに
大将軍に　維盛が
副将軍には　忠度《ただのり》が
総勢　三万余騎を連れ
九月十八《じゅうはち》日　福原発ち
十九日には　旧都《みやこ》着き
すぐの二十日に　東国へ
大将軍の　維盛は
故重盛の　嫡男で
この年　二十三歳で
武者武装した　その姿

絵に画くよりも　見事なり

平家嫡男　伝わるの
鎧唐櫃《ひつ》入れ　担がせて
赤地錦の　直垂《ひたたれ》に
萌黄縅《もえぎおどし》の　鎧《よろい》着て
連銭葦毛《れんぜんあしげ》（灰色の丸い銭型の斑紋のある）の　馬にては
金覆輪《きんぷくりん》（鍍金で覆い飾った）の　鞍を置き
これにとお乗り　なされてし

副将軍の　忠度は
紺地の錦の　直垂に
黒糸縅の　鎧着て
黒馬太く　逞《たくま》しに
沃懸地《いかけじ》（漆地に金粉や銀粉を蒔き付けた）の鞍　置き乗せて
これにとお乗り　なされてし

馬　鞍　鎧　兜にと
弓矢刀に　太刀までも
照り輝ける　装束《いでたち》は
見るに見事な　ものなりし

野原の露に　宿をかり
高嶺の苔に　旅寝をし
山々越えて　川越えて
十月　十六日《じゅうとろくにち》に
駿河の国の　清見関
そこにと辿り　着きたりし

三万余騎で　出《い》発《で》しやも
道中兵士を　集めてに
七万余騎の　軍勢に

先陣　蒲原　富士川に

到着するも　後陣は
いまだに手越　宇津の谷

大将軍の　維盛が
侍大将　忠清に
「足柄山を　うちこえて
坂東にてに　戦い」と
逸《はや》りて言うに　忠清は

「福原出発　なさる時
入道殿の　仰せでは
『戦《いくさ》は忠清　任せる』と

関東の兵　皆揃い
頼朝軍に　付きたりて
何十万騎を　引き連れし

味方勢力　七万余騎《ななまんよ》
と言えどこれらは　集め武者
馬人共に　疲れてし

伊豆国《いず》や駿河国《するが》の　軍勢が
来るとて言うも　未だにも

ただただ富士川　陣頭に
これらの　助勢待つべきと」

と言われたで　仕方なく
その場留まる　ことにせり

そのうち頼朝　軍勢は
足柄山を　うちこえて
駿河国《するが》黄瀬川　着き居たる

甲斐国《かい》や信濃国《しなの》の　源氏らも
馳せ参じてに　一つなり
浮島が原に　勢揃い
二十万騎と　言われてし

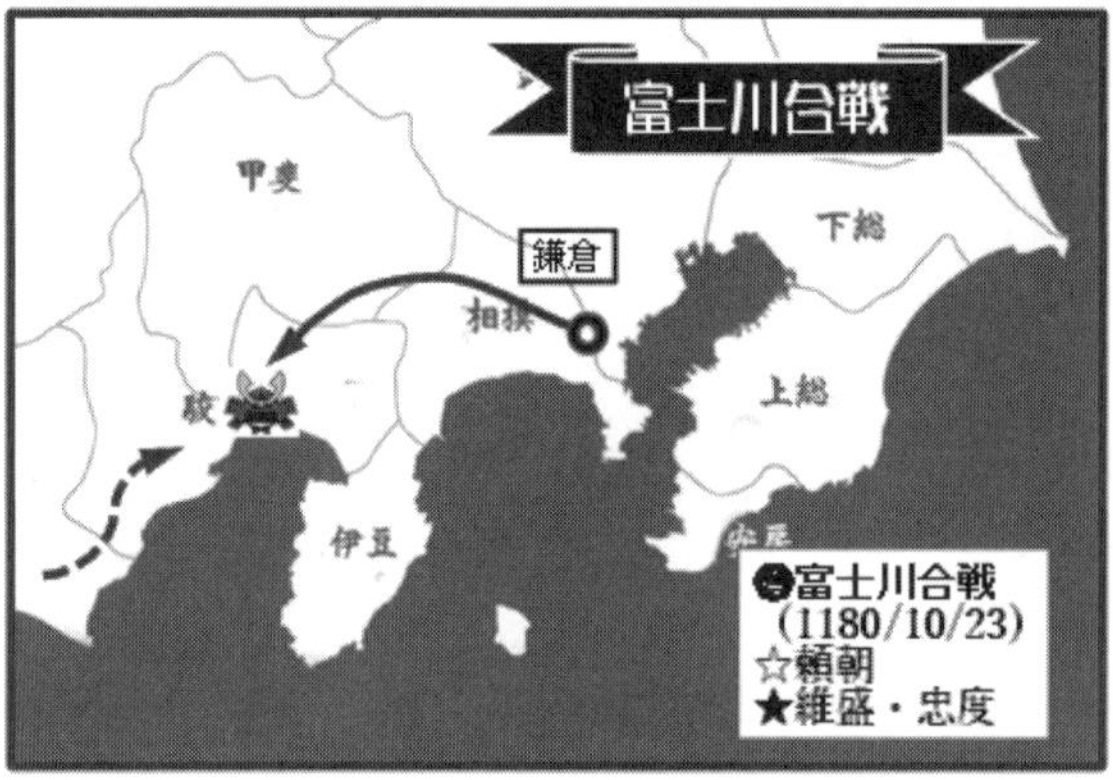

常陸源氏の　一族の
佐竹太郎の　下仕え
主人の文持ち　京行くを
平家の先陣　忠清が
これを捕らえて　持ちし文
奪いてそれを　開け見れば
女房へ宛てた　文なりし

「難これなし」と　文返し
「ところで頼朝　軍勢は
如何ほどなるや」　問いたれば

「八日か九日　掛かる道
それにびっしり　続きてに
野山も海川　武者で埋む

昨日黄瀬川　聞きたでは

総勢　二十万騎とか」
これをば聞きて　忠清は

「大将軍が　のんびりと
構えて居しが　口惜しかる

いま一日も　早くとに
先に討手《うって》を　差し向けて
足柄山を　越えたりて
坂東にへと　出ておれば
畠山その　一族や
大庭兄弟　駆け付くに

これさえ来れば　坂東で
靡かぬ武士は　居なきやに」
との後悔も　甲斐ぞなし

大将軍の　維盛は
東国事情に　通ずるの
長井の斎藤　実盛に

「時に実盛　お前ほど
強き弓引く　強者《つわもの》が
関東にては　如何ほどが」

尋くに実盛　苦笑して

「殿はこの我れ　実盛が
大矢を射ると　思わるや
我れの如きは　ごまんにと

屈強男　五、六人
これで張る弓　引く者も

これが射る矢は　凄まじく
重ねし鎧の　二、三領
これをもた易く　貫きぬ

馬にと乗れば　落ちもせず
悪所駆くるも　転ばさじ

合戦臨めば　勇ましく
親や子　仮に　討たれてに
死すも屍《しかばね》　乗り越えて
戦い続くが　常なりし

西国戦《たたか》い　云いたれば
親討たれなば　供養をし
喪が明けてから　攻め寄する
子が討たるれば　嘆きてに

戦いすらに　参加せず
兵粮尽くれば　春田植え
秋は収穫　終えてから
夏は暑いと　言い休み
冬は寒いと　嫌うやも
東国にては　然なること
全てにおきて　為さざりし
甲斐《かい》国や信濃《しなの》国の　源氏らは
ここらの地理に　詳しくて
富士裾回り　背後にと
回りこちらに　攻むるかも
これは殿をば　怖気《おじけ》さす
ために言うでは　ありませぬ
戦《いくさ》は数に　よらずして

戦略こそと　言いたくて
この我れ今度《こたび》の　合戦で
生きて都に　帰るなど
夢にも思わず　おりまする」
これ聞き平家の　兵ら皆
震え戦慄《おのの》き　覚えたり
十月　二十三日と
なりて明日には　源平が
富士川にてに　矢合わせと
決め居たそれの　夜のこと
源氏の陣を　見渡せば
伊豆《いず》国や駿河《するが》国の　民百姓
戦《いくさ》恐れて　山や野に

舟乗り海　川　浮かびてに
炊事する火が　数多《あまた》数
見えたを平家の　兵士ども
「あれ見よ満ちおる　源氏の火
まこと野も山　海　川も
皆々敵ぞ　如何せん」
と慌ててに　怖気《おじけ》づく
それの夜半に　富士沼に
群れ居た数多《あまた》の　水鳥が
何に驚き　たりしかや
一斉バッと　飛ぶ羽音
それが大風　雷《いかづち》の
如く聞こえに　平家方

「うわぁ源氏の　大軍ぞ
先に実盛　言いた如
背後からをも　攻め寄する
囲まれたれば　全滅ぞ
ここを引き上げ　尾張川
墨俣にてに　防戦を」

言うや取る物　取り敢えず
我先ににと　退却に

騒ぎ狼狽《うろた》う　そのあまり
弓とる者は　矢を取らず
矢をとる者は　弓取らず
他人《ひと》の馬にと　我れが乗り
我が馬これに　他人《ひと》が乗る

繋ぎた馬に　乗り駆けて
杭を廻りて　ぐるぐると

付近の宿場　から呼びた
遊女ら頭　蹴り割られ
腰踏み折られ　喚《わめ》きたり

二十四日の　卯の刻(午前六時頃)に
二十万騎の　軍勢が
富士川にへと　押し寄せて
天も響くや　地も揺らぐ
までもに三度《みたび》の　鬨《とき》の声

平家方では　物音も

人を遣わし　見させるに
「皆逃げ落ちて　影さえも」
言いて兵らを　見てみるに
敵の忘れし　鎧取り
敵の捨てたる　大幕を
取りて持ちおる　者もある

頼朝馬降り　兜脱ぎ
手水《ちょうず》うがいし　手を合わせ
「我れの手柄で　これはなし
八幡大菩薩《ぼさつ》の　御加護なり」
と都向き　仰せにと

平家を追撃　出来たるに
後方やはり　気がかりと
浮島が原から　退きて
相模国へと　戻りたり

十一月の　八日には
維盛福原　戻りたる

清盛入道《にゅうどう》酷く　怒りてに
「鬼界ヶ島へ　維盛を
忠清死罪に」　とて仰す

九日平家の　侍の
老いも若きも　集いてに
「忠清死罪　如何に」　とて

平盛国　進み出て

「これの忠清　昔から
臆病者とは　聞かざりし

これが十八歳《じゅうはち》　その時に
鳥羽殿そこの　宝蔵に
五畿内一の　悪党が

二人逃げ込み　籠りたを
絡め捕る者　居なきやに

白昼忠清　一人して
築地乗り越え　飛び込みて
一人討ち取り　も一人を
生け捕りその名　上げたりし

今度《こたび》の不覚の　責はなく
思わぬことが　起こりたと」

翌《あく》る十日に　維盛は
昇進　右近衛中将に

「討手の大将　なりしにて
何の手柄も　立てずやに
これまた何の　褒美かや」

とに人々は　囁けり

清盛五男　重衡も
昇進　左近衛中将に

十一月の　十三日
福原内裏　完成し
安徳天皇《みかど》がそこへ　お入りに

行うべきの　大嘗会《だいじょうえ》
これ行わず　済ましたる

大極殿これ　なき故に
即位大礼　する場所も

清暑堂《せいしょどう》これ　なかりせば
御神楽奏す　こともなし

豊楽院も　なかるにて
宴これすら　なかりける
ただ新嘗会《しんじょうえ》　五節《ごせち》のみ
公卿評議で　決せしも
場所は旧都の　神祇官

西暦	年号	年	月日	天皇	院政	出来事
1180年	治承	4	6/2	安徳	後白河・高倉	清盛、安徳天皇を奉じ、福原へ遷都
			8/17			源頼朝、伊豆で挙兵
			9/18			維盛、忠度ら、頼朝追討の為福原出発
			10/23			平氏、富士川にて水鳥の羽音に驚き敗走

清盛の章（五）

還都

今度《こたび》の都　遷《うつ》りをば
君臣共に　嘆きてし

比叡山《えいざん》　奈良を　はじめとし
末端の寺　神社まで
遷都これをば　難ずるに
然ほど強気な　清盛入道《にゅうどう》も
何に懲りたか　分からねど
「ならば戻る」と　言いたにて
福原中は　大騒ぎ

十二月その　二日には
都帰りが　宣せらる

北は山高　迫りいて
南は海近　下りおり
波音常に　うるさくて
潮風殊《こと》に　激しかる

その所為なるか　高倉上皇《じょうこう》は
何時とは知れず　病《やまい》勝ち
故に急ぎて　旧都へと

摂政藤原　基通も
太政大臣　それ以下の
公卿　殿上人《てんじょう》　皆々が
我れも我れもと　京向かう

清盛入道《にゅうどう》はじめ　一門の
公卿　殿上人《てんじょう》　我れ先と

誰が忌むべき　新都にと
残りたくなど　あるものか

去る六月の　時以来
家を壊して　さまざまな
資材や道具　運びてに
形ばかりに　建てたれど
狂いし如き　還都にて
皆打ち捨てて　京にへと

戻りたれども　住処《すみか》なく
八幡　賀茂　嵯峨　太秦《うずまさ》や
西《にし》山や東《ひがし》山の　片隅に
身寄せる人が　多くおり

御堂廻廊　それ加え
神社拝殿　などにへと
高き身分の　人らもが

同年十二月《しわす》の　二十三《にじゅうさん》日
近江源氏の　背きしを
攻めんとこれの　大将軍
知盛　忠度　任じてに
総勢　二万余騎にてに
近江国へと　出発し
山本　柏木　錦織《にしごり》と
言う名の源氏の　兵らをば
これらことごと　攻め落とし
美濃《みの》国　尾張《おわり》国へと　越え行きし

奈良炎上

一方こちら　都では
「以仁王《みや》が三井寺　入る時
興福寺《なんと》の衆徒　味方して
迎えまでした　その行為
これぞ朝敵　なりしにて
興福寺《なんと》　三井寺　攻むべし」と
云うの噂が　流れたに
興福寺《なんと》の衆徒　蜂起せり

摂政　藤原基通が
「言うべきあらば　幾度とて
　朝廷にへと　取り次ぐ」と
言うも一切　耳貸さじ

別当忠成　使者《つかい》とて
派遣されしが　衆徒らは
「こやつ牛車《くるま》を　引き下ろせ
　髻《もとどり》切れ」と　騒ぎせば
色を失い　逃げ帰る

右衛門佐《うえもんのすけ》　親雅を
次に下すが　これをしも
「髻《もとどり》切れ」と　騒ぐにて
物取り敢えず　逃げ上り
時に付きいた　下仕え
二人髻《もとどり》　斬られたり

またに興福寺《なんと》が　遊ぶとて
大きな毬杖《ぎちょう》(今でいうホッケー)の　玉作り
これを清盛入道《にゅうどう》の　首と見て
「うて」「ふめ」などと　言いて打つ

これ伝え聞き　清盛入道《にゅうどう》は
急ぎ騒動　鎮むべく
備中国の　住人の
瀬尾の太郎の　兼康を
大和《やまと》国検非違使　任じたり

興福寺《なんと》へ出で向く　五百余騎
そこで兼康は　言いたるは
「衆徒が乱暴　致すとも
　手出し無用ぞ　心得よ
　鎧着けるな　弓外せ」

衆徒らこれを　知らずして
軍勢一部　からめとり
全て首斬り　その首を
猿沢池側《そば》　並べたり

これ聞き清盛入道《にゅうどう》　怒りてに
「ならば興福寺《なんと》を　攻めよ」とて
大将軍には　重衡を
副将軍に　通盛と
総勢四万余《しまんよ》騎　興福寺《なんと》へと

老若問わず　衆徒らも
七千余人　兜着て
奈良阪　般若寺　その二箇所
道に堀掘り　切断し
堀に逆茂木　待ち構う

平家軍団　到着し
四万余騎をば　二手分け
奈良坂　般若寺　城郭に
押し寄せどっと　鬨《とき》の声

衆徒ら徒歩で　刀持ち
平家は馬で　駆け回る

逃げるを追いかけ　追い詰めて
矢をば連射し　防戦の
衆徒数多《あまた》を　討ち取りし

卯の刻（午前六時頃）　矢合わせ　始まりて
戦い一日　続きたり

その夜に奈良阪　般若寺の
二箇所の城郭　破られし

戦い続け　夜戦なり
真っ暗なるに　重衡は
般若寺門前　突っ立ちて

「火出せ」と言うに　すぐさまと
播磨の国の　住人の
次郎大夫の　友方が
楯割り松明《たいまつ》　作りてに
側の民家に　火をつけし

十二月《しわす》　二十八日の
夜でありせば　風強く
火元一つが　吹く風に
煽られ多くの　伽藍にと

恥知り名をも　惜しむ者
奈良阪にてに　討ち死にし
般若寺そこで　討たれたり

歩ける者は　そこ逃れ
吉野十津川　へと落ちる

歩けぬ老僧　学識僧
稚児　女童《めわらわ》は　東大寺
大仏殿の　二階やら
興福寺中《なか》　逃げ込みし

大仏殿の　二階には
千余人これ　上りてに
敵が続きて　登るをば
止めんと梯子　引き上ぐる

そこに猛火が　襲い来て
喚《わめ》き叫ぶの　声々は
焦熱地獄の　罪人が
喚《わめ》く声でも　然ほどとは

藤原不比等　建立の
興福寺これ　藤原氏
累代わたる　氏寺ぞ
東金堂《こんどう》の　釈迦の像
西金堂の　観世音《かんぜおん》菩薩
瑠璃敷く如き　四面廊
朱丹《しゅに》を交えた　二階楼
九輪輝く　二基の塔
それらがたちまち　煙にと

一方こちら　東大寺
聖武天皇《てんのう》手づから　磨きしの
十六丈(約48m)の　盧遮那仏《るしゃなぶつ》
首は焼け落ち　体溶け
法文　経文　全て灰

炎の中で　焼け死ぬは

一千　七百余人もが
大仏殿の　二階にて
八百余人が　興福寺
全てで　三千五百余人

討たれし衆徒　千余人
一部の首は　その場所の
般若寺門前　晒されて
残りの首は　都へと

二十九日に　重衡は
興福《なんと》寺滅ぼし　凱旋に

清盛入道《にゅうどう》一人　喜ぶも
建礼門院《もんいん》 後白河法皇《ほうおう》　高倉上皇《じょうこう》に
藤原基通《もとみち》以下の　人々は
「悪僧滅ぼす　良かりしも
伽藍までは」と　嘆きたり

衆徒多くの　その首を
都大路を　引きまわし
獄門木に　懸くるとの
噂されしが　東大寺
興福寺共　滅びたの
悲惨に沙汰も　出ぬままに
溝や堀にと　捨てられし

酷きばかりの　年も暮れ
治承も数え　五年にと

高倉天皇崩御

治承五年の　正月の
一日この日　内裏では
東国兵乱　奈良炎上
よりて朝拝　なされずと
安徳天皇《みかど》もお出に　なされざり
雅楽もなければ　舞楽をも

氏寺焼失　藤原氏
一人も参内　さるるなし

男も女も　ひっそりと
宮中不吉が　漂いし

同月五日　興福寺

そこの高位の　役職の
僧らが官職　停止《ちょうじ》されれ
僧職すらも　没収に

興福寺その　衆徒らは
老いも若きも　射殺されれ
斬り殺されて　亡くなりて
煙にむせび　火に焼かれれ
多くの死者が　出たるにて
残るは逃げて　山林に
寺に留むは　誰もなし

興福寺その　別当の
花林院僧正《かりんいんそうじょ》　永縁《ようえん》は
仏像経文　煙《けむ》となり
情けなきやと　苦しみて
思い回らし　病なり

ほどなく遂に　亡くなりし
一昨年《おととし》後白河法皇《ほうおう》　幽閉に
去年は以仁王《みや》が　討たれてに
福原にへと　遷都にと
天下酷くと　乱るるを
高倉上皇　この人は
心苦しく　思われて
病になられ　苦しむに
東大寺また　興福寺
これが滅びた　とを聞かれ
病ますます　重くにと

法皇酷く　嘆きしも
同年正月　十四日
六波羅頼盛　邸にて
高倉上皇《じょうこう》ついに　崩御さる

亡くなられしの　すぐその夜
東山その　麓での
清閑寺にと　移されて
夕べの煙に　紛れつつ
春の霞と　昇天に

「御年　二十一歳で
仏道十戒　これ守り
儒教五常を　乱さずと
礼と儀とをば　重んじて
末代までも　賢王と
崇《あが》めらるべき　お方やに」
とて人々が　惜しみしは
月日の光　失くす如

高倉天皇逸話

人徳優れ　賢王の
高倉上皇　幼少《ようしょ》から
柔和であらせ　られたりし
十歳の頃　紅葉をば
愛され庭に　紅葉植え
一日眺め　暮らしてし
ある夜に野分　吹き荒れて
紅葉を皆々　散らしたり
庭掃除《そじ》担当　召使い
散りし紅葉を　集めてに
酒温める　火種にと

気づきし役人　青くなり
高倉天皇《みかど》に報告　したるやに
高倉天皇　笑われて
『林間に酒を煖《あたた》め　紅葉焚く』
という詩心　持ちおる」と
感心なされ　咎めなし

【林間に酒を煖《あたた》め】
林間《りんかんに》　暖酒《さけをあたためて》　焼紅葉《こうようをたき》
石上《せきじょうに》　題詩《しをしるして》　掃緑苔《りょくたいをはらう》
―白楽天・和漢朗詠集―
(白楽天が別れに際し、友に贈った詩の一節)

ある夜遠くで　人悲鳴
使いを遣るに　泣く女童《わらわ》
理由《わけ》尋ぬるに　「ご主人の
使いで衣　運びしが
暴漢襲われ　奪われし」
これ聞き　高倉天皇は
「斯かる不届き　出る元は
この我れ徳が　薄き故」
言いて嘆きて　使い遣り
美し衣　取り寄せて
その女童に　お与えに
故に誰もが　これ慕い
万年長寿を　祈りてし

建礼門院に　仕えてし
女房に付きおる　女童《めわらわ》が
高倉天皇《みかど》の寵愛　受けたりし

その名を　葵の前と云い
「やがて后《きさき》に」　とて噂
「葵女御」と　呼ばれたり

高倉天皇《みかど》はこれを　お聞きなり
世間の謗《そし》り　憚りて
その後はお召しに　ならずにと
募る思いの　苦しさに
高倉天皇《みかど》古歌をば　葵にと

《忍ぶれど　色に出でにけり
　わが恋は
　物や思うと　人の問うまで》

これを貰いて　葵前
募る思いの　激しさか
ついに亡くなり　しまわれし

「君一日の　恩のため
　百年の身を　過《あやま》つ」と
云うは正にや　このことか

葵の前を　失いて
悲しみくれる　高倉天皇《みかど》をば
慰めんとて　中宮は

女房の小督《こごう》を　参らせる
宮中一の　美人にて
琴の名手ぞ　この小督

小督は　少将隆房の
思い人にて　ありたるが
天皇《みかど》が召すに　止む無くと
隆房との縁　断ち切りし

中宮　清盛　娘にて
少将隆房　正妻も
これ清盛の　娘なり

「二人の婿を　盗られし」と
清盛怒り　「殺せ」とて

「我が身良けれど　天皇《みかど》にと
　災い及ぶが　気懸り」と
小督抜け出し　姿消す

八月十日　過ぎなるの
月の明るい　夜のこと
弾正小弼《だんじょうしょうひつ》　仲国を
呼びて天皇《みかど》が　言うことに
「嵯峨野辺りに　居ると聞く
　お前が行きて　探せ」とに

内裏で管弦　ありし折
小督が琴を　奏でてに
仲国合わせ　笛吹きし

（琴音頼りに　探すか）と
嵯峨野あちこち　探すとに
幽かに聞こゆ　琴の音が
まさしく小督の　琴の音と
聞くにその曲　「想夫恋」

仲国横笛　取り出して
少しく吹きて　門叩く

「お門違い」と　言われしも
忘れもならぬ　琴音故
間違いなしと　仲国は
門を押し開け　中にへと
恐れる小督を　説き伏せて
小督を連れて　宮中へ

内裏へ参り　小督をば
人目無き場所　忍ばせて
夜な夜なお召し　なる内に
姫宮お一人　お生まれに

如何に知りたか　清盛は
「小督居なきは　嘘ならし
　捕らえ尼に」と　追放に

出家は望みで　ありしやも
心ならずも　尼にされ
二十三《にじゅうさん》歳にて　墨染着
嵯峨野辺りに　小督住む
高倉上皇《じょうこう》心労　重なりて
ついにお隠れ　なりた云う
後白河法皇《ほうおう》不幸が　絶えざりて

息子の　二条天皇に
孫の　六条天皇に
皇太后の　建春門院《もんいん》も
以仁王も　この世には

加えて頼みし　高倉上皇《じょうこ》をも
失くし涙に　くるるのみ

西暦	年号	年	月日	天皇	院政	出来事
1180年	治承	4	11/13	安徳	後白河・高倉	福原の内裏造営成り天皇還幸
			12/2			にわかに都を京に戻す
			12/28			重衡、通盛ら、東大寺、興福寺を焼く
1181年		5	1/14			高倉上皇崩御(21歳)清閑寺に葬られる

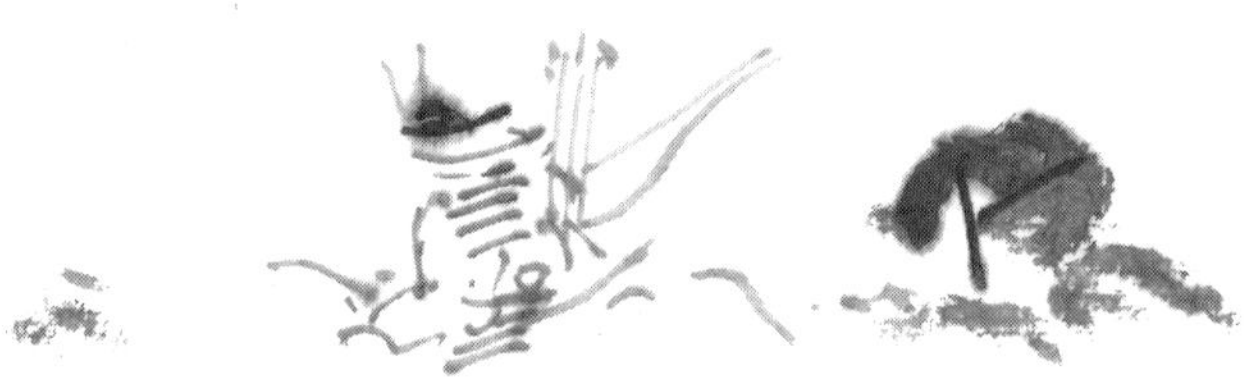

翳_{かげ}りの巻

翳（かげ）りの巻

義仲の章（一）

義仲蜂起

その頃こちら　信濃《しなの》国にて
木曾の冠者なる　義仲と
いう源氏いる　噂あり

六条判官　為義の
次男義賢《よしかた》　その子なり

久寿二年の　八月の
十六日に　義賢は
頼朝の兄の　悪源太
義平により　殺されし

時に義仲　二歳にて
母が泣く泣く　抱えてに
そこを抜け出し　信濃《しなの》国行き
木曾中三《きそのちゅうぞう》　兼遠の
許に逃げ込み　頼みたは

「何としてでも　育ててに
一人前に」と　願いしを
兼遠引き受け　心込め
二十余年を　育てたり

大人になるつれ　その力
人並越えて　強くなり
気性激しく　育ちたり

「稀有の強さで　弓を引き
馬でも徒歩《かち》でも　強かりて
どの先人も　越えたる」と
世の人々は　申したり

ある時養父　兼遠に
「頼朝謀反　起こしてに
関八州を　従えて
東海道を　上り行き
平家滅ぼす　挙に出でし

我れも東山《とうせん》　北陸の
二道従え　京上り
今一日の　先にでも
平家を攻めて　滅ぼして
日本《ひのもと》一の　二将軍
とて言われたき」　とて言うに

兼遠甚《いた》く　喜びて
「そのためにこそ　お育てを
斯くの仰せは　正しくに
八幡殿の　御末裔」
と言い謀反に　同意せり

兼遠連れられ　義仲は
しばしば京へ　上りてに
平家の振る舞い　見ておりし

京上りしの　十三歳《じゅうさん》で
石清水八幡宮《はちまんぐう》に　参りてに
八幡大菩薩《はちまんぼさつ》の　御前で
「我が四代の　祖父である
源義家　朝臣これ
八幡大菩薩《はちまんぼさつ》の　子となりて
名をば　八幡太郎にと
　我れもその例　倣《なら》う」とて
御前で　髻《もとどり》　結い上げて
木曽の次郎の　義仲と
名乗りてそこで　元服を

決心聞きて　兼遠は
「まず出すべきは　廻文《まわしぶみ》」
言いて信濃国《しなの》の　根井小弥太
海野行親　誘いせば
背くことなく　味方にと
これ皮切りに　誘いせば
信濃一国　兵全て
靡かぬ草木　なき如く
皆義仲に　従えり

また一方で　上野国《こうずけ》は
父義賢の　縁《よしみ》にて
田子の郡《こおり》の　兵らも
皆従いて　味方にと

平家の末が　見えたれば
源氏の長年　宿望の
平家壊滅　今こそと

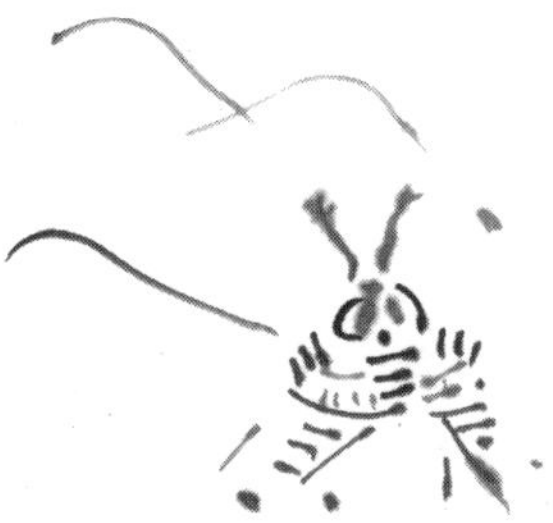

蜂起続々

木曾は信濃《しなの》国の　南はし
美濃《みの》国と接すに　京近し

平家の人々　洩れ聞きて
「東国背く　大事《おおごと》に
北国さえも　背くとは」
とて騒ぎしが　清盛入道《にゅうどう》は

「何ら気にする　ことなんぞ
信濃《しなの》国全てが　従うも
背後接する　越後《えちご》国には
余五将軍の　末裔の
城《じょう》の太郎の　助長と
同じく四郎　助茂《すけもち》の
兄弟多くの　兵を持つ
　命ぜばすぐに　討ち取るに」
と言いたるが　「さてどう」と
囁く者も　多かりし

二月一日　除目《じもく》（人事）あり
城《じょう》の太郎の　助長は
木曾義仲の　追討に
越後守にと　任ぜらる

同九日に　河内国
石川郡《こおり》に　住みいたる
武蔵権守《むさしごんかみ》　義基と
息子石川義兼《よしかね》　背きてに
頼朝味方と　東国へ
行こうとするを　聞きたにて

清盛入道《にゅうどう》すぐと　討手をば
任じられたる　大将軍
源大夫判官《だいふほうがん》　季貞《すえさだ》と
摂津判官　盛澄で
総勢　三千余騎なりし

義基　義兼　守る城
総勢やっと　百騎ほど

鬨の声挙げ　矢合わせし
攻め引き数刻　戦うに
奮戦するも　城内の
兵士討ち死　多かりし

父の義基　討ち死にし
息子義兼　生け捕らる

同十一日に　義基の
首が都で　引き回し

高倉上皇《じょうこう》その喪　明けぬやに
首引き回す　斯かること
堀河天皇　崩御時の
源義親　首以来

九州からに　十二日
宇佐大宮司　公通《きんみち》が
飛脚を飛ばし　伝え来は

《緒方三郎　はじめとし
臼杵《うすき》 戸次《へつぎ》に　松浦党
全て平家を　背きてに
源氏に味方》　とにの主旨

「東国 北国　背くさえ
大事《おおごと》なるに　何事か」
とにと平家は　驚きぬ

十六日に　伊予《いよ》国からも
またも飛脚が　到来す

《去年の冬の　ころからに
河野の四郎　通清を
はじめ四国の　者どもが
背き源氏に　味方す》と

平家に心　寄せおりた
備後《びんご》国の住人　西寂《さいじゃく》は
伊予国へにと　押し渡り
道前 道後　その境

高縄城に　攻め入りて
四郎通清　討ち取りし

その時息子　通信は
母方伯父の　安芸《あき》国におり
父討たれしと　聞かされて

「放り置けぬぞ　西寂《さいじゃく》め
何としてでも　その首を」
と密かにぞ　誓いてし

西寂 通清　討ちて後
四国の反乱　鎮圧し
備後《ぶんご》国の鞆に　渡りてに
遊女どもをば　召し集め
遊び戯れ　酒盛りを

前後不覚と　酔いたるへ
決死の覚悟で　通信は
百人ばかりで　乱入を

西寂《さいじゃく》方の　人数は
三百余人　居たなれど
あまりに不意を　突かれたで
狼狽《うろた》え慌て　ふためくを
射ふせ切り伏せ　西寂《さいじゃく》を
生け捕り伊予国《いよ》へ　渡りてに
高縄城へ　引き連れて
のこぎりで首　切りたとも
磔《はりつけ》したとも　伝え聞く

その後に四国の　兵どもは
みな通信《みちのぶ》に　従いし

平家の恩を　受けいたる
熊野の別当　湛増《たんぞう》も
背き源氏に　との噂

東国　北国　その皆が
四国　九州　斯くの如

清盛死去

二月三日に　評議あり
清盛三男　宗盛が

「坂東向かいし　維盛ら
成果を得ずに　戻りたり
今度《こたび》は我れが　大将軍
承《うけたまわ》りて　坂東へ」
言うに公卿ら　へつらいて
「何とご立派」　言いたりし

同月　二十七日に
宗盛　源氏　討たんとて
今にも東国　出発と
噂されしも　清盛入道《にゅうどう》が

急に病むとて　中止にと
翌日早くも　重体と
報が入るに　京中が
「すわ　やはりか」と　囁けり
病の日から　清盛入道《にゅうどう》は
水さえ喉も　通らずて
体熱きは　火の如し
臥せる周りの　四、五間は
暑く誰しも　堪え得ず
ただ「あちあち」と　言うのみで
ただ事とには　見えざりし
比叡山から　千手井《せんじゅい》の

水汲み石の　浴槽へ
浸して身体　冷やすやも
水湧き上がり　湯となりし
筧《かけひ》（水を引く樋）の水を　注ぎせば
石や鉄など　焼ける如
水が弾《はじ》けて　寄り付けぬ
やっと掛かりし　水さえも
炎となりて　燃え上がり
黒煙邸《やしき》　充ち満ちて
炎渦巻き　立ち上がる
清盛入道《にゅうどう》の　北の方
二位殿見た夢　恐ろしき
猛火猛然　燃え盛る

牛車《くるま》を門内　入れるとに
前後立ちおる　者の顔
馬やら牛の　顔なりし
文字が書かれた　鉄の札
牛車《くるま》の前には　「無」とていう
二位殿夢の　中にてに
「これはどこから」　尋きたれば
「閻魔の庁より　入道《にゅうどう》清盛を
お迎えとにと　参りたる」
「ではその札は」　とて尋くに
「大仏焼きた　その罪で
無間《むげん》地獄（苦しみの絶え間ない地獄）に　との沙汰で

無の字を書くも　間《げん》はまだ」
二位殿目覚め　汗みどろ
人に話すに　聞きたるは
皆々身の毛　よだちたる

息子や娘の　公達は
枕元やら　足元に
集まり嘆き　悲しむが
願い叶うは　能《あた》わざる

閏《うるう》二月の　二日の日
二位殿熱さ　堪えつつに
枕元寄り　泣く泣くに

「ご様子見るに　お身体は
日に日に悪く　なられ行く
意識いまだに　あるうちに
この世に思い　残さるを
仰せなされ」と　言いたれば
日頃気丈な　清盛入道《にゅうどう》も
苦し気なるの　息の下
「保元 平治の　それ以来
幾度も朝敵　平定し
恩賞身にと　余るほど
帝《みかど》の外祖父　なりたりて
太政大臣　昇りてに
栄華は子孫に　及ぶまで
今生望み　一つとて
心残りが　あるなれば
伊豆《いず》国の流人の　頼朝の
首を見ざるが　無念なり
もしもこの我れ　死したとて
堂塔建てず　供養さえ
急ぎ討手を　遣わして
頼朝《その》首刎ねて　墓前にと
それこそ真の　供養なり」
とて言いたるは　罪深し
そして同月　四日の日
悶え苦しみ　地に倒れ
身もだえしつつ　死したりし

その死を聞きて　世の中は
大地揺らぎて　天響く
如くにまでと　騒ぎたる

帝《みかど》崩御の　時でさえ
斯ほどは無きと　思わるる

享年まさに　六十四歳《ろくじゅうし》
老死というに　あらざれど
前世からの　運が尽き
大法秘法の　効《こう》験もなく
神仏威光も　消えたりて
天上《てんじょ》の神も　守れざり

二度と帰れぬ　死出山を
越えて　三途の川渡り

冥土の旅に　ただ一人
迎えは罪業　その数の
獄卒来たと　思わるる

同月七日　愛宕《あたご》にて
荼毘《だび》付し煙《けむ》と　なしたりて
骨を　円実法眼《ほうげん》が
首かけ摂津《せっつ》国　下りてに
経の島にと　収めたり

日本国中　名を馳せて
権威振るいし　人なれど
身はひとときの　煙となり
都の空に　立ちのぼり
死骸は暫し　残りてに
浜の真砂と　戯《たわむ》れつ

空しき土に　なり果てし

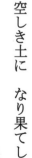

経の島

清盛葬送の　その夜に
西八条殿　焼け落ちし
放火なるや　との噂

人亡くなれば　誰しもが
朝晩鐘を　打ち鳴らし
念仏唱え　喪に服《ふく》すが
常なるやにも　この度は
仏事も供養も　なされざり
すでに戦《いくさ》が　迫りおり
戦略会議で　忙しし
臨終有様　無残やも

常人《ただひと》でなき　清盛は
善行これも　残しおる

その何よりの　善行は
福原港に　人工島
経島これを　築きてに
船の往来　これ楽に

島を造るに　人柱
とて言いたるを　それ罪と
石の面《おもて》に　一切経
書きて代わりに　沈めたで
この島「経島」　とて呼ばる

洲俣合戦

同月　二十二日の日
清盛死したに　伴いて
後白河法皇《ほうおう》以前　住み居たる
法住寺《ほうじゅうじ》殿へと　移られし

この御所 応保　元年の
四月に造り　出されてに
築山 池に　木立まで
思いのままに　造りしが
平家に幽閉　され続け
ここ二、三年　来られずて
荒れすさみしを　宗盛が
修理し終えて　「お移り」と
申しあげたに　後白河法皇《ほうおう》は
「何もいらぬぞ　早くに」と

言いてこちらに　移られし

三月一日　後白河法皇《ほうおう》は
南都高僧　役《やく》職戻し
元に持ちいた　荘園も
所有をこれらに　戻したり

同月三日　焼け落ちし
大仏殿の　再建に

同じく三月　十日の日
美濃《みの》国の目代《もくだい》（国守の代理人）都へと
早馬飛ばし　申すには

「東国源氏　もうすでに
尾張国まで　攻めのぼり
道を塞ぎて　通すなし」

これ受け平家　すぐさまに
討手組織し　遣わしに

大将軍に　就きたるは
清盛四男　知盛に
重盛三男　清経に
重盛四男　有盛で
総勢　三万余騎なりし

こちら源氏は　大将軍
十郎蔵人　行家に
頼朝弟　義円にて
総勢　六千余騎なりし

尾張川をば　隔ててに
源平両軍　陣を敷く

十六日の　夜半ごろ
源氏六千《ろくせん》余騎　川渡り
平家方へと　攻め入りし

平家少しも　騒がずと
「川を渡りて　攻めくるに
馬も鎧も　濡れおるに
それ目印に　矢を放て
一人残らず　討ち取れや」

とて攻めたれば　源氏勢
残り少なく　討ち取られ
行家からくも　生き延びて
川から東へ　退きし

義円こちらは　勇み込み

深入りしすぎ　討ち取らる
平家追いかけ　川渡り
騎射の如くに　矢を放つ
所々で　源氏軍
戻りて矢をば　返ししも
多勢に無勢　勝ち目なし
「水を後ろに　戦うは
避けよというに　この度の
源氏の策は　愚かなり」
とて人々は　言い合えり
大将軍の　行家は
三河の国に　たどり着き
矢作《やはぎ》の川の　橋外し

楯を垣根に　待ち受くも
すぐにと平家　押し寄せて
持ちこたえ得ず　落とされし
平家が追撃　なしおれば
遠江国《とおとうみ》やら　三河《みかわ》国勢
従い付きたで　あろうやに
知盛病　罹りてに
三河国より　引き返す
今度《こたび》もわずか　敵陣の
一つ破りし　だけなりて
残る勢力　攻めもせず
予期せし成果も　挙げられず
一昨年《おととし》重盛　亡くしてに
今年清盛入道《にゅうどう》　亡くなりし

平家の命運　先見ゆに
恩蒙りし　者のほか
平家に従い　付くはなく
東国にては　草も木も
みな源氏にと　靡きたり

嗄声《しわがれごえ》

越後の国の　住人の
城《じょう》の太郎の　助長は
越後の守に　任ぜらる

朝恩これに　応うべく
木曾義仲を　討たんとて
総勢　三万余騎にてに
その年六月　十五日
夜に門出て　翌日《あくるひ》の
卯の刻(午前六時頃)　今に　出んとすに
突然大風　吹き来たり
大雨雷　ひどく鳴り
晴れたか思う　雲の上
大きな　嗄声《しわがれごえ》にてに

「大仏焼きて　滅ぼしし
平家の味方　ここにおる
召しとれや」とて　三度《みたび》にと

助長はじめ　聞きし者
皆身の毛をば　よだたしぬ

「恐ろし天の　告げなれば
是が非なりとも　お留まり」
とに郎党が　言うやにも

「弓矢とる者　天告げに
従うべきに　あらず」とて
城出て進む　十余町(約1.5km)
黒雲一群《ひとむら》　湧き上がり

助長頭上　覆うかに
垂れ下がりせば　助長は
身すくみ気薄れ　落馬せり

輿《こし》にひき乗せ　館《やかた》にと
帰り横なり　三時《みとき》(約6時間)にて
ついにそのまま　亡くなりし

飛脚飛ばして　都へと
伝うに平家の　人々は
酷く騒ぎて　戦慄《おのの》きし

同年七月　十四日
改元ありて　養和にと

その日除目《じもく》が　行われ
筑後の守の　貞能《さだよし》は

筑前国《えちぜん》 肥後国《ひご》を　賜りて
九州謀反を　平定に
西国にへと　出発《いでたち》し

その日に大赦　行われ
治承三年　流さるの
人々がみな　召還に

藤原基房　備前国《びぜん》から
藤原師長　尾張国《おわり》から
それぞれ京へ　戻られし

横田河原合戦

十二月《しわす》　二十四日の日
中宮院号　お受けなり
建礼門院　申し上ぐ

天皇《みかど》がいまだ　幼きに
母后《はは》が院号　賜るは
これが初めと　伺いし

そのうち養和も　二年なり
三月十日　除目《じもく》あり
平家の大方　昇進に

五月　二十四日には
改元ありて　寿永にと

その日越後国《えちご》の　住人の
助茂《すけもち》これを　越後守

兄助長が　死したにて
不吉であると　辞退すも
勅命なるにと　受け入れて
長茂《ながもち》とにと　改名を

同年九月　二日には
城の四郎の　長茂は
木曾義仲を　追討と
会津四郡　越後国《えちご》 出羽国《でわ》
これらの兵を　率いてに
総勢　四万余騎にてに
信濃国《しなの》に向かい　出発を

九日信濃国《しなの》に　到りてや

横田河原に　陣を敷く
依田城《よだじょう》居たる　義仲は
これ聞きそこを　出でたりて
三千余騎で　馳せむかう
攻め込む　信濃源氏方
井上九郎　光盛の
計略採りて　赤旗を
七流れこれ　作りてに
三千騎をば　七手にし
あそこの峰や　ここの洞《ほら》
赤旗手に手に　攻め寄すに
四郎長茂　これを見て

「この国にても　味方居る
力強し」と　言いたりて

勇み騒ぎて　歓声を

源氏徐々《しだい》に　近づきて
合図で七手　一つなり
一度にドッと　鬨の声
用意の白旗　ざっと挙ぐ

越後の軍勢　これを見て
「何十万騎か　あの敵は
うわぁ」と顔色　失いて
追われて川に　はめらるや
谷に落とされ　討たれてに
助かる者は　少なかり

長茂　力と　頼みたる
越後の山野　太郎にと
会津の乗丹坊《じょたんぼ》　などという

豪の者らも　討たれたり

長茂これも　怪我をして
何とか一命　取り留むも
川に伝いて　越後国《えちご》へと

十六日に　この知らせ
京に届くが　平家では
気にも掛けずに　放り置く

前右大将《さきのうだいしょ》　宗盛は
大納言にと　復帰して
十月三日に　内大臣

同月七日　朝廷に
任官お礼　申すべく
平家の公卿　十二人

これ従えて　内裏へと
殿上人が　十六人
馬にと乗りて　先導を

東国　北国　源氏らが
あちらこちらで　蜂起して
今にも京に　攻め来るに
斯くものんびり　華やかに
日々を送るは　如何かや

そのうち寿永　二年にと

南都　北嶺　その衆徒
熊野に金峰山《こんぶ》　その僧徒
伊勢神宮の　祭主にと
神官までもが　背きてに
源氏に心　通わしぬ

斯かる源氏を　抑えんと
四方に宣旨　下したり
諸国に院宣　遣わすも
これらは平家が　なしおると
思い誰もが　従わじ

頼朝義仲不仲

寿永二年　三月の
上旬ころに　頼朝と
義仲との仲　不穏にと

頼朝　義仲　討つべしと
十万余騎の　軍勢で
信濃《しなの》国へ向けて　出陣す

義仲依田《よだ》城　陣取るも
これを聞き依田の　城を出て
信濃《しなの》国と越後《えちご》国の　境での
熊坂山に　陣を張る

頼朝着くは　同じきの
信濃の国の　善光寺

義仲己の　乳母子《うばこ》たる
今井の四郎　兼平を
遣いに立てて　頼朝に

「如何な理由《わけ》にて　この我れを
討とうとなさるや　訝《いぶか》しや

貴殿は関東　八州を
従えそれの　軍勢で
東海道を　攻め上り
平家を討とうと　なされおる

我れも東山　北陸の
この両道を　従えて
一日たりとも　先にでも
平家攻落　思いおる

何故《なして》貴殿と　この我れが
仲違いして　争いて
平家に笑われ　ようとする

叔父の十郎　行家が
貴殿に恨み　ある言いて
ここ来たるやも　冷たくに
するは如何と　同行を

我れは貴殿に　恨みなし」

とを伝えるに　頼朝は
「今はさように　言いたるも
確かに頼朝　討つ謀反
ありとて申す　者がおる
信用する訳　いかぬ」とて

土肥《とひ》の次郎の　実平と
梶原平三　景時を
討手と差し向く　報入り
義仲誠意を　示さんと
十一歳の　長男の
清水の冠者の　義重を
人質にとて　海野　諏訪
望月　藤沢　などという
名ある武士付け　頼朝へ

「斯ほどまで為は　悪意なし
我れには成人　なした子が
居なきにこれを　我が子にと」
言いてこれ連れ　引き上ぐる

義仲討伐に

一方こちら　都では
木曽義仲が　東山道
北陸道の　両道を
従え　五万余騎にてに
京へ攻め来る　聞きた故
前年内に　平家では

「明年四月に　戦《いくさ》が」と
一門広くに　伝えせば
平家に気寄す　者どもが
山陰　山陽　南海に
西海からも　馳せ参ず
東山道は　近江国《おうみ》にと
美濃国《みの》　飛騨国《ひだ》兵士　参じたり

然るに　東海道からは
遠江国《とおとうみ》より　東来ず
それから西は　皆参る

北陸道は　若狭国《わかさ》より
北の兵士は　一人とて

四月になりて　平家軍
先ず義仲を　追討し
次いで頼朝　討たんとて
北陸道へ　討手をば

大将軍に　就きたるは
重盛長男　維盛に
教盛長男　通盛に
経盛長男　経正に

清盛弟　忠度《ただのり》に
清盛七男　知度《とものり》に
清盛八男　清房で

それに従う　侍は
三百　四十余人にて
総勢　十万余騎これが
寿永二年の　四月での
十七日の　辰の刻（午前八時頃）
都を発ちて　北国へ

往路の費用は　道中で
徴収するが　許さるに
逢坂の関　越えてから
途中の有力　民家から
年貢米やら　官物を
好き勝手にと　奪い取り

志賀 辛埼に 三河尻
真野や高島 塩津から
海津に至る 道々で
資材奪いて 通りたで
人々たまらず 山野にと

義仲信濃《しなの》国に 居ながらに
越前国に 火燧《ひうち》城
これを築きて 陣張りし

その城槨に 籠るのは
長吏斎明威儀師《ちょうりさいめいいぎし》 にと
稲津新介 斎藤太《さいとうだ》
林六郎 光明《みつあきら》
富樫入道 仏誓《ぶっせい》に
土田 武部に 宮崎に

石黒 入善《にゅうぜん》 佐美はじめ
六千余騎が 立て籠もる

さても堅固な 城槨で
大きな岩が 聳え立ち
四方は峰で 囲まれし

城槨の前に 川があり
新道川に 能美川

二つの川の 合流《ごうりゅう》点に
大木切りて 逆茂木を
張り渡してに 堰き止むに
東西 山の 麓まで
水に浸りて 城郭は
さながら水に 浮きた如

湖面に南山 影映し
水は青くと 広がりし

西日が沈む 波の果て
波紋は 紅《くれない》 染むる如

この城廻る 人工湖
堤を築き 水濁《にご》し
敵をだますの 工夫をば

押し寄す平家の 大軍は
舟がなければ 渡れぬと
向いの山に 野宿して
無為に日数《ひかず》を 送りたり

城郭なかに 立て籠もる
長吏斎明威儀師《ちょうりさいめいいぎし》 これ

平家へ思い　深かりて
山麓《やますそ》回り　文書きて
鏑矢《かぶらや》中に　封じ入れ
秘かに平家の　陣へ射る

《この湖は　淵でなく
川堰き止めし　人造湖

夜に足軽　らを使い
柵《しがらみ》落とせば　水は引き
馬の足場も　悪くなし

急ぎお渡り　なされませ

我れはそれにと　呼応して
背後から矢を　射かくるに
長吏斎明威儀師《ちょうりさいめいいぎし》　書く》

これを見た平家　喜びて
すぐに足軽　遣わして
柵《しがらみ》これを　切り落とす

水量多く　見えいたが
元は山ある　川なりて
水はすぐさま　流れ落つ

引き行く水に　遅れじと
平家の大軍　どっとにと

城内兵士　支えるも
敵は大勢　味方小勢《こぜ》
とても勝利は　見えざりし

稲津新介　斎藤太《さいとうだ》

林六郎　光明《みつあきら》
富樫入道　仏誓《ぶっせい》は
平家の攻撃　抗しつつ
加賀の国へと　退却し
白山河内《しらやまかわち》に　引き籠る

平家はすぐと　攻め上り
林　富樫の　二城郭
これの二カ所を　焼き払う

付近の宿から　飛脚立て
このことを都へ　伝うるに
宗盛以下の　一門は
勇み喜び　小躍りに

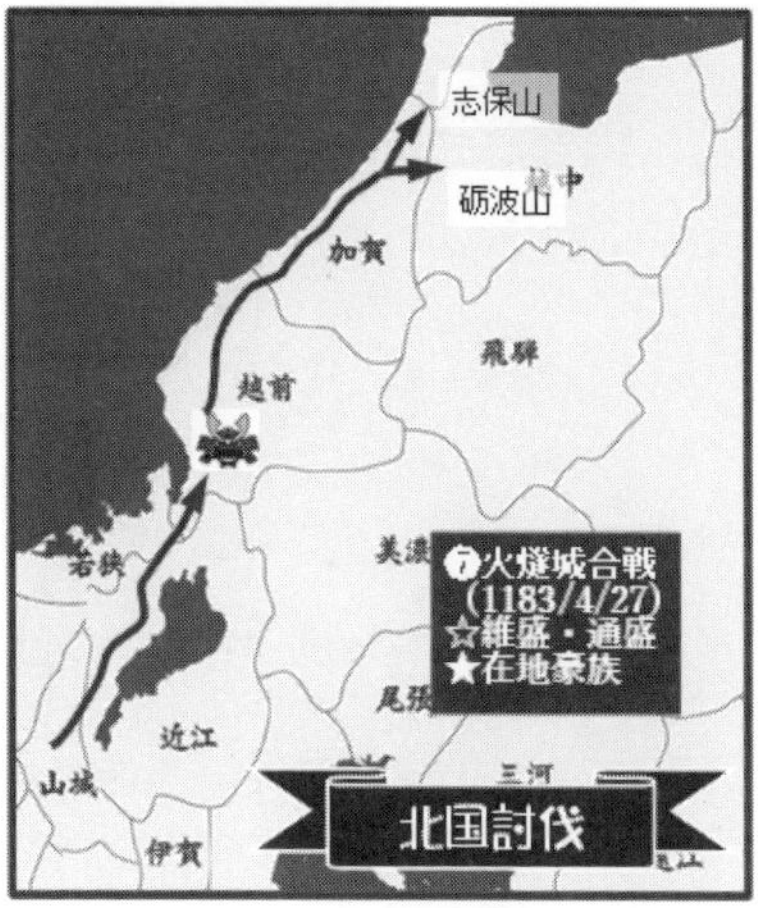

五月八日に　平家軍
加賀《かが》国篠原で　勢ぞろい
十万余騎を　二手分く
大手攻むるの　大将軍
維盛　通盛　この二人
侍大将　任じしは

越中前司　盛俊で
七万余騎が　打ち揃い
加賀越中の　境なる
砺波山へと　向かいたる
搦手《からめて》攻むる　大将軍
忠度《ただのり》　知度《とものり》　二人にて
侍大将　任じしは
武蔵三郎　左衛門で
総勢　三万余騎にてに
能登《のと》国　越中《えっちゅう》国の　境なる
志保の山へと　進み行く
時に義仲　これ聞きて
越後《えちご》国の国府に　居たるやも
五万余騎にてに　馳せ向う

横田河原の　例倣い
その勢力を　七手分け
まず叔父十郎　行家が
一万騎にて　志保山へ
仁科　高梨　それ加え
山田次郎ら　七千余《ななせんよ》騎
北黒坂へ　背後攻め
樋口の次郎　兼光と
落合五郎　兼行が
七千余騎を　引き連れて
南黒坂　へと進む
一万余騎を　小分けして
砺波の山の　麓での

黒坂の裾　また更に
松長これの　柳原
茱萸《ぐみ》の木林に　隠し置く

今井の四郎　兼平は
鷲《わし》の瀬渡り　六千余《ろくせんよ》騎
日宮林《ひのみやばやし》に　陣を張る

義仲自身は　一万余《いちまんよ》騎
小矢部の渡り　これを越え
砺波山その　北はずれ
羽丹生《はにゅう》に陣を　構えたり

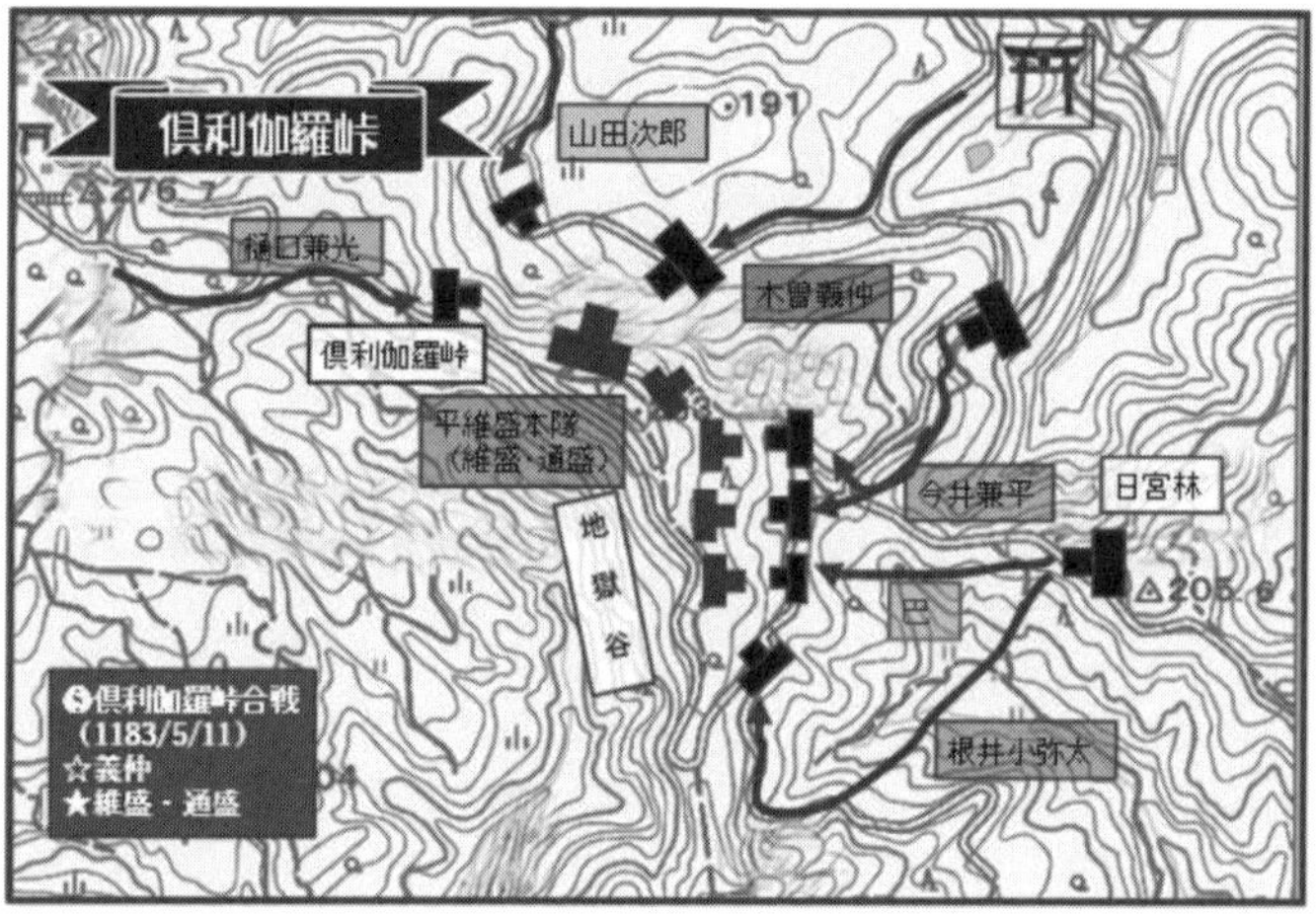

義仲願い書

そこで義仲　申すには
「平家はきっと　大軍で
砺波山越え　広地に出
正面攻撃　し掛けよう
正面攻撃　ともなれば
勢力大小　これにてに
勝敗決まる　必定ぞ
先ずは白旗　掲げたる
騎馬武者先に　向かわせば
平家の軍は　これを見て
『わぁ先陣が　攻めて来る
きっと大勢　違いなし

うっかり広地　出で行くは
敵はこの地に　詳しくて
無案内なる　我が軍は
取り囲まれて　下手をする

この山四方　岩石で
よもや背後に　回らずや

暫し馬下り　休むが』と
山中下馬し　留まるに

暫しは我れが　攻め行きて
あしらう如く　見せかけて
その日の日暮れ　待ちた後
倶利伽羅が谷へ　追い落とし
平家大軍　全滅に」

と言い騎馬武者　三十騎
走らせ源氏の　白旗を
黒坂上に　立てたりし

義仲予期せし　通りにと
（よもや背後に　回るまい）
とて砺波山　山中の
猿の馬場にて　休むとて
平家馬降り　留まりし

義仲羽丹生《はにゅう》に　陣取りて
四方をきっと　見回せば
夏山嶺の　木の間より
朱色の玉垣　仄か見え
片削ぎ造り《（神社造り）》の　社《やしろ》あり
前には鳥居が　立ちおりし

地元の詳しき　者を呼び
「あれは何とて　申す宮
如何なる神を　祀《まつ》るか」と
義仲尋くに　答えしは

「八幡様で　ござります
この地は八幡　御領地で」
申すに義仲　喜びて
大夫房《だいぶぼう》この　覚明を
己の近く　呼び寄せて
「義仲まことに　幸運ぞ
八幡宮の　宝殿の
近くで合戦　せんとする

きっと今度《こたび》は　勝利なり

正しくそうで　あるからは
一つは後の　代《よ》の為に
一つは今の　祈祷にと
願い書一筆　書きてこれ
奉納思うが　如何かや」

これに答えて　覚明は
「ごもっとも」とて　馬を降り
懐中からは　畳紙《たとうがみ》（懐紙）
小硯箙《えびら》　から出して
義仲の前　畏まり
願い書すらすら　書き上げし

その願い書に　書きたるは
《柄にもなくに　義仲は
武門の家に　生まれてに
祖先の後を　継ぎおりし

平家の悪行　思うだに
何ぞ思うの　ことやある
運をば天に　任せてに
この身国家に　差し上ぐる
禍《わざわい》為すを　滅せんと
ここに義兵を　立ち上げし
されど合戦　臨むやに
兵まとまらず　勇もなく
勝敗危うし　思い居る
戦い出でる　この時に
思いがけずも　八幡宮
これ参拝の　機を得たり

これで叶うや　我が願い

凶徒誅滅　違《たが》いなし
歓喜の涙　溢れてに
神仏ご加護　胸に沁む

我れの曾祖父　義家は
八幡大菩薩《はちまんぼさつ》の　氏子とて
八幡太郎と　名乗る後
八幡宮を　帰依するは
代々受け継ぎ　怠らず

義仲これの　子孫とて
長く信仰　なし来たる
平家相手に　戦うは

貝で巨海を　量るやら
蟷螂その斧　奮いてに
牛車《ぎっしゃ》に向かう　如くなの
無謀なるやは　知りおるも
国や朝廷　とのために
兵を挙げたに　相違なく
家のためやら　身のために
事起こしたに　あらざりし

伏してお願い　申すのは
神仏ご加護　賜りて
敵を四方に　散らしめて
一挙の勝利　得んことを

我れの願いが　通じてに
ご加護くださる　言うなれば
何か瑞相　見せ給え

寿永二年の　五月での
十一日に　これ記《しる》す
源義仲　敬白》と

書きて神社に　奉納す
頼もしきかな　大菩薩
二心《ふたごころ》なき　真実を
遥かに照覧　なされしか
雲の中から　山鳩が
三羽揃いて　飛び来たり
源氏の白旗　その上で
羽をぱたぱた　飛び回る

義仲馬降り　兜脱ぎ
手水《ちょうず》で手洗い　うがいして

霊鳩《れいきゅう》拝み　畏まる

倶梨伽羅落とし

さていよいよと　合戦に
陣と陣との　距離僅か
三町（約330m）ばかりの　布陣なり
両陣進まず　睨み合う
源氏は射手の　十五騎を
楯の前にと　進ませて
矢をば平家に　射かけたり
平家は計略　知らずして
十五騎出でて　射返せり
続き源氏が　三十騎

平家も負けじと　三十騎
五十騎出せば　五十騎を
百騎を出せば　百騎をと
陣前面に　押し出せり
勝負の機運　高まるも
源氏は兵を　抑えてに
勝負をせずと　日暮れ待つ
平家は計略　知らずして
源氏に合せて　相手すに
やがてのことに　日も暮るる
背後回りし　一万余《いちまんよ》騎
倶梨伽羅堂に　集りて
箙《えびら》叩きて　鬨の声

平家驚き　振り向くに
白旗雲を　覆う如
「山のまわりは　岩故に
　よもや背後は　思いたに」
言いて騒ぐも　手遅れぞ
背後の声に　合わせてに
正面からも　鬨の声
松永これの　柳原
茱萸《ぐみ》の木林に　控えていた
一万余騎の　源氏ども
日宮林《ひのみやばやし》に　隠れいた
今井四郎の　六千余《ろくせんよ》騎
同じくどっとに　鬨の声

前後で四万余騎《よまんよ》　鬨の声
山川一斉　崩るほど

背後の敵に　驚きて
前へと逃げを　図るやも
前からも声　聞こゆるに
「汚し返せ　引き返せ」
言うも大軍　進みせば
引き返すには　難かりて
倶梨伽羅が谷の　坂道へ

先に進みし　馬消ゆに
谷底続く　道あると
親下りせば　子も下り
兄下るやに　弟も
主人《あるじ》下るに　郎党も

馬には人が　重なりて
人には馬が　重なりて
あれほど深き　この谷も
七万余騎で　埋められし

岩の間からに　湧き出でる
泉は朱色に　染められて
死骸は累々　丘をなす

平家が頼りに　しておりた
上総判官　忠綱も
飛騨の判官　景高も
河内判官　秀国も
この谷埋もれ　死したりし

備中国の　住人の

瀬尾の太郎の　兼康は
加賀国これの　住人の
倉光次郎　成澄の
手にと掛かりて　生け捕りに

越前《えちぜん》国　火燧が城にてに
平家に内通　裏切りた
長吏斉明威儀師《ちょうりさいめいいぎし》　これ
生け捕られるに　義仲が
「憎っき奴よ　首を斬れ」
とて真っ先に　斬られてし

平氏の大将　維盛と
通盛からくも　生き延びて
二千余騎にて　加賀国へ

次の日　五月十二日

奥州　藤原秀衡が
名馬二頭を　義仲に

一頭これは　黒月毛
一頭　連銭葦毛《れんぜんあしげ》なり

義仲これに　鏡鞍
置きて　白山神社へと
神馬としてに　奉納を

そこで義仲　言いたるは
「ここでのことは　成し遂げし
志保山戦う　叔父上の
行家殿が　気がかりぞ
いざそちらへ」と　四万余騎
中から馬　人　選びてに
二万余騎にて　馳せ向う

氷見の湊を　渡る際
潮満ち深浅　分からぬを
鞍置馬の　十頭を
追い入れ　深さ測るとに

鞍端浸る　ほどなりて
無事向こう岸　着きたにて
「浅いぞ渡れ」と　二万余騎《にまんよ》の
大軍皆が　打ち渡る

案じし如く　行家は
蹴散らされてに　退きて
馬息休め　おるところ

「やはりそうか」と　義仲は
新手二万余騎《あらてにまんよ》　入れ替えて

三万余騎の　平家へと
駆け入り大声　叫びてに
火出るほどにと　攻め立つる

平家暫しは　抗すやも
支え切れずと　敗れにと

清盛入道　七男の
大将軍の　知度《とものり》は
討たれ兵らの　大勢も

義仲志保山　越え行きて
能登の小田中《こだなか》　そこにある
親王塚の　前に陣

篠原合戦

一方こちら　平家勢
人馬に休憩　取らせてに
加《か》賀《が》国篠原に　陣を張る

二十一日　辰の刻（午前八時頃）
義仲軍が　篠原に
押し寄せどっと　鬨の声

平家の方では　畠山
庄司重能《しげよし》　それと共
小山田別当　有重が
三百余騎で　前面へ
こちら源氏の　方にては
今井の四郎　兼平が
三百余騎で　立ち向かう

始めは互いに　五騎出《い》だし
次に十騎を　出し合わせ
勝負させしが　その後は
両軍互い　乱戦に

風無く草も　揺るがぬの
日照りの中を　兵士ども
我れ劣らじと　戦うに
流るる汗は　水の如

今井方では　多く死に
一方こちら　畠山
家子《いえのこ》郎等　大半が
討たれやむなく　後へ引く

次に平家の　軍からは
高橋判官　長綱が
五百余騎にて　進み出る

これに応じて　源氏方
樋口の次郎　兼光と
落合五郎　兼行が
三百余騎で　馳せ向う

平家暫く　支えしも
軍勢諸国の　集まりで
戦いせずと　散り逃げる

長綱勇み　戦うも
後方続く　兵がなく
止むを得ずにと　退きぬ

長綱一騎　落ち行くを
越中国の　住人の
入善小太郎《にゅうぜん》　行重が
良き敵なりと　鞭を打ち
鐙《あぶみ》を蹴りて　馳せ来たり
馬追いつかせ　横並び
むんずとばかり　組みつきし

長綱鞍の　前輪《まえわ》にと
行重これを　押し付けて
「貴様何奴　名を名乗れ
聞こう」と言うに　行重は

「越中国の　住人の
入善小太郎　行重ぞ
生年十八歳《じゅうはち》」　とて名乗る

「ああ痛ましや　何と言う
去年失せにし　我が子そも
生きておりせば　十八歳《じゅうはち》ぞ

首を捩じ切り　捨つるやも
不憫なりせば　助くる」と
言いて行重　許したり

長綱馬から　降りたりて
「暫し味方を　待つか」とて
腰を下ろして　休みたり

行重密かに　思うのは
（助けられしが　良き敵ぞ
如何にしてでも　討ち取る）と
その場座るに　長綱が
打ち解け話　仕掛け来し

敏捷なるや　行重は
この機逃さず　刀抜き
兜の内側　二回刺す

そこに行重　郎等が
遅ればせにと　三騎来る

気丈長綱　戦うが
運が尽きたか　敵多く
痛手を負いて　討たれける

ややあり平家の　方からは
武蔵三郎　有国が
三百騎にて　大声を
上げつ前へと　馳せ来たる

源氏に仁科　高梨と
山田次郎の　三人が
五百余騎にて　馳せ向う

両軍暫し　揉み合うが
平家有国　その軍の
兵士多くが　討たれたり

有国深入り　戦いて
敵を大勢　討ち取るも
矢を射尽くして　馬射られ
徒歩《かち》で刀で　戦うも
矢を七つ八つ　射立てられ
立ちたままにて　亡せたりし

大将亡くし　他の兵は
気力なくして　落ち行きし

老将実盛の最期

武蔵国の　住人の
長井斎藤　実盛は
皆が逃げたに　拘わらず
一騎なるやも　残りてに
攻め引き攻め引き　戦いし

赤地錦の　直垂《ひたたれ》に
萌黄縅《もえぎおどし》の　鎧着て
鍬形《くわがた》（前面二本角の形）打ちた　兜着け
黄金づくりの　太刀を差し
切斑《きりふ》（褐色と白の交互模様）の矢をば　背に負いて
滋藤の弓　手にと持ち
連銭葦毛の　馬にへと
金覆輪《きんぷくりん》の　鞍置きて
奮戦これに　努めてし

これ見て源氏　その軍の
手塚の太郎　光盛が
良き敵なりと　目をば付け
「何と立派な　武者なりし
味方の兵が　皆逃ぐに
一騎残りて　戦うは
見上げたものよ　名を名乗れ」

言うに実盛　振り返り
「然にいう貴様　何者ぞ」
「信濃国の　住人の
手塚太郎　光盛」と
名乗るに実盛　名乗らずて

「良き敵なるや　さあまいれ
ただし訳あり　名乗りせぬ」

と言い馬を　並べるへ
手塚の郎等　駆け寄りて
むんずと組み付く　実盛に

「こしゃくな奴め　この我れは
日本《ひのもと》一の　剛の者
それと組むとは　あっぱれぞ」

言いて掴みて　引き寄せて
鞍の前輪《まえわ》に　押し付けて
郎等の首　掻き切りし

光盛　郎党　討たる見て
左手回り　組み付きて
鎧の草摺　引き上げて
二回に突きて　組み落とす

実盛気力　萎えずやも
戦《いくさ》にさんざん　疲れおり
そのうえ老武者　なりたにて
組み伏せられて　しまいたり

そこへ馳せ来た　郎等に
実盛首を　取らせてに
義仲前に　持ちて行きて

「奇妙な者を　組み討ちし
錦の直垂　着おるにて
大将軍と　思いしが
配下一人も　おりませぬ

名乗れと責むも　名乗りせず
関東訛りの　声なりし」

その首を見て　義仲は
「あっぱれそれは　実盛に
相違あるまい　だがしかし
我れが幼なに　見し折は
白髪交じりで　ありたれば
今ではきっと　白髪ぞ
鬢髭《びんひげ》黒きが　不思議なり

樋口次郎は　実盛の
遊び仲間ぞ　知りおろう
樋口を召せ」と　言われ召す

樋口次郎は　一目見て
「ああ無惨なり　実盛ぞ」
言うも義仲　訝《いぶか》りて
「なら七十歳《しちじゅう》を　過ぎおろに
鬢髭《びんひげ》黒きは　何故《なにゆえ》か」

樋口次郎は　涙して
「実盛常々　この我に
『六十《ろくじゅう》歳過ぎての　戦《いくさ》では
鬢髭染めて　若やぐぞ
若武者らにと　老武者と
侮られるが　悔しかる』
と申してに　染めおりし
洗わせたりて　ご覧あれ」

言うに「されば」と　洗わすに
鬢髭共に　白髪なり

錦の直垂　着おりしは
最後の別れと　実盛が
将軍宗盛　申せしは

「この我れだけに　あらずやも
先年東国　行きた折
水鳥羽音に　驚きて
矢一つ放たず　逃げたるは
正しく老後の　恥辱なり

今度《こたび》北国　向うには
討死覚悟で　参るなり

我れの出国　越前《えちぜん》国で
故郷へ錦を　着て帰る
とい言う譬《たと》えに　準じたく
錦の直垂　お許を」

言うに宗盛　感服し
「殊勝なるや」と　許されて
朽ちなき空し　名前だけ

残し屍《かばね》は　越路その
塵となりしは　悲しけれ

去《い》ぬる四月の　十七《じゅうなな》日に
十万余騎で　都出る
その際向かう　敵なしと
見えたに五月　下旬にと
帰り上るの　勢力は
わずかに残り　二万余騎

親は子供に　先立たれ
妻は夫と　死に別れ
遠国　近国　差はあれど
討たれ死したは　同じにて
京の町中　家々に
門戸閉ざして　念仏を
唱え喚《わめ》きて　叫ぶ声

夥《おびただ》しくと　聞こえたり

敵か味方か比叡山《えいざん》は

越前国府に　着きたりて
家子《いえのこ》郎等　呼び集め
協議をするに　義仲は
「近江《おうみ》国を通り　都へと
この義仲は　思うやも
比叡山《えいざん》これの　山法師
途中妨げ　いたすかも
蹴散らし通るは　た易きも
寺を守護すに　上洛を
なさんとするの　この我ら
平家に味方す　言うものの
これに戦い　挑むなは
仏法無視し　寺滅し
僧を殺すの　悪行を
なしたる平家と　変わりなし
如何になすが　良かろうぞ」
言うに大夫房《だいふぼ》　覚明が
「山門衆徒は　三千人
一枚岩とは　限らずや
皆の心は　さまざまで
あるいは源氏に　味方して
あるいは平家に　心寄す
牒状送り　問いたれば
返事で状況　分かるやも」

と言いたるに　義仲に
「尤《もっと》もなるや　すぐに書け」
言いて書かせて　山門へ
その諜状に　記《しる》せしは

《平家の悪行　見てみるに
保元平治の　乱以来
臣下の礼を　失ってし

されど身分の　上下なく
人々見ぬ振り　決め込みて
その足元に　ひれ伏しぬ

それ良きことに　この平家
帝の位を　欲しいまま
国や地方の　その土地を
掠奪占拠　暇なし

道理を無視し　高官の
位取り上げ　追放し
有罪無罪　拘わらず
公卿　大臣　その臣下
それを害して　滅ぼしぬ

またその資財　奪い取り
皆郎等に　分け与え
彼らの荘園　没収し
やたら子孫に　分配を

とりわけ後白河法皇《ほうおう》　城南の
離宮幽閉　申し上げ
関白藤原　基房を
西海遠き　太宰府に
平家追討　令旨をば
下せし以仁王《みや》を　襲いてに
遂に亡き者　とにとせし

令旨で東国　北国の
源氏めいめい　上洛を
企て平家を　亡ぼすへ

この義仲も　去年秋
志《こころざし》をば　遂げんとて
旗これ挙げて　剣を取り
信州出でて　出陣し
横田川原の　合戦に
義仲わずか　三千余騎《さんぜんよ》
数万の敵　破りたり

これに対して　平家方
十万の軍　率いてに
北陸向けて　繰り出すも
計略回らし　勝利せり

これは偏《ひとえ》に　神仏の
ご加護なるにて　義仲の
武略ににては　ありませぬ

平家が敗北　したからは
まもなく比叡山《えいざん》　その麓
通りて都へ　向かうやも
心案じが　一つある

そもそも天台　衆徒らは
平家か源氏か　何れ着く
もしも平家に　寄るなれば
衆徒に向かい　合戦を

然すれば叡山　たちまちに
滅亡するは　違《たが》いなし

帝《みかど》の心　悩ませて
仏法亡ぼす　悪逆を
鎮めんとして　起こす兵
これを三千　衆徒にと
向わすことの　悲しさよ

三千衆徒の　方々よ
神や仏や　国の為
君主《きみ》の為にも　味方して
凶徒平家を　滅ぼして

天子恩恵　浴すべし

誠意を尽くし　願うなり

義仲慎み　申し上ぐ

寿永二年《にねん》六月　十日にて
源義仲　進上す》

山門衆徒　これを見て
言いたる意見　ばらばらぞ

あるは源氏に　着こうとて
あるは平家に　味方とて

老僧共が　相談し
「我らは帝の　長寿をば

願いて祈る　者なりし
平家は帝《みかど》の　外戚で
比叡山《えいざん》帰依も　深かるに
今に至るも　我々は
平家の繁栄　祈り来し

されど平家の　悪行は
度を越え万人　背きてし
背きを鎮静　すべしとて
討手《うって》を国々　遣わすも
逆に討たれて　敗れてし

されど源氏は　たびたびの
戦《いくさ》に打ち勝ち　運命が
開かれるべく　進みおる

何ぞ比叡山《えいざん》　一人のみ
運尽く平家に　味方して
運向く源氏に　背くかや

これまで好誼　解消し
源氏に着くと　決すべし」

とにと意見を　一致させ
その旨返《へん》事の　諜状を

義仲郎等　呼び集め
この返諜を　開き見る

《六月十日の　諜状は
十六日に　着きたりし
開きて読むに　数日来

悩みし鬱憤　消え失せし
平家の悪逆　長きにて
朝廷騒動　止むはなし

そもそも我ら　比叡山《えいざん》は
帝都の鬼門の　東北を
守る鎮護の　寺として
国家の安寧　願いてに
祈り捧げて　来たるなり

然るに世の中　長くにと
平氏の悪に　冒されて
国内常に　騒がしき

ここに貴殿は　たまさかに
累代武士の　家生れ

今の時代に　選ばれし
思いもつかぬ　謀《はかりごと》
めぐらせて突如と　義兵挙げ
命の危険　ものとせず
戦い一戦　功上げし

いまだ二年も　経たずやに
その名は全国　知れたりし

当山衆徒も　喜びし

これが続かば　我らでの
祈りの無駄なし　喜びて
国家鎮護の　証明《あかし》にと
我が寺　他の　寺々に

常時坐《ま》します　仏らも
日吉《ひえ》の本社や　末社にと
祀《まつ》られいます　神々も
教法栄うを　喜びて
神仏尊敬　その心
昔に返るを　喜ぶに

それこそ　十二神将が
凶賊追討　加わりて
三千衆徒が　しばらくは
修学勤行《ごんぎょう》　中止して
誅抜官軍　お助けを

衆徒の決議　以上なり

寿永二年《にねん》　七月二日にて》
とにと文面　書かれてし

平家要請遅かりし

平家はこれを　知らずして

「興福　園城　両寺は
鬱憤積もる　時期故に
誘うも味方　せざるなり

当家はいまだ　山門に
恨みを買うは　なしおらず
山門も当家《これ》に　不忠せじ

山王権現　願いして
三千衆徒を　味方にと」
とにと公卿の　十人が
連署し願書を　山門へ

天台座主は　同情し
これをすぐには　披露せず
十禅寺《じゅぜんじ》社殿　納めてに
三日間これ　祈りして
その後衆徒に　披露せり

これの願書に　書かれしは
《山王権現　憐れみて
我が一門を　救うため
三千衆徒の　力をば》
とにと述べるの　趣旨なりし

しかし平家の　振る舞いは
神の意思とも　異なりて
人望　失いてし故に
祈りが叶う　事は無く
呼びかくるやも　靡くなし

一部は平家を　憐れむも
「既に源氏に　返事せし
これ翻《ひるがえ》す　如何か」と
平家の誘い　退けし

西暦	年号	年	月日	天皇	院政	出来事
1181年	治承	5	1月	安徳	後白河	この頃、木曽義仲、挙兵
			2/27			宗盛、清盛発病の為源氏追討中止
			閏2/24			清盛熱病の為死去(64歳)
	養和	元	11/24			中宮徳子、建礼門院と称す
1182年	寿永	元	9/9			義仲、横田河原合戦で城長茂軍を破る
1183年		2	3月			頼朝、義仲、不和に
			4/17			維盛以下十万騎、義仲討伐へ
			5/11			平氏、倶梨迦羅谷で義仲に敗れる

諸行無常は恐ろしいの教え

上野　誠

ここ数年、日本人の仏教意識について、考えている。

日本社会というものには、契約の観念がないといわれることがある。事前に法が定められ、その法に定められた罪を犯した者は罰せられるという観念がない、ないしは薄いといわれる。

つまり、絶対的な罪と罰、善と悪の基準が日本社会には存在しないのである。ジャンケンでは、グーはパーに負けるが、グーはチョキに勝つ。だから、グーの優劣は、相手次第で決まるということになる。ところが、ローマに起源をもつ西洋のコイン投げの場合は、表と裏の優劣は固定的だ。

では、契約思想がないということは、無秩序かといえば、そうではない。平家物語のいう「諸行無常」は、じつに恐ろしい教えなのだ。どんなに栄華を誇っても、人事は空しい。だから、謙虚に生きよという教えなのである。これほど、権力の虚しさを的確に描いた作品はない。

日本文化圏での道徳的教育というものは、罪と罰との関係を学ぶことではない。私たちは、「おてんとうさまが見ているから悪いことをしてはいけませんよ」と教えられたが、何が悪いことかは教えられなかったし、悪いことにどんな罰があるかも教えられなかった。すべては、状況からその折々に考えよ、ということであろう。私たちは、神とも人とも、契約は結ばないのだ。あるのは信頼関係だけ。しかも、あまりにも漠然としたものだ。

平家物語は乱世の物語であるが、逆にそこには人を信じることの大切さも描かれている。

「諸行無常」は、じつに恐い道徳教育なのである。今、中村先生の訳で、その教えが蘇る。

（うえの・まこと／國學院大學教授）

あとがき

犬養孝先生の名著「万葉の旅」。これに掲載された場所を訪ねることをライフワークと決めて、歩み出した。

北は東北・宮城県涌谷《わくや》。

陸奥に金が出たとの勅書を受けて大伴家持が詠んだ「海行かば　水漬《づ》く屍《かばね》　山行かば　草生《む》す屍」の歌の地、南は鹿児島県の黒之瀬戸。

大伴旅人が征隼人将軍として来た薩摩の迫門。

そこで詠んだ「明日香恋し」の歌の地。西は壱岐・対馬。全てで309カ所である。

まだ現役で仕事をしており、休日を使って踏破するには何年かかるか、及びもつかない。これこそ、ライフワーク。

しかし、何かに憑かれたかのような東奔西走の結果、成し遂げた。

襲ってきたのは、達成感より虚脱感。

それではと、犬養孝先生揮毫の万葉歌碑。北は北海道・釧路、西は五島列島・御井楽。全国に142基。

「これなら」とこれの探訪を次のライフワークに。

夜に日を継いで、これも達成。

またまた襲い来る虚脱。

ワークは終えたが、ライフは残っている。

つぎはと考え、万葉集4516首の現代訳に挑む。悪戦苦闘の末、すべてを完訳。

ワークも尽き、遂にライフも尽きた。

肺炎で入院。集中治療室へ。

医者も匙を投げたが、五か月の入院治療で奇跡的に復活。

肺は半分機能不全で酸素吸入だが、尽きたと思われたライフはかろうじて残った。

せめて残ったライフを何かに使いたい。

そして始まった、古典の森への分け入り。源氏物語の完訳。

古事記。

百人一首。

枕草子。

徒然草。

方丈記。

そして平家物語に。

肺の後遺症に悩まされ、続き発症したリウマチで足も弱り、体力も減退して、食欲不振に。

食事が取れなくなり胃ろうに。

そのうち歩けなくなり、立てなくなり、体力もなくし寝たきりに。

外へ出るのは病院に行く時だけ。

室内でも移動は車椅子で。

ただ、胃ろうの効果は抜群で、ここ一年口からの飲食はほとんどゼロだが、胃ろうの注入食で、体力はみるみる回復。

その回復した体力で、車椅子に座ったままで机に向かい、パソコンでの作業。やっとたどり着いた「灌頂の巻」。

日本文学の古典と言われるものの訳はすべて成し遂げた。

もう先はない。

もうワークはない。

こちらのライフも、もうないかも知れない。

少し残ったライフを何に使うか。考え中である。

令和四年　晩秋・霜降の頃

中村　博

中村　博　「古典」関連略歴

昭和17年10月19日　堺市に生まれる
昭和41年 3月　　　大阪大学経済学部卒業

・高校時代　：　堺市成人学校にて犬養孝先生の講義受講
・大学時代　：　大阪大学　教養・専門課程(文学部へ出向)で受講
・夏期休暇　：　円珠庵で夏期講座受講
・大学&卒後　：　万葉旅行多数参加

・H19.07.04：ブログ「犬養万葉今昔」掲載開始至現在
　　　　　　「万葉今昔」「古典オリンピック」で検索
・H19.08.25：犬養孝箸「万葉の旅」掲載故地309ヵ所完全踏破
・H19.11.03：「犬養万葉今昔写真集」犬養万葉記念館へ寄贈
・H19.11.14：踏破記事「日本経済新聞」掲載
・H20.08.08：揮毫歌碑136基全探訪(以降新規建立随時訪れ)
・H20.09.16：NHKラジオ第一「おしゃべりクイズ」出演
　　　　　　　　　　　　《内容》「犬養万葉今昔」
・H24.05.31：「万葉歌みじかものがたり」全十巻刊行開始
・H24.07.22：「万葉歌みじかものがたり」「朝日新聞」掲載
・H25.02.01：「叙事詩的　古事記ものがたり」刊行
・H26.05.20：「万葉歌みじかものがたり」全十巻刊行完了
・H26.12.20：「七五調　源氏物語」全十五巻刊行開始
・H27.01.25：「たすきつなぎ　ものがたり百人一首」刊行
・H30.11.20：「七五調　源氏物語」全十五巻刊行完了
・H31.04.20：「編み替え　ものがたり枕草子」刊行開始
・R01.06.10：「令和天翔け万葉歌みじかものがたり」刊行
・R01.11.01：「編み替え　ものがたり枕草子」（上・中・下）刊行完了
・R02.05.15：「大阪弁こども万葉集」刊行
・R02.05.25：「大阪弁訳だけ万葉集」刊行
・R02.08.---：「大阪弁こども万葉集」毎日・読売ほか各紙掲載
・R03.07.30：「大阪弁びっくり源氏物語」刊行
・R04.05.17：「大阪弁　七七調　徒然草」刊行